仮面をはずした花嫁

ジュリエット・ランドン 作
石川園枝 訳

ハーレクイン・ヒストリカル・ロマンス
東京・ロンドン・トロント・パリ・ニューヨーク・アテネ・アムステルダム
ハンブルク・ストックホルム・ミラノ・シドニー・マドリッド
ワルシャワ・ブダペスト

One Night in Paradise

by Juliet Landon

Published by Harlequin K.K., Tokyo, 2005

◇作者の横顔

ジュリエット・ランドン　イギリス北部の古代の面影を残す村に、引退した科学者の夫とともに住む。刺繍について豊富な知識と技術を身につけ、その腕前はプロとして講師を務めるほど。美術や歴史に対する興味も旺盛な彼女は、豊かな想像力を生かす、ヒストリカル小説の作家を職業に選んだ。作品を執筆するために調べ物をするのはとても楽しいという。中世初期が特にお気に入りの時代で、女性のしきたりや男の世界で強く生き抜く女性について知ることは、この上ない楽しみとなっている。

主要登場人物

アドーナ・ピカリング……………王室祝宴局長官の娘。愛称ドーナ。
サー・トマス・ピカリング…………王室祝宴局長官。アドーナの父親。
レディ・マリオン・ピカリング……アドーナの母親。
シートン・ピカリング……………作家兼役者。アドーナの弟。
マスター・ピーター・ファウラー……廷臣。アドーナの男友達。
ヘスター・ピカリング……………アドーナのいとこ。女相続人。
メイベル…………………………アドーナのメイド。愛称ベル。
サー・ニコラス・レイン…………主馬頭代理。
レスター伯………………………主馬頭。エリザベス女王の寵臣。
レディ・シーリア・トラバーソン……サー・ニコラスの元恋人。
マスター・バービッジ……………役者。
エリザベス一世…………………女王。

1

一五七五年六月二十三日
サリー、リッチモンド

エリザベス女王が鷹《たか》狩りに出かけた日、アドーナ・ピカリングは危機に直面したときにどれだけ冷静でいられるかを大いに試された。リッチモンドの公園でのことだ。アドーナが注目されたのは、乗馬の腕前が見事だったからではない。テムズ川に落ちたにもかかわらず、あわてずに、なにごともなかったかのようにふるまったからだ。アドーナはめでたく女王の目に留まり、お褒めの言葉にあずかったが、ただひとり、彼女に同情すら示さなかった者がいた。

さいさきはよかった。雲ひとつなく晴れ渡り、風もなく、鷹狩りにはもってこいの日だった。女王陛下は鷹狩りがお好きで、リッチモンドの宮殿に滞在されるときには決まって猟を楽しまれた。公園の広大な敷地内には鹿《しか》や水鳥が数多く放たれている。女王の寵臣《ちようしん》たちは、競い合うようにその身と馬を飾り立て、たがいに対抗意識を燃やしながら、女王のあとにつづいていた。

王室祝宴局長官の娘として、アドーナもこのような行事へ参加することを許されていた。許されているだけではなく、むしろ歓迎されていた。これもリッチモンドの王宮の目と鼻の先に住んでいるからこそだ。つい最近、長官に任ぜられた父は、娘のアドーナにそう言った。

アドーナは、先週の二十歳の誕生日に贈られた青い模様入りの馬具をつけた淡い金茶色の雌馬に乗った。アドーナの淡い金髪と美貌《びぼう》は注目の的になっていた。アドーナの傍らに寄り添っているのはマスター・ピーター・ファウラーだ。女王に仕える若き廷臣で、上昇志向が強く、自分よりも高い地位にある人物と交流することによって将来自分の地位を高めることができると心の内で信じていた。美しいアドーナに心が動かされないわけではない。だが、ピーターは恋愛よりもむしろ出世に関心があり、彼が今朝こうしてアドーナの傍らにいるのも偶然ではなかった。

きらびやかな衣装をまとい、帽子の羽根飾りを揺らした一団は、勢子《せこ》が川から鴨《かも》を飛び立たせ、女王と鷹匠頭が隼《はやぶさ》を空に放つのを待っていた。待機している馬のあいだを斑《ぶち》のスパニエル犬が駆けまわる。ところが一団の端の、川岸からあまり離れていないところにいたアドーナの若い雌馬は、翼を広げて鳴きながら頭上を飛びまわる鳥におびえ、ずるずるとあとずさった。アドーナはほかの馬にぶつからないように手綱を強く引いた。みんな空を見上げていて、アドーナが危機に陥っていることに気づきもしなかった。彼女がなんとか馬を抑え、安心して息をついたとたん、隼が捕らえた鴨を二羽、川に落とした。

今やみんなの関心は、女王陛下のためにだれが鴨を川から引き上げるかにあった。鴨は白い羽をばたつかせてもがいている。アドーナの雌馬が制止を無視して、川から鴨を引き上げる組に加わろうとしたことにはだれひとり気づかなかった。アドーナが必死に前進させようとしているにもかかわらず、雌馬はどんどんあとずさってうしろ脚まで水につかった。歓声があがり、大声で笑う声が聞こえてきた。女王陛下も笑っていらっしゃる。何人かは剣を釣り針代わりにして獲物をねらい、ピーターという少年が女王の歓心を得ようと川に飛び込んだ。だが彼でさえも、アドーナと金茶色の雌馬が水につかって立ち往生していることに気づかなかった。

アドーナは叫んだ。「ピーター、助けて！」だが、彼の関心もまた鴨に向けられていた。脚までつかり、ドレスの裾《すそ》が濡《ぬ》れて膝に張りつくと、アドーナはしかたなく鞭《むち》を使って馬を前に進ませようとした。ところがもう手遅れで、鞭は水を打っただけで馬に当たらず、馬はがんとして彼女の命令に従おうとしなかった。そのとき、ふいに救いの手が差し伸べられた。大きな馬にまたがった大柄な男性が川に入ってきて、流れにのまれる寸前に雌馬の馬勒《ばろく》をぐいとつかんだ。

アドーナは岸に上がることしか頭になかったので、助けてくれた男性にはまったく注意を払わなかった。ただ、馬が大きかったことと、男性が相当な力の持ち主だということはわかった。男性はアドーナの手から手綱を取り、彼女と馬を泥水から岸に引き上げた。

拍手喝采《かっさい》する見物人から遠く離れると、アドーナはようやく言った。「ありがとうございました。ほんとうにお礼の申し上げようもありませんわ」雌馬が前に大きく傾き、アドーナは振り落とされないように鞍《くら》頭につかまった。「あのままだれも気づいてくれなかったら、どうなっていたことか――」

アドーナの感謝の言葉はあっけなくさえぎられた。

「こんなことをして注目を集めるつもりなら、考え直すことだな」男性は同情のかけらも見せずに冷たく言い放った。「あの拍手は女王陛下に送られたものので、きみのばかげた行動を賞賛するものではない。これからは獲物を取ってくるのは猟犬に任せることだ」

男性の無礼極まりない発言に、アドーナは珍しく言葉を失った。そのうえ悪いことに、男性はアドーナが茫然《ぼうぜん》としているあいだに素早く馬を降りた。そしてたくましい腕で、アドーナを馬から降ろした。濡れたスカートと下着の裾が、脚にぴったり張りついている。男性は癪《しやく》に障るほど手際がよかった。

「わたしは好きで川に落ちたのではありません」アドーナは言い返し、彼女を支えようとした男の手を振り払った。「あなたは、わたしが注目を集めたがっていると思っていらっしゃるようだけれど、そのために、女王陛下や廷臣の前で川に入ったりはしません。もちろん、鴨を取りに行く競争に加わったりもしません。思い違いもはなはだしいわ」アドーナは助けてくれた男性を見ようとしなかった。水色のドレスのスカートを振りながら、ピーターの姿を捜した。彼が馬を降りてひざまずくのが見えた。「ピーター」アドーナは言った。「そんなところでなにを……まあ大変！」彼女を助けた男性も同じようにひざまずいた。

馬に乗った人々がぱっと二手に分かれ、美しい葦《あし》毛《げ》の馬にまたがった女王が前に進み出た。アドーナは深々とお辞儀をした。「狩りには去勢馬が適しているると聞いていますよ」女王は言った。「あなたの馬は美しいけれど、少し訓練が足りないようね」助けてくれた男性の心ない言葉に傷ついていたあとだけに、女王陛下の思いやりにあふれた言葉はアドーナの胸に染みた。

にもかかわらず、アドーナは聞き流すことができなかった。女王陛下に返事をする前に、膝を折ったままの姿勢で男性をにらんだ。「お優しい言葉をありがとうございます。確かにわたしの馬はまだ若く、よく訓練されているとは言えません。それにしても自分の不作法を棚に上げて、他人を非難するのに熱心な方もいらっしゃるようでして」アドーナのあからさまな皮肉に女王と廷臣たちは笑い、問題の男性は手首にまつわりつくうるさい鷹を見るような目で彼女をにらんだ。

アドーナはようやくその男性に目を向けた。尊大な態度や教養を感じさせる声からうすうす勘づいてはいたが、彼女を助けてくれたのはうぬぼれの強い、鼻持ちならない男性だった。それでも、その姿はじつに堂々としていた。女王陛下がそばにはべらせたがるのも無理はない。女王は不器量な人間が、特に不器用な男性が嫌いだった。暗い緑色の瞳、いかにもふてぶてしく見える四角いあご、額にかかる黒い巻き毛。青いビロードの縁のない帽子には、さっきアドーナを馬から降ろしたときについたと思われるへこみがあった。アドーナが跳びかかっても少しも動じないほどたくましい体だ。女王の合図で立ち上がると、長く引き締まった脚に、市松模様の膝丈のズボンをはいているのがわかった。その裾には膝飾りがついている。まるでふたりで示し合わせたかのように、彼の濃い青のビロードがアドーナの水色のドレスを引き立てていた。

女王はまだ面白がっていた。「サー・ニコラス、あなたが不作法を働いたのかどうかはわかりませんけれど、わたくしが不幸にも川に落ちたときには、もっと同情していただきたいものだわ」

サー・ニコラスは笑って、女王に礼儀正しくお辞儀をした。

「女王陛下」サー・ニコラスは言った。「月が川に落ちることはあっても、陛下が川に落ちることなどあり得ません」

「そうだといいけれど」女王はサー・ニコラスのお世辞を軽く受け流すと、アドーナのほうを向いた。「ミストレス・ピカリング、恐ろしい目に遭いながら、あなたのように毅然《きぜん》としていられる女性はめったにいませんよ。帰らずに、このままわたくしのそばにいてくれるとうれしいわ」

アドーナはそれが女王の命令だということがわかった。「ありがとうございます。喜んでごいっしょさせていただきます」

「では、そばを離れないように。レスター伯の家臣にあなたの美しい雌馬をしつけさせましょう。サー・ニコラス、彼女の面倒を見てあげなさい」

サー・ニコラスは女王陛下に今一度お辞儀をし、女王は家臣のもとに戻っていった。女王がアドーナに示した優しさに、家臣たちは拍手を送っている。アドーナは、たとえ女王の命令とはいえ、こんな不作法な男に面倒を見てもらうつもりはなかった。ピーター・ファウラーのほうを向くと、うしろから呼び止める声がした。

「ミストレス・ピカリング。サー・トマスのお嬢さんか。やれやれ」

アドーナは肩越しに言った。「そういうあなたは、主馬頭の家臣ね。どうりで乗り手より馬に親切でいらっしゃるわけだわ。ご主人のレスター伯はあなたと違ってすばらしい方ですけれど」主馬頭であるハンサムな伯爵は、女王を愛している。そのことは多くの人が知っていた。

「幸いわたしの主人は、廷臣の見ている前で女王陛下を川から助け出すようなことはなかったからね。美しい雌馬と同様、その乗り手にも訓練が必要なようだ」アドーナがふと見ると、金茶色の雌馬は羊のようにおとなしくサー・ニコラスの手から餌《えさ》を食べていた。「信じるか信じないかは別だが、女王陛下がきみにそうおっしゃったのだ」

アドーナがぷいと横を向き、濡れたドレスの裾を絞っていると、ピーターとふたりの友人が駆けつけてきた。

「ばかばかしい！　女王陛下は、そんなことはおっしゃらなかったわ。陛下はわたしにおそばにいるようお申しつけになったのよ。わたしには陛下の命令に従う義務があるの。助けていただいたことには感謝しますけれど、サー・ニコラス、あなたはわたしに対してなんの責任もありませんから、どうぞご安心を。さあ、行って、ご自分の馬の面倒を見たらいかがですか？」

「ミストレス・アドーナ！」ピーター・ファウラーがアドーナをたしなめるように言った。「この紳士はサー・ニコラス・レイン。陛下の主馬頭代理だぞ」

アドーナが口をきく前に、サー・ニコラスはピーターにお辞儀をしてほほえんだ。「これはこれは、女王陛下にお仕えする廷臣のなかでいちばん長い役職名をお持ちのマスター・ファウラーではありませんか。紳士統制局委員および女王監視役。間違っていませんよね？」彼は笑いだしていた。

「完璧《かんぺき》です」ピーターは言った。「またの名を警備頭とも言いますが」

アドーナはどんな形でもサー・ニコラスに好意を示すつもりはなかった。彼女は助けに駆けつけてくれたふたりの友人に礼を言い、馬に乗せてもらおうとピーターのほうを向いたが、ピーターは笑い声に気を取られていて気づかなかった。すると、サー・ニコラスが一歩でアドーナに近づき、彼女のウエストをつかんで軽々と鞍に乗せた。

アドーナの目に見える景色が一瞬、ななめになった。サー・ニコラスの肩のあたりに頭が触れ、青い上着の白いひだ襟が頬をかすめた。すると麝香《じゃこう》の香りが漂い、アドーナは体を支えている彼の両手の力をいやでも意識した。そのあと再び景色がまっすぐになった。気がつくとアドーナは、サー・ニコラスの顔を、にこりともしない暗い緑色の瞳を、見下ろしていた。暗い緑色の瞳は大胆にも彼女の瞳を見つめ返している。アドーナは彼の瞳に見たものに困惑して目をしばたたき、彼から手綱を受け取った。それから、彼とピーターが彼女の脚に張りついたスカートを直しているあいだじっと黙っていた。

女王の一行はすでに移動したあとだった。

「ありがとうございます、サー・ニコラス」アドーナは、彼の青いビロードの帽子のてっぺんに向かって冷ややかに言った。白と金の羽根飾りが上下するのを見つめながら。「もう行ってくださってけっこうです」

サー・ニコラスは返事もしなかった。馬丁から馬を受け取ると素早く鞍に飛び乗り、見事な手綱さばきでアドーナの横に並んだ。そして、表情をこわばらせているアドーナ越しにピーターにうなずいた。

川からだいぶ離れた広い猟場に着くころには、アドーナははた目には落ち着いているように見えた。だが、実際は必死に平静を装っていたのだ。美しい水色のドレスは無惨にもびしょ濡れになり、鞍にまで水が染み込んで気持ちが悪かった。金茶色の雌馬は体のうしろ半分が泥にまみれ、馬具についている輝きを失った鐘は、もはや美しい音ではなく、耳障りな音をたてるだけだった。なかでも最悪なのは、全身ずぶ濡れになるのを防いでくれた男性の存在だった。彼がアドーナのそばについているのは、女王に命じられたからなのか、それとも彼自身がそうしたいからなのか。その謎《なぞ》めいた表情からは、なにもうかがい知ることはできなかった。鞍に乗せられたときの力強い手の感触がいまだに体に残っている。でも、心を乱されていることは絶対に知られたくなかった。

女王の命令に従って、サー・ニコラスはアドーナを女王のそばに向かわせた。それでアドーナはますます居心地が悪くなった。女王の手首には白隼が止まっている。遠くで飛び立った鷺《さぎ》が円を描いて舞い上がった瞬間、女王は白隼を解き放った。白隼は高く飛んで襲いかかり、餌食《えじき》となった美しい鳥をくわえて急降下した。貴重な猛禽《もうきん》に怪我《けが》をさせてはなるまいとして、猟犬の群れが猛然と獲物に走り寄る。再び拍手がわき起こった。そのあと、これから食べ物を配ると告げられた。

アドーナはこのときとばかり斜めに進んで一行の端にいる友人たちのところに戻り、若い小姓が配っている食べ物を受け取った。川での一件は忘れよう、ピーターに愛想よくしようと心がけた。それでもまるで目に意思があるかのように、気がつくと、金の縁取りがされた濃い青い服の、背の高いたくましい男性を見つめていた。問題の男性は、女王の侍女たちとなにやら楽しげに話している。

白ずくめの若き女官長は、赤褐色と金の衣装に身を包んだ女王の完璧な引き立て役だった。女王はアドーナと同じように、縁にカールした羽根のついた高い帽子をかぶり、首までボタンで留める上着を着て、ゆったりしたスカートをはいていた。アドーナが装飾を控えているのに対し、女王は縁飾りや鎖や輪でこれでもかというように飾り立てていた。幾重にも重なったペンダントやまばゆいばかりの宝石で胸元を飾り、ひだ襟のレースまでもが白く輝いていた。

アドーナの濡れたドレスがようやく乾きはじめたころ、一行は再び鷺や鶴《つる》やひばりを探す準備を始めた。アドーナが雌馬がつながれているところに行くと、馬は桶《おけ》で水をかけられたのか、鼻面から水を滴らせていた。

「脚は大丈夫？」泥だらけのお尻を見てささやいた。「おたがいにひどい目に遭ったわね。午後はおとなしくしてくれるでしょう？」

「それは乗り手しだいだ」うしろから男の声がした。

これ以上の衝突は避けようと、アドーナは歯を食いしばり、雌馬の泥だらけのお尻を撫《な》でて脚を調べようとした。サー・ニコラスは自信たっぷりにアドーナの前に立ち、彼女に代わって、専門家らしい慣れた手つきで馬の脚を調べはじめた。彼の手は日に焼けてたくましく、爪もきれいに整えられ、手の甲はうっすら黒い毛に覆われていた。アドーナは彼が馬の脚を指先でそっと押して調べるのを見て、さすがに手慣れたものだと感心した。サー・ニコラスが立ち上がり、アドーナは自然に視線を彼の顔に向けた。彼が面白がっているような目で自分を見ているのに気づいた。アドーナの視線に熱いものを感じ取ったのだろう。意に反して、アドーナの瞳は彼の目をじっと見つめていた。

「さて」サー・ニコラスは静かに言った。「馬は川に飛び込んだわりには元気だし、調教できないほど気性が荒いわけでもない。少し訓練すればいいだけの話だ。だれが主人かわからせるといい」

サー・ニコラスは話しながら、両手でサテンのようになめらかな馬の脇腹《わきばら》を撫でた。すると、馬がうれしそうに筋肉をぴくりとさせるのがわかった。だが、彼の言葉に強く反応しているのは馬ばかりではなかった。

「じつに美しい馬だ」サー・ニコラスは言った。「しかし、素人が乗るような馬ではない」彼の視線はアドーナを離れ、ふたりの話が聞こえないところにいるピーター・ファウラーに向けられた。ピーターはアドーナが怒ったように頬を紅潮させているのを見て、すぐに戻ってきた。

サー・ニコラスが、ピーターをわたしの恋人だと思っているのなら、それはそれでかまわない。アドーナは思った。実際には恋人ではないけれど、なんらかの防衛策が必要だった。サー・ニコラスの当てこすりに性的な意味合いが含まれているのは明らかだ。ついさっきまであれほど冷たい態度をとっておきながら、自分に言い寄ろうとするサー・ニコラスの大胆さに体が震えるほど興奮していた。そしてそんな自分に腹を立て、剣のように鋭い言葉が口をついて出た。

「わたしの雌馬の資質を心配してくださらなくてもけっこうですわ」アドーナはいやみたっぷりに言っ

た。「わたしの資質も同様にね。わたしたちはこれまであなたの助言がなくてもうまくやってきたんです。一度助けたくらいで、あなたの意見が必要だなどと思わないでいただきたいわ。早く伯爵のもとに戻って、せいぜいお役に立ってください。では、さようなら」

アドーナはそう言って素早く立ち去ろうとした。だが、サー・ニコラスの腕が横からぬっと伸びてきて雌馬の鞍をつかみ、アドーナは彼と馬のあいだにはさまれてしまった。「お嬢さん」サー・ニコラスは声を荒らげることなく言った。「きみがわたしに行けと命じたのは、たしかこれで三度目だな。わたしに命令を下せるのはごく限られた人たちだ。残念ながら、そのなかにきみは含まれていない。それに、女王にきみの面倒を見るように命じられた。だからやめるように命じられるまで、たとえいやでもそうするしかない。それが気に入らないのなら、きみが直接女王に願い出るといい。さあ、お嬢さん、馬に乗る準備はよろしいですか?」それだけ言うと、サー・ニコラスは両腕でアドーナを抱き上げた。

当然こうなることを予測しておくべきだった。サー・ニコラスは、素早く行動する男性だということを身をもって示している。ところが、アドーナは彼に近寄られると、その存在感に圧倒されて体が麻痺《まひ》したように動けなくなってしまうのだ。彼女に命令されるのをきっぱり拒んだふてぶてしさも、アドーナをとまどわせる原因のひとつだった。今やサー・ニコラスの顔は危険なほどアドーナの顔に近づいていた。サー・ニコラスはさっきと違ってアドーナを鞍に放《ほう》るような乱暴なまねはせず、彼女がもがいたりしないように必要以上に強い力で締めつけた。

「初対面のあなたに」アドーナはささやくように言った。「娘が侮辱されたと知ったら、父はなんと思うかしら?」口ではそう言ったものの、このことが父の耳に入るわけはないだろうと思った。少なくとも自分の口から告げることはない。そもそも、初対面のこの男性にほんとうに侮辱されたとしても、こんなにも胸がどきどきするのはいったいなぜだろう？ 不安と期待に胸が高鳴り、わくわくするような喜びを感じている自分に罪の意識さえ覚えた。それとも、これは怒りなのだろうか？ いつもなら、父親の名前を出せば、たいがいの男性はおじけづく。彼女の父親は王室祝宴局長官だ。サー・ニコラスよりも地位は上だ。

ところが、彼はおじけづくどころか、平然としている。「いいえ、お嬢さん」彼は言った。「お父上の耳に入ることはないでしょう」

アドーナは、サー・ニコラスの息が顔にかかるのを感じた。彼が野生馬を馴《な》れさせると同じやり方で彼女を馴れさせようとしているのに気づいた。彼の形のよい唇は引き締まり、鼻はまっすぐで、眉はつり上がり、目は黒いまつげに縁取られている。彼は、値踏みするように見つめるアドーナの目をじっと見つめ返した。アドーナは、人生経験を積んできたらしい彼の目の表情を見て、年齢は三十歳くらいだろうと思った。

「その手を離してください！」

思い過ごしだったのだろうか、アドーナを鞍に乗せるサー・ニコラスの顔を笑みがよぎったように見えた。だが、再び顔を見たときには消えていた。彼はアドーナの鞭を人差し指で叩《たた》いた。「これは見せるためのものであって、使うためのものではない」きびしい口調で言う。「種馬には必要だが、雌馬には必要ない」

アドーナは馬上から見下ろす格好になったのに安心して、大胆にも言った。「雌の子馬は？ 去勢馬にも鞭は必要ないとおっしゃるの？」

サー・ニコラスの顔に再び笑みがよぎったように

見えたが、それはまたすぐに消えた。「最初に言っておくが、きみに去勢馬は向かない」彼がピーターのことを指しているのは明らかだった。

いつの間にか午後になっていた。アドーナが珍しくおとなしいのに気づいたマスター・ピーター・ファウラーが、見当違いなことを言った。「服が濡れているのでご機嫌斜めなのかな？ 屋敷に戻って着替えられなかったのは気の毒だったね。女王陛下に気づかれないうちに帰ることもできたのに」

ピーターの言うことはもっともだった。アドーナの屋敷は宮殿とはわずか八百メートルしか離れていない。エリザベス女王がリッチモンドに滞在しているときには、この屋敷はサー・トマス夫妻にとっては非常に好都合だった。夫妻はリッチモンド以外にも、王宮のそばにいくつか屋敷を所有していた。宮廷での生活はじつに誘惑が多く、アドーナの美しき母レディ・マリオンはハンサムな夫をそんなところに野放しにするつもりはなかった。それでなくても、王室祝宴局長官として、式典やさまざまな催しの監督をしたり、そのときに着用する衣装の制作をしたりと、責任のある仕事をしている。ほかの要職に就いている男性よりも女性に接する機会が多いのだ。そういった催し物は、国政との均衡を保つために宮廷での生活には欠かせないものだった。

サー・トマスはその日、アドーナに仕事を手伝ってもらうつもりでいた。だが、鷹匠頭からアドーナを鷹狩りに連れていきたいとの申し出があり、むげに断るわけにもいかなかった。鷹匠頭がアドーナに特別な感情を抱いているようでもあるが、アドーナほどの美しさと父親の後ろ盾があれば、ほかにもっといい相手がいくらでもいる。

美しいアドーナは両親の誇りだった。淡い金髪と、長いまつげに縁取られた灰色がかった青い瞳、ふっくらとした魅力的な唇。両親の知る限り、その唇に触れた男はいまだにひとりもいなかった。キリスト降誕祭に、軽く唇を合わせた程度の男の子はいるだろうが、男性はいないはずだ。かといって、アドーナが男性にまったく興味がないわけではないと思っている。サー・トマスとレディ・マリオンはアドーナを甘やかしすぎだとほかの子供たちから批判されていた。まわりの人たちも、アドーナも二十歳になったのだから、いつまでもえり好みしていないで、ほかの女性のように、いちばん裕福な相手と結婚して妻となり母となるべきだと口をそろえて言った。

アドーナにとって幸運なことに、両親は今のところそういう意見にはまったく耳を貸さなかった。ふたりとも、宮廷が嘘《うそ》と陰謀の渦巻く魑魅魍魎《ちみもうりょう》の世界で、恋に破れ、または結婚が破綻《はたん》して涙を流す女性がいかに多いかをだれよりもよく知っていた。アドーナは女王の取り巻きではないし、女王もアドーナに定期的に宮廷に出仕するようにとは言わなかった。ピカリング夫妻の不安を思いやってのことだろう。若く美しい女性はしばしば男性の餌食になる。女王陛下には六人の若い侍女がいたが、過去にたびたび問題を起こしていた。侍女に取り立てられるとすぐにその地位を失った者もいて、監督者としての女王の責任が問われた。

とはいえ、女王は以前からアドーナ・ピカリングに目を留めていた。そのうえサー・トマス夫妻が好きだということもあって、才能にあふれた一家をなんとかさまざまな催しに参加させようとした。それはおたがいの利益になった。女王は美しく才能にあふれた人々を周囲にはべらせることで自らの評価を高めている。そのためアドーナの存在は新たに王室祝宴局長官に任ぜられた父親の成功を裏づけることにもなった。衣装局の一部ではあるし、サー・ジョン・フォーテスキューの配下とはいえ、サー・トマスが重大な任務を負っていることに変わりはなく、彼はかかわりのある人々にも気をつかわなければならなかった。

宮廷の陰謀に巻き込まれずに自由に宮廷に出入りできるということは、アドーナにとって都合がよかった。特に宮廷と住まいが近いこともあって、その身に危険が迫れば、いつでも父に助けを求めることができた。父親の名前を出して執拗《しつよう》な相手を追い払ったことも一度や二度ではない。アドーナにとって父親は、しつこく迫ってくる男性から身を守る強固な防波堤だった。宮殿の隣にあるシーンハウスと呼ばれる住まいには、つねに訪問客があった。最新流行の入り組んだ建物には、危険が去るまでのあいだ身をひそめていられる場所が十数箇所あった。

サー・ニコラスは父親の名前を出しても顔色ひとつ変えなかった。それでも、アドーナはいつものように祝宴局にいる父親のもとに逃げ込んだ。サー・ニコラスもここまで追いかけてくることはないだろう。父が彼女の助けを借りずどこまで仕事を進めたかを見る時間はたっぷりあった。なにしろ住まいは宮殿の目と鼻の先だ。

祝宴局は衣装局と同じ建物のなかにあった。衣装局には女王の衣装の一部が保管されていることもあり、仕立て屋、毛皮職人、縫い取り師、指物師、靴職人といったさまざまな職人が、狭い窮屈な部屋で肘をぶつけ合うようにして仕事をしている。アドーナの豊かな想像力は祝宴局では大いに役立った。祝宴局には彼女のほかにもすばらしい審美眼を持つ男性や、絵の才能のある男性が働いていて、宮廷で行われる数々の催し物に用いられる舞台装置や小道具や衣装の制作に当たっていた。

アドーナは部屋の隅に比較的静かな場所を見つけ、そこで週末に上演される仮面劇の贅沢《ぜいたく》で奇抜な衣装を点検した。衣装のデザインはもちろんのこと、生地選びや宝石選び、さらには、手の込んだ頭飾りやかつらの制作まで手伝った。なにしろ女王に仕える侍女がみな参加するので、金髪のかつらが大量に必要だった。アドーナは仮面を手に取って、金色の房飾りのついた淡い青緑色の薄地のドレスを体の上に重ね合わせた。

「着てみるといい」父のサー・トマスが言った。

「それがいちばんだ」

「着替えるのに手間がかかるわ」

「おまえは手間かもしれんが、わたしは助かる」サー・トマスは、アドーナが仮面と金と銀の星をちりばめた衣装を持って部屋の隅に置かれたついたてのうしろに向かうのを見てにやりとした。アドーナはスカートをふくらませる下着やコルセットといった脱ぎ着に手間のかかるものはいっさい身につけていなかった。それでもメイドのメイベルがいっしょについていった。着替えを終えたアドーナがついたての外に出ると、驚いたことに父はひとりではなく、サー・ジョン・フォーテスキューと、父の補佐をしている祝宴局の役人たちがいっしょだった。

アドーナは思いもかけず役人たちがいることに戸惑った。きちんとした下着をつけていなかったし、金色の房飾りのついた淡い青緑色の衣装はまだ完全に出来上がっていなかった。彼女は赤くなった顔を仮面で隠し、衣装の裾をつかんで胸元を覆った。とはいえ、袖《そで》は片方しかなく、もう片方の腕はむきだしだった。

アドーナがついたてのうしろに隠れないうちに、役人たちは完成されていない服を着た水の精を見て、八人分の衣装代を素早くはじき出した。ヴェネチアンゴールドの房飾りがついた白金の薄い絹、ウエストに銀色のローン地の切り替えが入ったチュニック。そのほかにも仮面、頭飾り、ストッキング、三つ又の槍《やり》、さまざまな装身具。これらをすべて八人分そろえなければならない。

「頭飾りをつけてごらん」サー・トマスは言った。「これか？　それとも、こっちか？」彼は海藻のような緑色の飾りがついた銀色のほら貝のかぶり物を手に取って、メイベルに渡した。

「今はだめよ、お父さま」アドーナは抗議した。

だが、抵抗もむなしく、アドーナは三人の役人に言われるまま頭にほら貝をのせた。すると、仮面がずり落ちて、のぞき穴から外を見ることができなくなった。これを改良しないといけないわ。アドーナはそう心に留めた。彼女の耳には賞賛している声が聞こえた。

「もう行かないと」アドーナは、口のまわりに開いたわずかばかりの穴に向かってつぶやいた。「これで失礼させていただきます」

そう言って振り向くと、いつの間にかうしろに立っていた人物と危うくぶつかりそうになり、いきなり腕をつかまれた。聞き覚えのあるその声に、アドーナはつけていた仮面を素早くはずそうとしたが、ほつれた髪とかぶり物に引っかかって、はずせなくなってしまった。胸元を覆っていた布地も大きくはだけ、メイベルが急いでつかんだものの、男性は興味深そうに見つめていた。

「今日は、水の精は災難つづきのようだな」サー・ニコラスはささやくと、アドーナの腕を放して彼女が通れるように脇に寄った。

アドーナは精いっぱい威厳を保って、近くのテーブルから長くて赤い薄手の絹の布をつかみ、体の前を覆った。「ここは祝宴局ですよ」かみつくように言う。「余興をしているんじゃありません」

サー・ニコラスは面白がるような目をして、アドーナの父とサー・ジョンを見た。

サー・トマスは説明した。「いいんだよ。サー・ニコラスは主馬頭の命令でいらしたんだ。ケニルワースへの視察旅行に持っていく荷物のことをききに来られた。用もすまないうちに追い出さないでくれよ。さもないと、わたしが伯爵にお叱《しか》りを受けることになる」

アドーナはぷりぷりしてサー・ニコラスの横を通り過ぎ、ついたてのうしろに戻った。恥ずかしさのあまり顔から火が出そうだった。また彼にぶざまなところを見られてしまった。考えてみれば、彼にはぶざまなところしか見られていない。なんて癪に障る人なの！

「大丈夫ですよ、お嬢さま」メイベルは小声で言った。「あの方はなにも見ていませんから」

「なんて癪に障る人なの！」アドーナはそう言って、顔にかかる髪を払いのけた。「ベル、髪にネットをかぶせてちょうだい。そう、そのほうがいいわ」ついたての陰から再び姿を現したアドーナは、最初に登場したときと同じように見る者の目を奪った。水の精の衣装から、あっさりした赤褐色の麻の普段着に着替え、その上にさっきテーブルから取ってきた赤い絹の布を羽織っていた。赤い布は美しいひだを描いて床にまで届いている。布の赤と赤褐色のドレスの赤に、急いで頭にかぶった金色のネットがじつによく映える。

四人の男性は、アドーナの劇的な変わりようと美しさに言葉を失い、背筋を伸ばして近づいてくる彼女に見とれていた。最初に口を開いたのは父親のサー・トマスだった。「さすがに妖精《ようせい》は変身するのが早い」彼はそう言って笑った。

サー・ニコラスはもっと的確だった。「水の精が火の精に変わった」

サー・ジョンが咳払《せきばら》いをした。「おほん！　まあとにかく……衣装の準備は順調に進んでいるようですな、サー・トマス。仮面劇の題目は上演するまで秘密にしておくように頼みますぞ」衣装局長官は、白いものが交じった立派な眉の下からサー・ニコラスをじろりとにらんだ。

「もちろんわかっています。ここで見たことはいっさい他言しないと誓います。主人のレスター伯もケニルワースで女王陛下のためにいくつか出し物を計画されていて、秘密を守ろうと同じように気をつかっておられます」

「そうですか」サー・トマスは言った。「衣装局が荷馬車と荷車が何台必要かお知りになりたいんでしたな。よろしければ、水曜日にわたしの住まいのシーンハウスにおいでになりませんか？　妻のレディ・マリオンとわたしとで、祝宴局長官就任披露の晩餐《ばんさん》会を開くことになったのです。ここにおられるふたりの紳士もおいでになります。唐突ですが、どなたか決まった方がおいでですか、サー・ニコラス？」

「いいえ、おりません。今のところはまだ」サー・ニコラスは一様ににやりとしている男性陣を見てほほえんだ。アドーナがいなければ、話はさぞかし盛り上がったことだろう。父がサー・ニコラスを自宅に招いてしまったので、祝宴局ばかりかシーンハウスまでも安全な場所ではなくなってしまった。アドーナはそう思った。

サー・トマスは、サー・ニコラスを招待したことにアドーナが賛成するものとばかり思っていた。彼は娘を見て眉を上げた。「アドーナ？」

アドーナの目に一瞬よぎった表情がすべてを物語った。「まだ決まった方がいらっしゃらないのですか、サー・ニコラス？　ちょうどよかったわ。いとこのヘスターが明日、わが家に着くことになっているんですけれど、相手をする男性がいなくて母が困っていましたの。これで問題が解決しましたわ」

サー・ニコラスは優雅にお辞儀をした。「ご親切にありがとうございます。いとこのミストレス・ヘスターにお目にかかるのを楽しみにしています。彼女は……？」

「亡くなったサー・ウィリアム・ピカリングの娘です。女相続人ですわ」それを聞いただけでのぼせ上がってしまうんじゃないの、とアドーナは意地悪く思った。「みなさん、よろしければこれで失礼させていただきます」

サー・ニコラスは男性たちから離れた。そう簡単に逃がしてなるものかと言わんばかりにアドーナと並んで歩き、テーブルで仕事をしている職人のあいだを縫って戸口に向かった。彼はなんとかアドーナよりも先に戸口にたどり着き、彼女のために扉を開けた。

アドーナはサー・ニコラスをにらんだ。「せっかくですけれど、馬に乗せていただく必要はありませんから。馬は屋敷に置いてきました」

「歩いていくのか？　その格好で？」サー・ニコラスはアドーナの長く引きずった赤い布を指し示した。

「ええ、あなたがぽかんと口を開けてわたしを見ているあいだは、この格好で」

「わたしがその……ぽかんと口を開けて見るのをやめたら？」サー・ニコラスはいたずらっぽい笑みを浮かべた。

アドーナは大きなため息をついて、父親たちのほうをちらりと見た。「わたしのことはいいですから、お仕事に戻られたら？　もう放っておいてください。ここはあなたが来るような場所ではないわ」

「わたしはどんな場所にもすぐに慣れる」サー・ニコラスは静かに言った。「あなたもそうでしょう、お嬢さん？」

「いいえ、違うと思います。いとこのヘスターとうまくいくかどうか楽しみにしていてください」

「ところで、ミストレス・ヘスターは水のなかからおいでになるのかな、それとも火のなかからかな？」

「ヘスターは喪のさなかです」アドーナはにこやかに言った。「それではごきげんよう」

2

午後になって、父からサー・ニコラス・レインにどうしてあれほどそっけない態度をとったのだときかれた。アドーナは彼があまり好きではないという返事しかできなかった。

サー・トマスも、それがへたな言い訳にすぎないことはわかっていた。「わたしは、あまり好きでない相手にも無愛想にしないように心がけているつもりだ。さもないと、長くこの職にとどまっていることはできないだろうからな。あまり好きではないということのほかに、なにか理由があるのではないのか？」

「いいえ、お父さま。なにもないわ」

「彼は有能な男だ。レスター伯も高く買っておられる」

「そのようね。ヘスターが彼を気に入ってくれるといいのだけれど」

「おまえもそれまでに機嫌を直して、サー・ニコラスに愛想よくふるまってほしいものだ。家族のためにも」

「わかっているわ、お父さま。今日のことはごめんなさい」

「役職名だけやたらに長いマスター・ファウラーより、彼のほうがよほど見込みがある」

「なんてことをおっしゃるの、お父さま！」

「アドーナ、おまえももう二十歳だ。いつまでも結婚しないでいることはできないのだぞ。おまえをぜひにと言ってくださる方が何人も――」

「いやよ、お父さま。そんなことおっしゃらないで。わたしはこの人だと思える人に出会うまではだれとも結婚したくないの。ピーターにはそれまで大いに協力してもらうつもりよ」

「ほんとうか？　それなら、もう少し身を入れて相手を探してもらわないと困るな。わたしも母上もそろそろ孫が欲しいと思っているんだ。おまえは少し理想が高すぎるんじゃないのかね？」サー・トマスは人差し指でそっと娘のあごに触れた。

「ええ、そうよ、お父さま。わたしはいっさい妥協するつもりはありませんから」

アドーナは確かに男性や結婚に対して理想が高いかもしれないが、自分では無理な要求をしているとは思わなかった。ほとんど恋愛の経験がないので、友だちから聞いた話や、アーサー王やギリシア神話の愛情あふれた話から得た知識に頼るしかないのだ。確実な知識とは言えないかもしれない。だが、ほかに参考にすべきものが見当たらなかった。それが災いしてか、アドーナは将来結婚する相手とは出会った瞬間、この人だとぴんとくるにちがいないと信じていた。傲慢《ごうまん》で、厚かましくて、鼻持ちならない男は、アドーナの求める男性像からはまったくかけ離れていた。にもかかわらず、理想とはほど遠いサー・ニコラス・レインのことがなぜこんなにも気になるのか、なぜ彼の顔や姿形の細かいところまでが頭にちらついて離れないのか、彼女自身にもわからなかった。

アドーナは男性のあいだで、簡単には獲得できないというもっぱらの評判だった。彼女の父親の存在があったものの、大きな理由は、彼女が結婚によって束縛されるのを嫌っているからだ。アドーナの友人は男女を問わず、すでに親となっている者もいた。だが、アドーナや大半の友人は、比較的自由な今の生活に安閑とし、そこからなかなか抜け出せないでいた。ある意味では、女王陛下もわたしたちと同じように自由を楽しんでいらっしゃるのかもしれない、とアドーナは思った。女友だちが結婚相手を探すことに夢中になっているというのに、アドーナはだれとも真剣につき合おうとしないで、自分に思いを寄せる男性を競い合わせて楽しんでいた。それはアドーナが常に主人公でいられる楽しい芝居のようなものだった。弟が書いている芝居と同じだ。弟の芝居は役者が演じるが、それでも役者はひとたび扮装《ふんそう》を解けば、ほかの人たちと同じように自宅に帰って眠るのだ。

アドーナは父親が急に結婚をせかすようになったことにいらだちを覚えた。だとすると、これまでのように父を頼りにはできないということだ。サー・ニコラス・レインはわたしの探している男性ではないとはっきり言わなければ、父は彼を有望な義理の息子候補者とみなす恐れがある。かといって、どんな男性を探しているのか具体的に説明するのはもっとむずかしい。アドーナや女友だちは、いろいろな男性に目移りするのをごく当たり前のことだと思っていたものの、移り気な男性を認める女性はだれひとりいなかった。男性は誠実で尊敬できる人柄でなければならないし、恋人のような情熱も持ち合わせていなければならない。主馬頭代理のサー・ニコラス・レインはそのどれひとつとして当てはまらない。彼は馬のことだけ考えていればいいのよ。わたしはあくまでも理想を追求するわ。アドーナはそう思った。

シーンハウスはピカリング家が所有する屋敷のなかでもっとも便利だ。宮殿に近いことから、サー・トマスは仕事場と自宅を楽に行き来することができた。屋敷はアドーナのお気に入りの家でもある。隣にあった修道院は、エリザベス女王の祖父であるヘンリー七世が火災で焼失したシーン宮を再建したときにいっしょに建てたものだ。新たによみがえったシーン宮殿は、ヘンリー七世の愛する故郷ノースヨークシャーの伯爵領にちなんでリッチモンド宮殿とその名を改められた。テムズ川の河畔に立つ壮大な宮殿の敷地内に、修道院があった。修道院の東の端にも独立した庭があり、その庭はパラダイスと呼ばれていた。修道院そのものは今から約四十年前、ヘンリー八世の修道院解散令によって破壊され、廃墟《はいきょ》となったが、残骸《ざんがい》の石は建物に再利用された。雑草が生い茂っていた庭も美しく整備されて、今では宮殿を訪れた客人が静かに散歩を楽しむ場所になっている。シーンハウスから修道院跡、さらに川に面した宮殿の南の壁へと通じる道は、いつしかパラダイスロードと呼ばれるようになった。シーンハウスの庭からは修道院跡の敷地の大部分と、宮殿の庭師が管理する果樹園とぶどう園が見晴らせ、さながら自宅の庭のようだった。煉瓦《れんが》の家並みが川岸に沿って立ち並び、広々とした庭と果樹園が連なる風景は美しく、ロンドンの騒音や悪臭とは無縁だった。

シーンハウスはエリザベスの頭文字Eをかたどって立てられた宮殿と同じ、淡いピンクの煉瓦造りの建物だった。サー・トマスは妻のレディ・マリオンのために最近、庭に宴《うたげ》用の建物を増築した。翌日、アドーナとメイベルが、いとこのヘスターが到着したという知らせを受けたのもそこだった。噴水のある庭の隅に立てられた小さな八角形の部屋は、母屋とは砂利敷きの通路でつながっている。客人を迎え入れる前にエプロンを脱いで階段にかけておくだけの距離は保たれていた。

ピカリング家のだれもが、いとこのヘスターが見違えるようなレディに成長していることを期待していた。最後に会ったのは彼女の父親が珍しくシーンハウスを訪れたときで、彼女はまだ十歳かそこらのほんの子供だった。ヘスターの父親は生涯独身で、彼女の産みの親とさえ結婚しなかった。ヘスターの母親は宮廷に仕えていた女官だったとしか知らされておらず、ヘスターは生後間もなくサー・ウィリアムの妹夫婦に預けられた。

久しぶりに再会すると、ふたりの若い女性はたがいの成長した姿を見て驚いた。アドーナは驚きを顔に出すような不作法なまねはしなかったが、ヘスターはそうではなかった。

「まあ！」ヘスターはつぶやいた。「あ、あなたが……ミストレス・アドーナ？」ヘスターはアドーナとメイベルを交互に見た。彼女はアドーナよりひとつ年上だが、極端に引っ込み思案で、おびえたような目をして、子山羊《こやぎ》革の手袋を握り締めていた。

レディ・マリオンが見るに見かねて、母親らしくヘスターの肩に腕をまわした。「アドーナでいいのよ」レディ・マリオンは優しくささやいた。「あなたは娘のいとこというよりむしろ、サー・トマスのいとこと言ったほうがいいんですから、わたしたちのことは洗礼名で呼んでちょうだい。サー・トマスと息子のシートンとエイドリアンはあとから来るわ」

レディ・マリオンはヘスターを安心させ、喜ばせようとして言ったのだが、若いヘスターは恐怖に顔を引きつらせ、今にも部屋を飛び出さんばかりの様子だった。

アドーナはヘスターが気の毒になり、ほほえんで両手を差し出した。ヘスターは相変わらず手袋を握り締めたままだ。

「シーンハウスにようこそ、ヘスター。セントアンドリュース・アンダーヒルからはるばるいらして、さぞ疲れたでしょう」

ヘスターがなぜセントアンドリュース・アンダーヒルにいたのかは謎《なぞ》だった。というのも、彼女の新しい住まいはロンドンの中心、セント・ポール大聖堂のすぐそばにあったからだ。

「ええ」ヘスターはささやき、白い漆喰《しっくい》の壁と、タペストリーに覆われた壁を見まわした。「ここは涼しくて静かだわ。ずっと前にうかがったときにも、なんてすてきなお屋敷かしらと思ったのを覚えているわ」

「どうぞ」レディ・マリオンはそう言って、ヘスターを彫刻が施されたオークの階段のほうに案内した。あれからいろいろなことがあったわね。あなたも今は自立した女性で、なんでも自由に好きなことができる身分になったのよ。だから、好きなだけここにいていいのよ」

そう言われても、ヘスターは喜びに頬を染めるようなことはなかった。それどころか、自分自身で決断を下さなければならない立場に立たされたことに戸惑いを覚えているようにさえ見えた。サー・トマスのいとこのサー・ウィリアム・ピカリングは年の初めに亡くなり、全財産とロンドンにある屋敷をへスターに遺《のこ》した。

「メイドは連れてこなかったの？」アドーナはたずねた。「連れてきていないのなら、メイベルになんでも言いつけるといいわ。彼女は最新流行の髪を結えるのよ。さあ、お部屋に案内するわ。荷物は召使いに運ばせるから」

ヘスターが喪服を着てくることは予想できたが、彼女は客人として許しがたいほどやぼったかった。レディ・マリオンもアドーナも、流行の先端を行っているわけではないものの、ヘスターのように十年前に流行《はや》ったような服を着ていても平気なほど世のなかの流れに無頓着《むとんちゃく》ではなかった。ゆったりしたドレスで全身を隠しているので、ヘスターの体型は想像するよりほかない。ドレスの裾《すそ》には毛皮の縁取りがされ、袖《そで》はふくらんで、ぴったりした肘から下にはビーズ刺繍《ししゅう》が施されていた。ヘスターの頭は黒い頭巾《ずきん》にすっぽり覆われていた。頭巾の前からちらりとのぞく髪は茶色がかっていて、メイベルは一度洗わなければほんとうの髪の色はわからないのではないかと思った。ヘスターがメイベルに触らせるかどうかは疑問だったが。

昨日父に叱《しか》られてから、アドーナはヘスターにはできるだけ優しくしようと心に決めていた。ヘスターをこれほどまでに引っ込み思案にしてしまった原因はわからないが、彼女は同じ年ごろの女性に比べてもひどく内気だった。こんなことでは、ちまたにあふれる財産目当ての男たちの格好の餌食《えじき》になってしまうだろう。だれかが彼女を守ってやらなければならない。ところが、アドーナとレディ・マリオンは土曜日の招待客の名簿を見て、この不憫《ふびん》な若いレディの相手に、こともあろうにだれよりも危険なサー・ニコラス・レインを選んでしまった。でも、ふたりは似合いの恋人になるかもしれない。奇妙なことに、アドーナはふたりの仲を取り持つことにそれほど意欲を感じなくなっていた。

アドーナはヘスターの驚くほど少ない荷物を解くのを手伝った。ヘスターは数枚の服しか持っていなかった。少しでもヘスターをくつろがせようと、アドーナは部屋を見せてまわった。屋敷のなかはヘスターの記憶とほとんど変わらなかったが、外側はだいぶ変わっていた。幾何学的に整備されていた庭はいくつもの小さな庭に造り替えられ、それぞれの庭が背の高い生け垣、壁、格子で仕切られていた。宴用の建物もまたヘスターが初めて目にするものだった。

アドーナは両開きの扉を開けて、床が大理石でできた八角形の部屋に通した。八面の窓すべてから庭が見渡せる。天井には雲と果物を持った守護霊ケルビム天使の美しい漆喰画が描かれ、窓と窓のあいだの壁には、そこに見える庭の景色がそっくりそのまま描かれていた。部屋の中央に置かれた丸い大きな大理石のテーブルを支えているのは、しかめっ面をしたケルビム天使だった。

「晩餐《ばんさん》会に出す砂糖漬けの果物とアーモンドのお菓子が食品室に用意してあるわ。最後のお料理が出されたあとにここでお菓子をつまんで、そのあいだに召使いが大広間をきれいに片づけて出し物の準備をするのよ」アドーナは言った。

「晩餐会は今夜開かれるの?」

「明日よ。三十人ほどのお客さまがお見えになるわ。母からなにも聞いていない?」

ヘスターの顔から血の気がひいた。「お客さま? まあ、そんな」手で口を覆う。「わたしは部屋にいるわ。喪中ですもの」

「ヘスター……」アドーナは壁に作りつけられた石のベンチにヘスターを座らせた。「いくら喪中だからといって、人に会うのを避けることはないわ。サー・ウィリアムが亡くなられてからもう七カ月になるのよ。今まで生きてきた二十一年のあいだに、いったい何度おじさまに会ったの?」

「二度……いいえ、三度かしら。よく覚えていないわ」

「喪が明けるまでの一年間、黒い服を着るのは勝手だけれど、サー・ウィリアムはあなたがそんなに長いあいだ引きこもっているのを望んではいらっしゃらないんじゃないかしら。だって、おじさまは自分の思うままに生きた方ですもの」

ヘスターはサー・ウィリアム・ピカリングについて、少なくともわたしが知っているのと同じくらいの知識はあるだろう。アドーナはそう思っていた。彼はレスター伯が現れるまで、女王の有力な結婚相手と目されていた。少なくとも、サー・ウィリアム本人はそう信じていた。彼は女王の寵愛《ちようあい》を受けているのをいいことに好き勝手にふるまい、宮廷では大いに不興を買っていた。だが結局、女王はサー・ウィリアムとは結婚せず、彼は宮廷から退いて生涯独身を通した。

「おじさまの話を聞いたことはないの?」アドーナはたずねた。「みな、おじさまはすばらしい方だったと言っているわ。国の財務を担当していて、学者で、ハンサムで、女性はみんなおじさまにあこがれていたそうよ。おじさまはあなたのお母さまとあなたを深く愛していらしたのね。だからこそ、全財産をあなたに遺されたのよ。おじさまは、娘が家に閉じこもって人と出会う機会を逃してしまうのを、望んではいらっしゃらないわ。晩餐会にはわたしの両親も出席するから、心配することはなにもないのよ」

そのときまでずっと自分の手を見下ろしていたヘスターは、ため息をついて窓の外を見た。「そうね、でも……」

「でも、なに?」

「あなたは慣れているからいいけれど。人と話していても言葉につまることなどないでしょう。それになによりきれいでおしゃれで……」

「なにを言っているの。流行の先端を行っている女性のなかにはそれほどきれいでない人もいるし、その反対に、きれいでもやぼったい人もいるわ。だれにでもひとつくらいはいいところがあるものよ。あなたにはいいところがいくつもあるじゃないの、ヘスター」

「そうかしら？」

「そうよ。長所を最大限に生かすのが成功の秘訣《ひけつ》よ。わたしに手伝わせてもらえないかしら。自信があるの。メイベルとわたしが髪を整えてあげるわ。それから、もう少しきれいな服を探さないと」

「黒い服？」

「黒でも、あなたがもっと引き立つような服じゃないとだめよ。わかった？」

ヘスターの顔にようやく笑みが浮かんだ。「ええ、わかったわ。それでなにを話したらいいのかも教えてくださる？」

「それは」アドーナは言葉につまった。「いくらか時間がかかるかもしれないけれど、やってみるわ。それよりもまず大切なのは笑顔よ」

その日の午後、サー・トマスがシーンハウスに戻ってくると、ヘスターが優雅なお辞儀をして出迎えた。彼女は、レディ・マリオンが迎え入れた時代遅れの服装のさえない娘とは思えないほど、美しく変身していた。お辞儀をするのに気を取られて言葉のほうがすっかりおろそかになってしまったけれど。アドーナとメイベルは奇跡を起こした。ヘスターの髪をきれいに洗って、艶《つや》が出るまでとかしつづけ、うしろでひとつにまとめて宝石のついた小さな帽子をかぶせた。眉を美しい弓形に整え、まばらなまつげをすすとサルビアを混ぜたもので黒く塗っただけで、地味な顔立ちが見違えるように美しくなった。なんといっても、ヘスターのいちばん美しいところは歯だった。彼女がひとたびほほえみ、白く輝く歯がのぞくのを見て、アドーナは彼女がもっと笑おうとすべきだと思った。彼女はそれをヘスターに伝えた。

ゆったりとしたドレスの下には、ほかの若い女性と変わらない均整のとれた体が隠されていた。しかし、体の動きはぎごちなかった。それでも、袖に切り込みの入った光沢のある黒の絹のドレスに、黒糸刺繍を施した肩掛けを羽織ると、ヘスターは美しく変身した。

自信に満ちた立ち居ふるまいを教えるのは容易なことではなかった。ぎごちなさは一朝一夕で解消されるものではない。注意したところで、かえって緊張してますますぎごちなくなる恐れがある。そこで、アドーナは話すよりもむしろ人の話を聞くことを心がけるよう助言した。

「少しもむずかしいことではないわ。男性は例外なく自分のことしか話さないものよ。あなたはただうなずいていればいいの。相手の男性はあなたがひと言も話さなかったことには気づきもしないでしょうよ。まず失敗する恐れはないわ。ただほほえんでいればいいの」

ヘスターは、アドーナの言葉に皮肉が込められていることにはまるで気づかなかった。もともと自分の意見をはっきり言う性格ではなかったので、アドーナの助言を素直に受け入れた。ヘスターはピカリング家の庭の向こうに宮殿の壁が見えるのに気づいて、サー・トマスはあそこで働いているのかとたずねた。

「いいえ」アドーナは言った。「父の執務室と仕事場は、裏のテニスコートとボウリング場のそばにあるの。あれは女王陛下の庭の壁よ。今から見に行きましょうか?」アドーナはヘスターが興味を持っていることに気づいた。

思ったとおり、ヘスターの返事は曖昧《あいまい》だった。

「そ、そうね……でも、邪魔が入ったりしないかしら?」

アドーナは笑った。「だれかに会う心配はないかっていうこと? 会うとしたら、変わり者の廷臣か庭師くらいなものよ。さあ、美しくなったヘスターを見せに行きましょう」ヘスターは黙ってあとに従った。

宮殿の建物は川に沿って大きく広がっていた。大小さまざまな塔が、金色の風向計や光り輝く丸い屋根、旗や煙突のあいだを突き抜けるようにして伸びている。ガラス窓に当たった光が煉瓦と石に反射してきらきら輝く。建物の正面を飾る模様はいつ見ても飽きることがなかった。しかし、ヘスターはだれかにばったり会いはしないかとあたりをきょろきょろ見まわしていた。アドーナは、雨の日にも庭園の四方を取り囲む覆いの下の通路を通って散歩することができると話した。だが、ヘスターはそわそわして落ち着きがなかった。

「あの叫び声はなに?」ヘスターはおびえたようにささやいた。

「裏のテニスコートよ。行ってみましょうか?」

「で、でも……人がいるんでしょう?」

「みんな競技をしている人を見るのに夢中で、わたしたちには気づきもしないわ」

アドーナはヘスターの腕を取り、人の声がするほうに引っ張っていった。耳慣れない、ぴしっぴしっという音は、ふたりが近づくにつれて、がたがたという大きな音に変わった。

テニスコートは、ハンプトンコートにあるものと同じように屋根がついていた。アーチの下をくぐって薄暗い通路に出ると、がたがたいう音と男性の叫び声がひときわ大きく聞こえてきた。ヘスターは思わずアドーナの腕にしがみついた。アドーナは同情したものの、こんなところで尻込みしているようではこの先どうなるのかと案じた。ヘスターを前に押し出し、彼女がしぶしぶ歩いていくのを見てほほえんだ。

壁の高いところに取りつけられた窓から日が差し込むなか、壁に沿ってずらりと並んだ見物人が、固いボールが大きな音をたてて傾斜した屋根に当たって落ちてくるのを見ていた。コートの中央には真ん中がたるんだ網が張られ、ぴったりした上着にタイツ姿の男性が四人、柄の短いラケットでボールを打っていた。アドーナとヘスターは体をかがめて観客席に入っていった。観客は仕切りから身を乗り出すようにして試合を見守っている。

「お見事！」観客は叫んだり、抗議する男性を笑ったりしてにぎやかだった。

ふたりは仕切りのうしろにあいている場所を見つけた。アドーナは顔見知りに黙礼しながらも、ボールが木の屋根に当たるたびにヘスターが身を縮めるのに気づいていた。テニスをしている人たちに注意を向けたアドーナは、手を伸ばせば届くところにサー・ニコラス・レインがいるのがわかった。革のボールを強く叩《たた》く腕力に圧倒されたのか、記録係は彼に有利な判定を下した。

アドーナはわずかにあとずさった。こんなところに来なければよかったと後悔しながらも、いつの間にか、サー・ニコラスの力強く正確な試合運びに釘《くぎ》づけになっていた。彼の動きは敏捷《びんしょう》で、絶対に追いつかないだろうと思えるようなボールをいとも簡単に打ち返した。コート替えをするとき、サー・ニコラスは上着を脱いで、白い麻のシャツ姿になった。袖をまくり上げると、筋肉の発達した腕が見えた。

ヘスターが気分を害したのは明らかだった。

「行きましょうか、アドーナ?」ヘスターは小声で言った。

一瞬静まり返ったコートにヘスターの声が響き渡った。サー・ニコラスは振り向いてアドーナとヘスターのほうをじっと見ると、ふたりが立っている仕切りにゆっくり近づいてきた。彼はアドーナが手を置いている仕切りのすぐそばに両手を置いた。「これはこれはピカリング家のお嬢さまたちではありませんか。リッチモンドへようこそ」

彼はヘスターに言った。この人は馬を見て女性を見る目を養ったにちがいないわ。アドーナは意地悪く思った。幸い、ヘスターはそのことに気づいていない。しかし、アドーナを見る彼の目は挑戦的だった。

「テニスを楽しんでいってください」サー・ニコラスはひと言そう言った。ヘスターはそれを真に受けたが、アドーナは社交辞令にすぎないとわかっていた。

返事をする間もなく、サー・ニコラスはさっさと仕切りから離れてラケットを振りはじめた。アドーナはここを立ち去るべきか、このまま残って試合の邪魔をするべきか迷った。

ヘスターの予想外の返答が、アドーナの行動を決めた。

「ありがとうございます、サー・ニコラス」引っ込み思案のヘスターは一拍遅れて、コートに戻っていく彼に言った。

「どういうことなの?」アドーナはささやいて、ヘスターをまじまじと見た。「彼を知っているの?」

ヘスターはうなずいた。「彼がレスター伯に仕える前、ビショップス・スタンディングのサミュエルおじさまとサラおばさまのお屋敷にいらしたことがあるの。お会いするのは一年ぶりか、あるいはそれ以上になるかしら。わたしにはいつも礼儀正しく接してくださるのだけれど、なにを言ったらいいのかわからなくて、きちんとお話ししたことは一度もないの」

男性とまともに話すこともできないヘスターがこんなにしゃべったのは、アドーナの屋敷に来てから初めてだった。これは、サー・ニコラスに興味を抱いたからなのだろうか、それとも、アドーナの努力が早くも実を結んだのだろうか？　いいえ、こんなに早く成果が表れるはずがない。

「彼はお宅によくいらしていたの？」アドーナはサー・ニコラスをじっと見つめながら、それとなく探りを入れた。

「ええ、たびたび。彼とサミュエルおじさまはいっしょにチェスをしたり、狩りをしたり、馬について話したりしていたわ」

アドーナは思わず黙り込んでしまった。ボールが壁に当たる音と自分の心臓の音が重なり合って聞こえた。彼はわざとヘスターを知らないふりをしたのだろうか？　それとも、ただ単に気がつかなかっただけなのだろうか？　〝いとこのミストレス・ヘスターにお目にかかるのを楽しみにしています。彼女は……？〟サー・ニコラスはそう言った。だからふたりが知り合いだったとは思ってもみなかった。彼がサー・ウィリアムの妹の屋敷を訪れたほんとうの目的はなんだったのだろう？　チェスをするため？　馬の話をするため？

「彼は近くに住んでいたの？」アドーナは小声でたずねた。

ヘスターは、知らなかったのとでもいうような顔をして言った。「彼のお父さまはエリオット卿《きょう》よ。お父さまがビショップス・スタンディングを所有なさっているの」

アドーナの美しい瞳に驚きの色が浮かぶのを、コートの端で試合そっちのけで見ている競技者がいた。彼の目は獲物に忍び寄る狩人《かりゅうど》のごとく鋭かった。そのとき相手が、どこを見ているんだと叫んだ。

「チェース、ツー！」記録係が叫んだ。

「チェース、ワンだ！」サー・ニコラスはぶつぶつ言いながら、コートの向こう側にボールを打ち返した。つぎに観客席を見たときには、ふたりの女性の姿はなかった。

アドーナは、サー・ニコラスとヘスターが知り合いだったという事実を知って激しく動揺した。夜ベッドに入ってからも、そのことが気になってなかなか寝つけなかった。彼女とヘスターはシーンハウスに戻る途中、修道院跡の庭園パラダイスに立ち寄って、盛りを過ぎた薔薇《ばら》や、大きなつぼみをつけた百《ゆ》合《り》の花、みかん科の多年草ヘンルーダ、聖母マリアの象徴である八重葎《やえむぐら》を見てまわった。そもそもこの修道院跡の庭は、聖母マリアを祭るためのものだ。それだけに見事で、今でも全盛期の花壇を彷彿《ほうふつ》とさせた。夕食のときにレディ・マリオンにどこに行っていたのかときかれたときにも、ヘスターは返事に困ることなく、庭を散策した話をすることができた。アドーナは気もそぞろだったので、母親の質問に答えずにすんで助かった。

夏の日が暮れようとするころ、アドーナはひとりになりたいと言って、一段高い小道を歩いて宴用の建物に向かった。月が小道とその下の果樹園を銀色に照らし、修道院跡の輪郭を浮かび上がらせ、宮殿の高い壁を照らし出した。アドーナは午後ヘスターと散歩した修道院跡の庭の向こうを眺め、人影に気づいて眉をひそめた。宮殿側に面した扉が開き、男性が扉をわずかに開けたまま庭に入ってきた。周囲を警戒するようにゆっくり庭を横切り、梨《なし》の木の下に立った。広い肩は低い木の枝にすっぽり隠れてしまった。長身、長い脚、背筋を伸ばして堂々と歩くその姿から、サー・ニコラス・レインにちがいないとアドーナは思った。

二分とたたないうちに、わずかに開いた扉の隙間《すきま》から女性が入ってきて、ここそこあたりを見まわした。サー・ニコラスはまったく動く気配を見せない。女性に駆け寄ったり抱き締めたりというような、情熱的な行動は起こさなかった。女性はしばらく目を凝らして、ようやくサー・ニコラスに気づいた。ふたりはゆっくりと歩み寄って、たがいの手を取った。これは初めての逢引《あいびき》なのだろうか？　それとも、最後の逢瀬《おうせ》なのだろうか？　ふたりは立ち話をした。サー・ニコラスの頭と女性の頭が近づき、女性はときどき彼の胸に手を触れ、ほんの短いあいだだが、彼の唇に指を押し当てた。アドーナは宴用の建物からふたりの様子を見守っていた。アドーナは胸に手を当て、激しい動悸《どうき》を静め、生まれて初めて感じる切ない胸の痛みを抑えようとした。それは嫉妬《しっと》にほかならなかったが、彼女はまだ気づいていなかった。この胸の痛みはうしろめたさからくるものだろうと勝手に思い込み、彼がだれに会おうとわたしには関係のないことだと自分に言い聞かせた。どうしてわたしが気にしなければならないの？

〝どなたか決まった方がおられますか、サー・ニコラス？〟

〝いいえ、おりません。今のところはまだ〟

じゃあ、これはなに？　サー・ニコラスは恋人を手に入れようとしているの、それとも捨てようとしているの？　浮気な男だ。彼はすでにヘスターの養父母の屋敷に招かれている。ふたりが彼をヘスターの有望な結婚相手とみなしていたことは間違いない。そうでもなければ、わざわざ屋敷に招いてもてなしたりはしないだろう。でも、それがなんだっていうの？

ふたりは離れようとしていた。女性のほうは立ち去りがたい様子で、別れをできるだけ先に延ばそうとしているように見えた。女性は泣いていた。サー・ニコラスは素早く近づいて彼女の肩をつかむと、唇に荒々しく口づけをした。キスは短く、優しいものではなかった。すぐに彼女を放すと、女性のかすかな嗚咽《おえつ》が聞こえ、アドーナは胸をかきむしられる思いがした。女性がスカートをつかんで扉に向かい、扉を開けたまま庭から走り去っていく。アドーナは壁にしがみついて、それを見守った。

　サー・ニコラスがほかの女性とキスをするのを目撃した衝撃で、アドーナはめまいがして気分が悪くなった。ほのかな月明かりに照らされながら、その場に茫然《ぼうぜん》と立ち尽くした。冷たくしようとしたサー・ニコラスの背中をじっと見つめ、彼が振り向いて自分のほうに来てくれることを願った。だが、彼は動かなかった。

　屋敷から彼女を呼ぶ父親の大きな声が聞こえた。

「アドーナ！　早く屋敷に入りなさい。もう遅いぞ、アドーナ！」

　返事をしないと父は捜しに来るだろう。「今行きます、お父さま」

　サー・ニコラスはうしろの高い壁を振り向いて見た。壁の向こうにはピカリング家の庭があり、その一角に宴用の建物があった。サー・ニコラスに見られずにここから立ち去るのは不可能だ。この髪のせいで、立っていた場所まで知られてしまうだろう。

　アドーナはしかたなく、両開きの扉をぴしゃりと閉めると、がちゃがちゃ大きな音をたてて鍵《かぎ》をかけ、金色に輝く髪を揺すって振り向いた。どうせ見られてしまうのだから、こそこそしないで堂々とふるまいたかった。アドーナは下を見ずに、父親の待つ屋敷に向かった。

「今行きます！」彼女は明るい声で言った。

アドーナは磨き込まれた真鍮《しんちゅう》の鏡に映る自分の顔を見つめながら、静かに語りかけた。開いた窓からかすかに風が吹き込み、蝋燭《ろうそく》の炎が揺れる。灰色がかった青い瞳に混乱の色が映し出されていた。サー・ニコラスが修道院跡の庭で女性と密会しているのを目撃したあと、ヘスターを魅力的なレディに変身させようとしたのは大きな間違いだったことに気づいた。ヘスターのためを思ってしたというのは口実にすぎない。彼の関心を、自分からヘスターに向けようとしたのは事実だ。若くて、感じがよくて、しかも財産があるとなれば、彼はわたしよりもヘスターに心を移すだろうと思ったのだ。こうなったら、サー・ニコラスを避けるか、適当な距離を保つ方法を見つけるかしかないだろう。

でも、自分の気持ちと素直に向き合ってみると、今までのようにサー・ニコラスを避けることにためらいがあるのも事実だった。彼が新しく生まれ変わったヘスターと知り合う絶好の機会が訪れようとしているのだ。ヘスターの養父母が彼を娘の結婚相手にと望んでいたのは明らかだ。ヘスターのほうも有力者と縁故があるサー・ニコラスに魅力を感じている。おたがいにもっと気を楽にして、居心地のよい場所で何度か出会いを重ねれば、案外うまくいくかもしれない。もちろん、そのための協力は惜しまないつもりだ。

それでも、アドーナはどうしてもサー・ニコラスを好きになることができなかった。彼はあまりにも男らしくて、経験も豊富だ。おそらく、相手を選ばないのだろう。そのうえ、態度が横柄で無礼だ。ほかに女性がいながら、わたしにあんなになれなれしい口をきくなんて、いったいどういうつもりなのかしら？　しかも、父の前でぬけぬけと決まった女性はおりませんと言う。ほんとうにあきれてものが言えない。きっと愛人が何人もいるのだろう。そして、都合が悪くなると、だれもいないと否定する。ヘスターに結婚を申し込むつもりならどうぞご勝手に。ヘスターは莫大《ばくだい》な財産を相続した。彼のような男性は、祝宴局長官の娘などよりも、財産のある娘のほうがいいに決まっている。

アドーナはシュミーズの袖をまくって、サー・ニコラスにつかまれたときについた指の跡をもう一度眺めた。二の腕にブラックベリーの染みのような痣《あざ》ができていた。その痣を撫《な》でながら、昨日水の精の衣装に着替えたとき、彼はほかの三人の男性が見ていないわたしの体のどの部分を見たのだろうと思った。シュミーズをゆっくりウエストまで下ろして立ち上がると、鏡にもたれ、サー・ニコラスがそこにいるかのように両腕を上げて首にまわす。彼に肩を抱かれ、めまいのするようなキスをされるのを想像した。彼のキスはいったいどんな感じだろう？　おなかの下のあたりが震えて、とろけるような感覚に襲われた。

アドーナはうしろめたくなり、両腕で自分の体を抱き締めた。みしみしいう床板の上を爪先立ってベッドに向かった。ベッドに横になっても胸が苦しく、月明かりに照らされた庭園でこちらを見たときの彼の姿が、目の前にちらついて離れなかった。いいえ、これは恋ではないわ。心が千々に乱れて、こんなに苦しいのが恋であるはずがない。恋ならもっと幸せな気分になっていいはずよ。

暗闇《くらやみ》を見つめながら、アドーナはテニスをしているサー・ニコラスの姿を思い浮かべた。美しく変身したヘスターを見つめる彼のまなざし、アドーナの雌馬の脇腹を優しく撫でた彼の両手、大きな馬を操る見事な手綱さばき。無礼な言葉やぶしつけな視線は確かに腹が立つが、彼女をこれほどまでにときめかせた男性はほかにいなかった。でも……いいえ、これは恋なんかじゃないわ。恋であるはずがない。サー・ニコラスはわたしにふさわしい相手ではない。彼はヘスターに譲るべきだ。

3

眠りにつく前にアドーナが固めた決心は、一夜明けると、もろくも崩れ去った。そもそも、サー・ニコラスのことが頭から離れない理由はなんなのかという大きな疑問に突き当たり、最初から作戦を立て直さなければならなくなったのだ。それは朝の光のなかではむずかしいことだった。

それにもうひとつ、アドーナを悩ませていることがあった。ヘスターがたったひと晩で笑顔を見せることができるようになったのだ。きっと鏡の前で練習したにちがいない。彼女が初めて笑顔を見せたのは朝食の席だった。それから一日のうちに何度か笑みを浮かべた。そしてふたりで晩餐《ばんさん》会に出す砂糖菓子を仕上げるころには、ヘスターはきっと幸せなのだと思えるほどになった。ヘスターが上機嫌な理由はほかに考えられない。

ヘスターが幸せなのにはなんの不満もないが、その理由が問題だった。考えられることはひとつしかない。サー・ニコラスだ。ヘスターは一年ぶりに彼に再会し、これからまた会えるようになるのを楽しみにしているのだ。

レディ・マリオンもヘスターの変わりように気づいた。「ヘスターはあの笑顔で男性をとりこにするでしょう」彼女はアドーナに言った。「週末までには彼女に捧《ささ》げる詩を書いてくる男性が何人もいるでしょうね」

アドーナはうしろに下がった。そして大広間のオーク材の羽目板につける薔薇《ばら》の花と蔓《つる》の飾りの出来映えを確認した。「彼女は案外、物覚えがいいのよ」アドーナは首をかしげて言った。「曲がっていない?」

「大丈夫よ。ねえ、彼女にメイドをつけるべきだと思うの。心当たりを探してみるわ。この調子で洗練されていったら、スカートをふくらます下着のファージンゲールと馬具のマーチンゲールの区別もつかないようなメイドをつけるわけにはいかなくなりますからね」

正式なお辞儀ができるようにと、頭を下げて首からウエストまで革紐《ひも》でくくられたヘスターの姿が目に浮かんだ。アドーナは飾りつけの手を休めて、思わず吹き出しそうになった。ヘスターのためにだれを招待すべきか頭を悩ませていたレディ・マリオンは、彼女がサー・ニコラスと知り合いだと知るとほっと胸を撫《な》で下ろした。そしてアドーナがなにも言わなくても、早くもふたりの仲を取り持とうと意欲を燃やしていた。それは、サー・ニコラスが二日前に仕事場を訪れたのを父がなんとも思っていないということだ。両親が若い男性を見るとすぐに娘の結婚相手として考えるのを知っていただけに、アドーナは大いに安堵《あんど》した。

アドーナの両親は、マスター・ピーター・ファウラーを娘の結婚相手として真剣に考えたことは一度もなかった。だが、当のピーターは真剣で、晩餐会にも最初に現れ、アドーナへの贈り物として、小さな南京錠《なんきん》と鍵《かぎ》の形をした銀製の飾り物を持ってきた。きみのいちばん高価な宝石のためのお守りだ。ピーターはアドーナにそう言った。

アドーナはあえてなにも答えず、礼儀正しくほほえんで贈り物を受け取った。ピーターがほかの若い男性と決定的に違う点があるとすれば、こういう誠実なところなのだろう。彼は背が高く、たくましく、ハンサムだ。そのうえ品行方正で感じがいいし、職業柄じつに頼もしかった。女王の警護が彼の仕事で、それが彼の魅力にもつながっていた。ピーター以外に、いっしょにいて安全な男性がいったいどこにいるだろう？　リッチモンドパークで行われた鷹《たか》狩りでアドーナが川に落ちたのに気づかなかったことは、ピーターにしては珍しい失策だった。だが、アドーナは彼を責めたりしなかった。茶色の瞳に茶色の巻き毛のピーターは、アドーナに茶色いサテンの服に包まれた腕を差し出した。彼はアドーナの胸元が大きく開いた淡いピンク色のドレスに鋭い視線を投げかけ、胸の谷間が白いレースで巧妙に覆い隠されているのを見てほっと胸を撫で下ろした。レースのひだ襟で首筋は美しく飾られていた。

アドーナはピーターの腕にそっと手を置いた。

「ピーター、お客さまにぜひ会っていただきたいの。彼女、とても恥ずかしがり屋なのよ。話をしてみる？」

ヘスターは目を伏せてお辞儀をした。ピーターは黒い服に身を包んだ恥ずかしがり屋のレディにお辞儀を返し、これほどアドーナと対照的な女性はいないだろうと思った。ヘスターは黒い服を着ていてもやぼったくはなく、男性が守ってやりたいと思うようなはかなげな魅力をたたえていた。ピーターは彼女の魅力をすぐに感じ取った。メイベルによって美しく結い上げられた栗色《くりいろ》の髪は、宝石をちりばめたビロードのヘアバンドで覆われている。

アドーナがヘスターの身元を明かすと、ピーターは魚が餌《えさ》に飛びつくように食らいついた。「あなたがサー・ウィリアム・ピカリングのお嬢さんですか？」彼はにっこりほほえんだ。「これはこれは。亡くなられたお父さまのことは以前から尊敬しておりました」ピーターは片方の手を腰の位置まで上げた。「お父さまには一度お目にかかったことがあります。さあ、あちらで、お父さまの話をお聞かせ願えませんか？」ピーターの大きな手がヘスターの震える手を温かく包み込むと、彼女は笑みを浮かべた。ヘスターは男性の話に相槌《あいづち》を打っていればいいというアドーナの助言も忘れて、ヘスター自身もよく知らない父親の話をするため、ピーターとともに部屋の隅に向かった。いい経験にはなるだろう。だが、レディ・マリオンはこうなることを予想していなかった。

サー・トマスお抱えの楽士が大広間の階上の回廊で音楽を奏でるなか、招待客がポーチから続々と入ってきた。音楽にさざめきが加わり、笑い声が波のように寄せては引いていった。マスター・バービッジやその役者仲間の張りのある大きな声や、妻のジョーンに支えられたマスター・トマス・タリスの耳障りな甲高い声がオークの梁《はり》に響き渡った。アドーナはあっという間に友人や知り合いに取り囲まれた。後頭部にだれかの強い視線を感じてゆっくり振り向くと、彼女は網にかかった魚のようにぱっと視線をはずした。

サー・ニコラスは新たに到着した一団にいた。だが話の輪には加わらず、目を細めてアドーナをじっと見つめていた。そして、アドーナが振り向いて目と目が合うと、サー・ニコラスはこっちに来て挨拶《あいさつ》をしないのかとでもいうように挑戦的に見た。どんなにいやな相手でも、客人を無視することはできなかった。

アドーナは鎖に下げた腰のにおい玉を握り締めて、前に進み出た。そのあいだ、サー・ニコラスの目から決して視線をそらさなかった。アドーナの顔に、ほかの招待客に向けたような歓迎の笑みが浮かぶことはなかった。

「レディ・マリオンには歓迎の挨拶をしていただきました」サー・ニコラスは静かに言った。

「当たり前ですわ」アドーナは言った。「母にはあなたを歓迎しない理由がありませんもの」ピンク色のドレスの下で胸が激しく高鳴り、息ができなくなった。

「あなたのほうは？　わたしを歓迎できない理由がおありですか？」

「いくつかありますが、どうぞ気になさらないでください。女性に反感を持たれるのはこれが初めてではないでしょう？　あら、それとも、初めてなのかしら？」

サー・ニコラスはその例を探そうとするかのようにあたりを見まわし、視線の先にヘスターがいることに気づいた。「あれはヘスターじゃないか。彼女をレディに変身させたのはきみかな？　それとも、ここに来る前からその兆しがあったのか……。それにしても見違えるようだ。人と話もできるようになったんじゃないか。すごい進歩だ」

ほかの人が言ったのであれば、アドーナはその皮肉をほほえんで受け流していたかもしれない。だが、プライドと防衛本能が働いた。「初めて知りましたわ」アドーナは言った。「あなたとヘスターが知り合いだったなんて。ビショップス・スタンディングでよく狩りをなさったとか」

「彼女が話したのはそれだけかな？」

サー・ニコラスの率直な質問にアドーナは一瞬言葉を失った。これ以上なにか言ったら、彼に興味を持っていることが知られてしまう。幸い、そこへ洗盤係が現れ、アドーナは余計なことを言わずにすんだ。洗盤係が香辛料と香草を効かせたぬるま湯を入れた銀の器を持って、客人に手を洗うように勧めると、ふたりの会話は終わった。アドーナはリネンのタオルで手をふき、それをサー・ニコラスに渡した。

「あなたにはヘスターの相手になっていただきます。よろしいかしら？」

「もちろん」サー・ニコラスはほほえんで言った。「喜んで」

サー・ニコラスがいやな顔ひとつしなかったことにがっかりしたが、それを深く考える間もなく、テーブルへついた。アドーナはサー・ニコラスをヘスター・ピカリングに引き合わせた。彼はヘスターにほほえみかけ、素早く全身を見まわし、生まれ変わった彼女をほれぼれと、あるいは面白がるような目で見ている。アドーナは複雑な思いで眺めていた。暖かい大広間で興奮したせいかヘスターの頬はかすかに赤く染まり、目はきらきら輝いていた。慎《つつ》ましく目を伏せていたので、黒く塗られたまつげが素肌に魅惑的な三日月形の影を落としていた。ヘスターとサー・ニコラスの様子を見て、母は思いどおりになったとさぞ満足していることだろう、とアドーナは思った。

ピーターはアドーナの腕を取って脇《わき》に連れていくと、彼女の視線の先を見て言った。「彼女は恥ずかしがり屋なんじゃなかったのか？」

アドーナは困惑したような顔をした。「亡くなったお父さまの話をしたんでしょう?」

「少しだけだ。彼女はサー・ニコラスのことばかり話していた」

ふたりの会話はまたしても儀式によって中断された。貴族の家庭の食事は、待つことから始まり、着席、肉切りと一連の儀式を執り行うのが習わしになっていた。そのたびに招待された客人は、テーブルに並べられた食器や、その色づかい、種類の豊富さ、飾りつけを目で楽しみ、豪華さと美しさに息をのんだ。レディ・マリオンはこの日のために最高の銀食器、碗、水差し、大きな食塩入れ、匙《さじ》にナイフ、文字を組み合わせた刺繡《ししゅう》が施された最高級のリネンを用意した。二段になった食器棚の上には、上等なベネチアングラスが飾られ、お仕着せを着た召使いたちが客人の要望に応《こた》えていた。

アドーナはできるだけヘスターとサー・ニコラスのほうを見ないようにしたが、好奇心には勝てず、料理を口にしながら、ふたりのほうを盗み見た。ふたりがなにを話しているのか、もれてくる会話の断片に耳をそばだてた。サー・ニコラスは人気があり、テーブルのあちこちから声がかかった。三十人の招待客はだれもが陽気で話し好きだった。なかでもサー・ニコラスがいちばん話し上手だ。彼に話しかけられた女性は、老いも若きも、顔を輝かせた。アドーナはそれを見るにつけ、川から助け出してくれたときのサー・ニコラスの不作法な態度をいやでも思い出した。アドーナがだれの娘かわかったあとでも、彼は態度を改めようとせず、なれなれしく話しかけてきた。

アドーナはテーブルの反対側に目を向け、ピーターや友人たちとのおしゃべりに集中しようとした。だが気がつくと、サー・ニコラスの知性を感じさせる低い声に耳を澄ましていた。二品目の料理が出されたあと、招待客は庭に案内された。宴《うたげ》用の建物の両開きの扉が大きく放たれ、客人がひとり、またひとりとなかに入っていった。そこには驚くほど豊富な種類の砂糖菓子が銀の盆にのせられてずらりと並べられていた。砂糖漬けにした果物、オレンジマーマレード、甘いウエハース、ジンジャーブレッド、アーモンド菓子、木の葉の形に切り取った金箔《きんぱく》をかぶせた小さなペストリー。ゼリーや泡立てた牛乳にワインを加えた菓子は小さなグラスに盛りつけられ、ビスケットは木の丸い皿に盛られていた。客人は菓子をつまみながら、庭を散策したり、修道院跡の果樹園の向こうに広がる景色や遠くを流れる川を眺めたりした。

アドーナは意識的にサー・ニコラスとは距離を置いていた。大勢の招待客と言葉を交わし、彼らの冗談に笑ったり、意見に耳を傾けたりしながら、決してピーターのそばを離れないようにした。あなたには近づいてほしくないという、サー・ニコラスへの意思表示でもあった。しかし、彼女の母親は早くも気持ちが揺らぎはじめていた。

レディ・マリオンはアドーナの耳元でささやいた。

「どうして話してくれなかったの！」

「いったいなんのこと、お母さま？」アドーナはしらばっくれるのが得意だった。

「サー・ニコラスがあんなにハンサムだということよ。彼はずば抜けてハンサムだわ。彼がレスター伯の代理だと知っていたら、マスター・ファウラーではなく彼をあなたのお相手にしたのに。あなたを川から助け出してくれたのは彼なんでしょう？」

アドーナは知らず知らずのうちに視線を向けていた。濃紺の薄い絹の上着を身につけ、ビロードの膝丈のズボンと黒い絹のタイツをはいた優雅な男性に。金の留め金と、剣帯と剣の鞘《さや》にはめ込まれた宝石がまばゆい光を放っている。彼は片手を腰に当て、もう片方の手で木の丸い皿を取り上げて裏返すと、縁に書かれた詩を読んだ。

「彼はエリオット卿《きょう》のご長男だそうじゃないの」母はつづけた。「サー・ニコラスにもっと愛想よくなさい。彼はヘスターにはもったいないわ」

「わたしは彼が、お母さまが招待した目的どおりの役目を果たしてくれることを望んでいるわ」アドーナは答えた。「わたしに言わせれば、ヘスターこそ彼にはもったいないくらいよ」

だが、レディ・マリオンは娘の話を半分しか聞いていなかった。「さあ、そんなこと言わないで、いっしょにいらっしゃい」レディ・マリオンはサー・ニコラスのいる一団に声をかけた。「みなさん、詩を歌ってくださいますね。よろしければ、サー・ニコラス、あなたから始めていただけませんか？　みなさんにお手本を示してほしいわ」

宴の席で客人に詩を歌ってもらうのは目新しいことではなかった。招待された客人は余興に詩を歌ったり、楽器を演奏したりした。アドーナの下の弟、十三歳のエイドリアンは、いつもは最初に詩を歌いたがり、そのたびにやめるよう言い聞かせるのが大変だった。だが今回は、素直に母親に従った。サー・ニコラスの詩は短かったが、彼はそれを何度か繰り返した。

〝どんなに拒まれようとも、彼女をわたしのものにしてみせる〟

サー・ニコラスは聞きほれてしまうような美声の持ち主だった。だが、アドーナは決して彼を見ないようにした。彼がだれを見て詩を歌っているのか知りたくなかったのだ。それでも、拍手がやんでつぎの客人が歌いはじめ、うしろでひそひそと話す声がすると、思わず耳をそばだてた。

「三カ月しかつづかないとは気の毒な」男性が鼻で笑いながら言った。「彼はレスター伯より手が早いというもっぱらの噂《うわさ》だ」

「つい最近もそうだったという話だぞ」

「レディ・シーリア。トラバーソンの娘のことだな。美しい女性だが、彼は例によって三カ月で飽きてしまった。その前はペネロペ・マウントジョイ、その前に彼に捨てられた女性がいったいいたことか。あの男の前には女性が列をなしているからな」

「しかし、彼は今の地位に就いて一年ほどしかたっていないだろう」

くすくす笑う声が聞こえた。「新しい雌馬を試しているんだろう」

「女性のほうも喜んで手助けしているとでもいうのか?」

「ああ、捨てられるとそうはいかないけどね。だが、彼がピカリング卿の相続人をねらったところで、文句を言う者はいないだろう」

ふたりの男性は歌などまったく聞いていなかったが、歌が終わると義理で拍手をした。アドーナは胸が悪くなり、つぎに指名されるのを避けるため人垣のうしろにそっと隠れた。体ががたがた震えていた。サー・ニコラスは男性のあいだでも評判の女たらしで、犠牲となった女性は哀れだと思われているのだ。アドーナが噂をしていた男性を横目でちらりと見ると、父親の同僚の宝石頭と、王室御用達《ごようたし》認可証を持っている有力な織物商であることがわかった。

三カ月で飽きてしまった? 新しい雌馬を試している? やはり思ったとおりだ。わたしが反感を持っているのを知りながら、彼はわざと怒らせるようなことを言っては楽しんでいた。そして条件がいいとわかると、恥ずかしげもなくさっさとヘスターに乗り換えた。あの夜の闇《やみ》に響き渡る女性のすすり泣きが、アドーナの耳について離れなかった。名残惜しそうにサー・ニコラスの体に触れ、逃げるように去っていった女性の姿が今でも目に焼きついている。

アドーナはその女性とヘスターを思って胸を痛めた。ヘスターは移り気な男性に立ち向かっていく術《すべ》を知らなければ、戯れの恋にも慣れていない。男性の額に不誠実の焼き印が押されていたとしても、ヘスターは気づきもしないだろう。

ヘスターが純真なのは事実だったが、アドーナの心配をよそに、彼女はなんの問題もなくふるまっていた。世間知らずの彼女は、他人の親切が心からのものなのか、うわべだけのものなのか考えてみることさえしなかった。ヘスターは思った。アドーナとレディ・マリオンは親切にも、数えたらきりがないわたしの至らないところを指摘してくれたり、それを克服するためにあらゆる手を差し伸べたりしてくれる。わたしにはふたりの期待を裏切るような恩知らずなまねはできない。ヘスターはなによりもふたりの喜ぶ顔が見たかった。それに、その喜びはふたりだけのものではない。ハート形のビスケットを取ってくれた若い紳士に練習したようにほほえんだとき、彼の目がうれしそうに輝いたのを見たのだ。サー・ニコラスのときと同じように。

サラおばさまが、世の中にこのような喜びがあることを気づかせてくれなかったのは残念だけれど、養父母はアドーナの両親よりだいぶ年上だった。兄の子とはいえ、他人の子供の親になるだけの時間も経験もなければ、忍耐力もなかった。それでも、養父母はわたしにとっては年老いた乳母であり、家庭教師でもあった。わたしに住む家と食べるものを与え、きちんとした教育ときびしいしつけをしてくれた。そして寂しいときには、いつでも馬がいた。サミュエルおじさまは馬の繁殖に情熱を注いでいた。いっぽうサラおばさまは、なにに対しても情熱を傾けることはなかった。情熱は力を浪費させるだけよ。おばはヘスターにそう言った。

ヘスターはたとえお世辞とはいえ、サー・ニコラスがきれいになったと言って褒めてくれたのがなによりもうれしかった。サー・ニコラスはいつも親切にしてくれる。レディ・マリオンが、わたしの気持ちを少しでも楽にさせようという心づかいから、特別に彼を招待したのだろう。せめてものお返しに、ふたりに言われたようにほほえみを絶やさず、おとなしく男性の話に耳を傾け、両手をむやみに動かさないようにしなければ。

ヘスターは芝生に落ちた長い影の向こうに目をやり、アドーナが男性の一団と話をしているのを眺めた。アドーナの表情はじつに生き生きとしていて、立ち姿は優雅でとても美しい。でも、その美しい背中をサー・ニコラスに向け、彼を嫌っていることを隠そうともしない。テニスコートで会ったとき、ふたりはろくに口もきかなかったし、アドーナは彼を取り巻いている女性の輪に入ろうともしなかった。あの紳士的なマスター・ファウラーがアドーナの特別な友人で、アドーナはだれよりも彼といっしょにいたいのかもしれない。ヘスターにはアドーナの気持ちがよくわかった。それでも、アドーナとレディ・マリオンのために、わたしはサー・ニコラスにできるだけ愛想よくしなければいけないわ。だって、ふたりがそれを望んでいるんですもの。ヘスターはそう自分に言い聞かせた。

養父母にも、自立できるようになったら、財産目当てで近づいてくる男性には気をつけるようにと言われていた。でもサー・ニコラスに限って、その心配はない。彼自身、すでに相当の財産を持っているからだ。それに財産目当てだったら、サミュエルおじさまを訪ねてきていた六年のあいだに、いくらでもその機会はあったはずだ。

招待客は再び屋敷に戻りはじめた。アドーナはマスター・ファウラーにぴったり寄り添っている。ヘスターに紳士が腕を差し出した。彼女は紳士の腕に上品なしぐさで手を置き、にこやかにほほえみかけ、スカートをつかんで芝生の上を歩きだした。レディになるのは思っていたよりも簡単だ。

大広間は余興のためにテーブルとベンチが片づけられていた。フルートや弦楽器バイオルとリュートを演奏することになっている人たちに楽譜が配られた。アドーナが弦楽器バージナルでウィリアム・バード作曲の美しい旋律を奏でると、ヘスターはこの世にこれほど美しい音楽は存在しないのではないかと思った。アドーナは弾き語りもでき、客人は彼女の美しい声にうっとりしていた。ヘスターは、自分にはまだまだ学ぶことがたくさんあるのだと痛感した。

ダンスも行われた。ヘスターはダンスがあまり得意ではないので、部屋の隅に引っ込んでいた。するとまた別の紳士が話しかけてきて、スコットランドに釣り旅行に出かけた話を延々と始め、こんなことなら音楽を聞いていたほうがよかったと思った。それでも、ダンスを踊っている人たちにふと目をやると、アドーナが前に進み出てサー・ニコラスの手を取るのが見えた。アドーナは決して彼と視線を合わせようとせず、サー・ニコラスもにこりともしなかった。わたしにはとびきりの笑顔を見せてくれたのに。ふたりはおたがいにまるで関心がないのかしら、とヘスターは思った。

ダンスのあとは、アドーナの十七歳になる弟のシートンが書いた芝居が上演された。シートンは、レスター伯の家臣として知られている劇団の友人を説得して、芝居に加わってもらった。事前に稽古《けいこ》をしていなかったので、芝居はさらに面白くなった。主役を演じたマスター・バービッジがなんとかまとめようとした。だが、無理やり頼み込んで飛び入りで参加したエイドリアンが、台本などおかまいなしに即興でせりふを言うので、さすがのシートンも真面《まじ》目《め》な顔をしていられなくなった。招待客は腹を抱えて笑い、やがて晩餐会もお開きとなった。ヘスターは、こんな状態ならこれから先もなんとかやっていけるかもしれないと思った。

アドーナはほかの家族とともに整列して、招待客ひとりひとりに別れの挨拶をした。そのとき、マスター・バービッジに近々ロンドンで上演される芝居を見に行くと約束した。彼女は母親の手を強く握り締めると、家族の列を離れ、屋敷の裏に通じる廊下を歩いて、壁に囲まれた薬草園に出た。そこで挨拶をする声が聞こえなくなるのを待った。薬草園はアドーナの避難所のひとつでもあった。今夜のピーターは手の甲に礼儀正しくキスするだけではとても満足しそうになかった。そんなことで彼と言い争うのはいやだったので、消えた理由は明日きちんと話すと母親に耳打ちして逃げてきたのだ。レディ・マリオン自身、かつて娘と同じ状況に置かれた経験があり、そういうことには理解があった。

あたりはすっかり暗くなっていた。だが、煉瓦《れんが》敷きの小道はかろうじて見分けることができた。その道は客人たちが散歩した芝生に通じている。そこからまた、庭の隅の宴用の建物に通じる小道が延びていて、噴水はまだきらきら輝く水を噴き上げていた。開いた窓から人の笑い声や話し声がもれ聞こえ、柔らかい蝋燭《ろうそく》の明かりに照らされて屋敷に出たり入ったりする人影がぼんやりと見えた。

アドーナは陰に身をひそめながら宴用の建物の小さな部屋に入った。無事に晩餐会を終え、ピーターから逃げ出してこられたことに、ほっと胸を撫で下ろした。これでもう芝居をする必要もない。召使いが消し忘れたのか、一本だけ蝋燭の火がともっている。床に菓子の食べかすが落ちているのや、絵柄のついた木の丸い皿がテーブルの上に山のように積み上げられているのが見えた。そこに書かれた詩などまるで忘れ去られたかのように、皿は投げ捨てられていた。アドーナは丸い皿を蝋燭の火に近づけ、一枚一枚めくってようやく目当てのものを見つけた。そこに書かれた詩に目を凝らし、指先でそっとなぞった。

「どんなに拒まれようとも」アドーナは静かに詩を読んで丸い皿を裏返した。

「彼女をわたしのものにしてみせる」戸口から詩の後半部分を読み上げる声が聞こえてきた。

アドーナはびくっとして飛び上がりそうになり、皿を胸に抱きかかえて振り向いた。思わぬ邪魔が入ったことに怒りを覚えた。「わたしがここに来たのは」再び役を演じようとしたが、せりふを度忘れしてしまった役者のように頭が真っ白になり、彼をにらみつけるので精いっぱいだった。

「きみがここに来た理由はわかっている」サー・ニコラスはうしろ手に静かに扉を閉めた。「第一の理由は、マスター・ファウラーから逃れるためだ。そうだろう？　かわいそうなアドーナ。わたしから逃げるために、ひと晩じゅう彼に張りついていなければならなかったのだからな。はたしてそんなことをするだけの価値はあったのかどうか」

「あなたのおかげで楽しい気分が台なしだわ！」アドーナはかっとなって言った。

サー・ニコラスは舌打ちしながら首を振り、ほほえみかけた。黒い髪と濃紺の服は闇にまぎれて見えなかったが、広い肩と、大きく上下する胸の動きは見て取れた。アドーナは彼が現れたことで心を乱されていた。ひと晩じゅう、彼を避けようとした努力はいったいなんだったの？　サー・ニコラスは丸い皿を欲しがるように手を差し出した。「それを渡してもらえないか？」

アドーナは彼の目を見ないようにしながら、丸い皿を積み上げられた山に戻した。「くだらない詩だわ」アドーナは言った。「なんの意味もない。あなたとふたりきりでいるところを見られたくないんです、サー・ニコラス。おたがいになにも言うことはないはずよ。父が――」

アドーナが、父が黙っていないと言う前に、サー・ニコラスは一歩前に進み出て、蝋燭の芯《しん》を指でつまんで火を消した。部屋は真っ暗になり、わずかに月明かりが差すだけとなった。アドーナは横に動いて扉に向かおうとしたが、大きな体にぶつかった。

「確かにふたりきりでいるところを見られるのはまずいが、おたがいになにも言うことはないはずだという意見には賛成しかねる。今夜はまだなにも話していないじゃないか。ダンスをしたときに話す機会があったのに、きみはそうしなかった。忘れたとは言わせないぞ。さあ、会話が進むように、もう一度ダンスをしよう」サー・ニコラスは暗闇のなかでアドーナに手を差し伸べた。

アドーナはサー・ニコラスがダンスの名手だということに気づいていた。でも、戯れの恋に興じるつもりはなかったし、ほかの多くの女性のように、彼の仕掛けた罠《わな》に落ちるつもりもなかった。わたしは彼の前に列をなす女性とは違う。彼とかかわり合うなんて真っ平だわ。今夜あんな噂を聞いてしまったあとではなおさらだ。だれかが彼に教訓を与えるべきよ。

アドーナは再び演技をし、これ見よがしにため息をついて、サー・ニコラスに背を向けた。そして二日前、彼が修道院跡の庭園パラダイスで女性とキスするのを見た窓から外を眺めた。「サー・ニコラス、今日は忙しい一日だったので、リッチモンドじゅうの人を揺り起こすような声で叫びたくないんです。でも叫び声をあげる以外、ここから逃げ出す方法がないのなら、そうせざるをえませんけれど。出ていっていただけませんか？　両親に挨拶して、お帰りになってください。あなたのこういうやり方を面白いと思われる女性もいるでしょうが、あいにく、わたしはそうではありませんので」

サー・ニコラスは一歩前に出て、アドーナの真うしろに、大きくふくらんだ釣鐘形のスカートに膝が触れるほど近くに立った。「わたしのやり方がお気に召さないようだが、お嬢さん、きみはそれとは明らかに矛盾した信号を送っている」彼の声にはさっきまでのおどけた調子はなかった。「ここになにか捜しに来たんじゃないのか？　わたしの書いた――」

「わたしはなにも捜しに来てなどいないわ！」アドーナは振り向いてかみつくように言った。「たまたまこの詩が目に入っただけのことよ」

「なるほど」サー・ニコラスは反論することもなく、アドーナの言葉をすんなり受け入れた。「それなら、そこで見たものを思い出すために来たのかな？」

「わたしはなにも見てなど」アドーナはサー・ニコラスに見られたことを思い出して、はっと口をつぐんだ。「ちらりと見ただけよ。でも、なにか見たとしても、わたしはなんとも思っていないわ、サー・ニコラス。決まった方はいないと父にお答えになったのは、あなたの勝手です。あなたが毎日違う女性とお会いになっていたとしても、わたしはいっこうにかまいません。ただし、わたしをそういう女性のひとりに加えようなどとは、ゆめゆめ思われませんように」

「きみは役者として、ふたりの弟さんより少しはましかもしれない。だがそれにしても、きみの送っている信号は混乱しているとしか言いようがない。わたしが説明してあげようか？」

アドーナは再び扉のほうに向かおうとした。だが、スカートに足を取られ、今度もサー・ニコラスの腕に行く手をはばまれた。アドーナは意志の力を振り絞って無関心を装い、心の奥の声ではなく、頭に浮かんだ声に従うようにと自分に言い聞かせたが、それは容易なことではなかった。

「いいえ」アドーナは言った。「その必要はありませんわ。わたしが矛盾した信号を送っているとおっしゃるなら、あなたが読み違えているんです。マスター・ファウラーも、ほかの男性もきちんと理解してくれています。わたしが距離を置いているときには、近づいてほしくないという合図だと。信号が混乱しているとまでおっしゃるのなら、わたしの送っている信号のどこが理解できないのかおっしゃってください。フランス語でお答えしましょうか？　それとも、ラテン語がよろしいかしら？」

暗闇のなかでも、サー・ニコラスの表情がこわばるのがわかった。ようやく、傲慢《ごうまん》な彼の鼻をへし折ることができた。彼の沈黙がなによりも雄弁にそれを物語っている。サー・ニコラスは戸惑ったように見えたが、それは一瞬のことだった。

「つまりこういうことか？」彼はささやくように言った。「きみは男と見ればだれかれかまわず気のあるような素振りを見せ、いざその男が近づいてくると、冷たくあしらって楽しんでいるというのか？」

サー・ニコラスが一瞬戸惑ったことでアドーナは勇気を得た。「わたしが男性になにをしようとあなたにはかかわりのないことだわ、サー・ニコラス。ただひと言、言っておきますけれど、どんな男性であれ、わたしを馬と比べるような人は、キリスト教世界の向こうに行ってしまえばいいんだわ。おわかりいただけましたか？　さあ、これでぐっすり眠れるわ。あなたも、あなたの帰りを首を長くして待っている女性のもとへお戻りになってください」

「準備ができしだいそうしよう。きみは馬上にいてわたしを見下ろす立場なら、馬と比べられても平気なのに、立っているとそうはいかないというのは面白いな」

サー・ニコラスの腕が邪魔をし、アドーナは背中を壁に押しつけられたまま動けないでいた。彼がさらに近づき、顔やひだ襟の下の素肌にぬくもりを感じると、いよいよ無関心を装っていられなくなった。アドーナははっと息をのんで、唇を湿らせた。

「あなたの言いたいことはわかっているわ」アドーナはささやいた。「ほかの女性にも同じことをしているんでしょう?」彼女は顔をそむけた。「言いたいことがあるならさっさと言って、早くわたしを解放してちょうだい。ここは寒いわ」

アドーナは自分が最大の過ちを犯したことに気づいた。サー・ニコラスに強く惹《ひ》かれているのは事実だが、口論している最中に誘惑されそうになるなんて思ってもみなかった。しかも、わたしが彼にどんな信号を送っているか言い争っている最中に。わたし自身でも意味がわからないのに、いくら女性経験が豊富だといっても、彼にわかるはずがないじゃないの。こんな人に誘惑されてたまるものですか。わたしは従順な女性のように簡単に彼のものになったりしないわ。巧みな会話、暗闇での愛撫《あいぶ》、キス。たったそれだけで熟れた果実のように彼の掌中に収まるなんて。わたしはほかの女性とは違うのよ。彼女は心のなかでそう思った。

アドーナはサー・ニコラスの手を振り払って、脇腹に肘鉄を食らわせた。そして暗闇のなか、テーブルを盾にして身を守ろうとした。だが彼に手をつかまれてしまった。テーブルに積み上げられた木の丸い皿の山ががらがら音をたてて床に落ちた。腹が立つことに、サー・ニコラスは笑って、言うことを聞かない馬をなだめるような口調で言った。「落ち着いて……いい子だから落ち着くんだ。こういうことは初めてなんだろう？　わかっているさ。子馬のようにおびえて――」

アドーナの手がサー・ニコラスの頭に見事に命中し、打たれた本人よりも、打った彼女のほうが驚いた。アドーナは男性にこんなことをしたのは生まれて初めてだった。今まで暴力に訴えなければならないような状況に追い込まれたことはなかった。サー・ニコラスに平手打ちを食らわせることができたが、怒りと恐怖が増しただけで、自分が有利な立場に立ったわけではないことがわかった。サー・ニコラスもそれに気づいていた。彼は暗闇をものともせず、アドーナの両の手首をつかんで自分の胸に引き寄せた。アドーナはたがいの体が密着したことで混乱し、無力感に襲われた。こんなふうに誘惑されるなんていや。喧嘩《けんか》したあとに誘惑されるなんて。

サー・ニコラスに平手打ちを食らわせたものの、アドーナは鯨骨のコルセットに胸を締めつけられて、アドーナは叫ぶどころか、息をすることすらできなかった。

案の定、サー・ニコラスは面白がるように言った。

「アドーナ……さあ、落ち着いて。きみは誤解している。わたしの話を聞いてくれ」

「わたしは……ここには……いたくないの。行かせて！」

「きみを行かせるわけにはいかない」

「いいかげんにして」アドーナは歯のあいだから押し出すようにして言った。「わたしはあなたのいちばん新しい愛人になるつもりはありませんから！」

「アドーナ、わたしが毎日違う女性と会うとか、愛人がいるとか、いったいどういうことなんだ？　どこでそんな話を聞いたんだ？　わたしに反論する機会を与えてくれ。女性と過ごすのを楽しんでいるのは否定しないが、きみが思っているようなことではないんだ」

「わたしはなにも思っていないわ！」アドーナは怒

ってサー・ニコラスの胸を押した。

「いや、思っているとも。そうでなければ、そんなに怒るはずがない。わたしはきみを無理やり思いどおりにはしない。そんな男だと思っていたのか?」

「それなら、この手はなんなの?」

「きみに話を聞いてほしいからだ。こうでもしなければ、きみは話を聞いてくれないだろう。わかった、手を放すよ。さあ、その手でなんでも好きなことをするといい。そのあいだ、きみがどれだけ美しいか言わせてくれ」

「あきれた人ね!」アドーナは怒鳴った。「聞きたくもないわ。きみの髪は月の光のようだとか、唇は薔薇のつぼみのようで、目は――」

「アドーナ!」

「色あせた日々草みたいだとか。鼻は、そうね……近ごろでは、格好のいい鼻はどれも似たようなものだわ。そんなことはもう聞きたくないの。あなたが新たにつけ加えるようなことはなにもない――」

サー・ニコラスは明らかにつけ加えることがあるようだった。今まで成功した男性はひとりもいないが、彼はアドーナの口に猿ぐつわをはめるのと同じくらい効果的に彼女の口を封じた。アドーナは最後まで言おうとした。だが、鷹狩りのときにサー・ニコラスが自分でも認めていたように、彼はピーターのように未熟ではないし、当然キスの経験も豊富だ。彼を避けなければいけないと頭でわかっていても、胸に優しく抱き寄せられただけで、アドーナはもうなにも考えられなくなった。彼の愛撫は言葉よりも力強く、アドーナにはなにもかもが初めての経験だった。

その手で彼の顔を引っかくこともできたのに、アドーナは彼のぴったりした上着の上に力なく両手を置いていた。男性にキスをされたらどう反応すればいいのだろう、とときどき考えたことがあった。それでも、唇と唇が重なり合った瞬間、アドーナは理性を失い、想像もしなかったような深く、暗く、抵抗しがたい感覚にのみ込まれた。

初めてのキスの衝撃にアドーナの心は麻痺《まひ》し、サー・ニコラスがただ唇と唇を触れ合わせたままでいると、もはや自分を偽ることができなくなった。暗闇のなかで自然に手が動きだし、サー・ニコラスの顔や耳や髪に触れた。砕け散った理性のかけらが、彼との衝突を、彼女の心の矛盾を警告したが、やがて暗闇にまぎれて見えなくなってしまった。サー・ニコラスの唇が再びキスを求めてくると、アドーナは今度は抵抗せずに素直に応じた。彼は優しく、慎重にアドーナの欲望をくすぐった。彼女は喉の奥で小さくうめいた。

キスが終わると、サー・ニコラスはアドーナから離れ、彼女の体を支えてまっすぐに立たせた。アドーナの頭はサー・ニコラスのあごに触れそうになっていた。「なにか言ったかい？」彼はようやくささやいた。

アドーナはなにも言わずに首を横に振った。もうなにも考えられなかった。

「それなら、しばらくわたしの話を聞いてくれるね？」

「別のときにしてちょうだい」アドーナはささやいた。「お願い。別のときにして。父が……召使いが来るわ」アドーナはあたりを見まわして、サー・ニコラスの腕をほどいた。「あと片づけをしたり、戸締まりを確認したりしに来るの」ふらつきながら脇に寄ると、足の下でばりばりとなにかが割れる大きな音がした。「あら、いやだわ」

サー・ニコラスはかがんでアドーナの足を持ち上げ、ふたつに割れた丸い皿を取ってテーブルの上に置いた。「もう使いものにならないな。アドーナ、きみを屋敷に連れて帰る前にひとつだけ言っておきたいことがある」サー・ニコラスはアドーナの手を取って、自分の胸に押し当てた。「どんな噂を聞いたのか知らないが、宮廷がどんなところかきみも知っているだろう。噂は意図的に作られたものだ。そんな噂に惑わされないでほしい。ほんとうのわたしの姿を見てくれ、アドーナ」

アドーナはなにも答えずにサー・ニコラスの胸から手を離し、屋敷に入る前に夜風がほてった頬と唇を冷やしてくれることを願った。ふたりがいっしょにシーンハウスに戻ったころには、大半の客人は帰ったあとだったが、ただひとりマスター・ピーター・ファウラーが残っていた。彼は怒ったようにふたりを出迎え、意味ありげな視線をサー・ニコラスからアドーナに向けた。アドーナはピーターの目を見て、隠したいと思っていた秘密をピーターに見破られてしまったのに気づいた。

「ピーター」アドーナは彼の表情をうかがいながら言った。

「ここにおいででしたか」ピーターは陽気に言った。「サー・ニコラス、あなたを捜していたんですよ」

「わたしを？　なにかご用ですか？」

「わたしはたった今、宮殿から戻ってきたところなんです。鍵を渡していただかないと。就寝時刻ですから」ピーターは申し訳なさそうに言った。就寝時刻に女王陛下の部屋の鍵の引き渡しをするのは、彼がしなければいけない儀式のひとつだった。「それから、伝言をふたつ預かってきています。あなたはじつに人気がおありですね」アドーナの横に来て、彼女を屋敷のなかに連れていこうとしたピーターの顔に意地悪な表情がよぎった。「ひとつはレスター伯の家臣からで、部屋に下がる前に鹿毛《かげ》の種馬の様子を見てくれるとありがたいとのことです」

「わかりました。もうひとつは？」

「ああ、もうひとつはレディ・シーリア・トラバーソンのメイドからです。今夜、東の塔の部屋でお待ちしているとのことです。メイドが少々動揺しているようでしたので、必ずその旨を伝えると約束しました」ピーターは勝ち誇ったような顔をして再びアドーナを見た。「すばらしい晩だ」

「そうね」アドーナはそう言って、ピーターが差し出した腕を取った。「すばらしい晩だわ」

ピーターが伝言を口にした間の悪さを実証するかのように、サー・ニコラスが礼儀正しくお辞儀をする寸前、その目に一瞬怒りをあらわにした。彼から、納得できる説明が聞けそうにもないのは明らかだった。アドーナはサー・ニコラスへの反感をますます強くした。体が凍えそうだった。レディ・シーリア・トラバーソンがだれなのか、たずねるまでもない。サー・ニコラスが最近別れたばかりの情事の相手として、今夜噂に上ったではないか。彼が修道院跡の庭園で密会していた女性はそのレディ・シーリアにちがいない。アドーナはふたりがキスをしているのを見て、自分もあんなキスがしたいと思った。だが今、アドーナの唇には彼との初めての苦いキスの味が残っていた。

4

サー・ニコラスは藁《わら》の上に種馬の蹄《ひづめ》をそっと置いてから背筋を伸ばした。つやつやした茶色い毛並みの尻を叩《たた》いて、馬の背中越しに高貴な主人レスター伯を見た。「完璧《かんぺき》です」サー・ニコラスは言った。「昨夜《ゆうべ》と変わりありません。健康そのものですよ」彼は馬房にもたれた。

女王の寵臣《ちょうしん》であり、宮廷一ハンサムだと言われている伯爵は、馬房の向かい側の壁にもたれてたくましい胸の前で腕組みをした。「サミュエル・マニングはいい先生だったようだな、ニコラス」レスター伯は言った。「雌馬の仕業だと思うか?」

サー・ニコラスはほほえんだ。「ほぼ間違いないでしょう。ご存じのとおり、慣れていない馬同士は危険です」

「となると、このつぎは鞍敷《パッド》きをつけてやらなければならないな」

ふたりは無理に笑った。伯爵はサー・ニコラスの左の眉の横の赤くなったところを興味深げに見た。「まさか」伯爵は言った。「おまえまで詰め物《パット》が必要だと言い出すんじゃないだろうな。なにかあったのか?」

サー・ニコラスは赤くなったところを撫《な》でた。「たいしたことではありません」彼はほほえんだ。「ちょっとした行き違いがありまして」

「レディ・シーリアではないのだな?」伯爵は静かにたずねた。伯爵はサー・ニコラスと同じくらい長身で、肘まで袖《そで》をまくり上げていても、その気品と優雅さがそこなわれることはなかった。太腿まである茶色い革のブーツをはき、長く引き締まった脚を足首のところで交差させている。

「ええ」サー・ニコラスはため息をつき、種馬の尾をつかんで撫で下ろした。「レディ・シーリアは今日、ポーツマスから出航することになっています。母親と妹もいっしょです。風が吹けば、すぐにでも出航するそうです。当然のことですが、ひどく取り乱しておりました」

「イングランドを離れたくないからか、それとも、おまえと別れるのがつらいからか？」

「その両方でしょう。スペイン人の公爵との結婚も気が進まないようですし」

「ふうむ……わたしもそう聞いた。女王陛下はあまり気にしておられないが、トラバーソン卿《きょう》の決心は固い。この機会を逃したらあとはないと考えているのだろう」

「無理もないでしょう。彼はローマカトリック教徒ですからね。わたしたちのつき合いは数週間前に終わっていましたが、最後にもう一度だけ会いたいと言われまして。もちろん、それが最後ではありませんでした」

「女とはそういうものだ。最後のお別れというのが少なくとも三度はある。断言してもいい。それで、恨み言を言われたのか？」

「いいえ。彼女はわたしを恨んでなどいません。ただ、悲しんでいるだけです。おたがいに合意のうえで別れましたので。わたしは彼女と愛を交わしませんでしたし、わたしたちに友人以上のかかわりはありません」

「残念だな」伯爵は言った。「それで、聞き分けのないのはどこのだれなのだ？」

「サー・トマス・ピカリングの娘です」

「おお、あのじゃじゃ馬《バロミノ》か」伯爵の顔にゆっくりと笑みが広がった。「この前おまえが川に落ちたのを助けてやった娘だな？　あの娘を手なずけるのは容易ではないだろう。試してみたのはおまえが初めてではないはずだ」

とはいえニコラスは、ほかの男たちがことごとく失敗したことに初めて成功したと自負していた。

「わたしもそう聞いておりますが、そろそろだれかが調教してやってもいいころです」彼は伯爵に向かってにやりとした。「荒馬を乗りこなすのはわたしの得意とするところですから」

伯爵は種馬の美しいうしろ半身を調べながら、身を乗り出して、サテンのようになめらかな馬の背中に両腕をのせた。「それなら、わたしの助言を聞いてもらえるかな？」

「はい、なんでしょう？」

「彼女につねに推測させることだ。簡単に行動が予測できるような男は、決して女性の心をつかむことはできない。退屈されるのが落ちだ。それから、あまり早いうちから親切すぎるのも考えものだぞ。跳ね返りの子馬には、最初にだれが主人かはっきりわからせることが大切だ」伯爵が驚いたことに、彼の右腕とも言える主馬頭代理は胸を上下させて必死に笑いをこらえていた。「わたしの話が信じられないのか？」

「もちろん信じますとも。ですが、どうしてこうなったのかお話ししたほうがよろしいようですね」ニコラスはてのひらをこめかみに当てた。

「それを待っていたのだ」

「馬に話しかけるように彼女に話しかけた結果がこれです」

ふたりの笑い声に馬が驚いて振り向き、伯爵が馬の鼻面をつかんだ。「ということは、まず彼女の美しさを褒めたたえることから始めたのだな？」

「ええ、じつは……」

「急に正気を失ったとでもいうのか？　おまえともあろう者が」

「今となって考えてみれば、ばかなことをしたと思っています。ですが、素早く行動を起こす必要があったのです。数日後には女王陛下のお供で、ケニルワースの旦那《だんな》さまの城に向かうことになっていますし、ファウラーがすでに確固とした足場を築いておりますので」

「はっ！　彼女はあの男のことなど真剣に考えてはおらん。あの男は隠れみのにすぎない。父親も娘の婿にとは思っていないだろう。とにかく」伯爵の声が明るくなった。「おまえがぜひにと言うなら、サー・トマスにケニルワースに娘を同行させるように言ってやってもいいが。それで助けになるか？」

「はい、お心づかいに感謝いたします」

伯爵は種馬の背中をぴしゃりと叩き、尾を撫でて薄い絹の布のようにひらひらさせた。「向こうでは、彼女に不都合がないようわたしが責任を持って取り計らう。くれぐれも手綱をしっかり握っておくことだな。ファウラーの若者のことだが、そもそも彼が気をつけてさえいれば、彼女が川に落ちることはなかったのだ。そうではないか？　よく考えてみたまえ。さあ、新しいアイルランド産の去勢馬を見に行こう。脚がいいという話だ」

このような個人的な事柄を相談できるのは、サー・ニコラスの知り合いのなかでは、おそらくレスター伯をおいてほかにいないだろう。ニコラスはもともと自分の恋愛問題を他人に相談するような男ではなかった。だがレスター伯は馬と同様、女性にも豊富な経験があった。伯爵と女王の関係は、女王が十七年前に即位したときから始まったが、たがいに四十二歳になった今でも情熱はさめることがなかった。とはいえ、伯爵は女性問題でたびたび女王を嫉妬《しっと》に狂わせ、平穏無事にひと月過ぎたことがないと言ってもいいくらいだ。伯爵が女王をケニルワースの美しい城に招待したのは、女王の愛情をつなぎ止めておこうとする伯爵の最後の大きな賭《かけ》だった。だが女王陛下が、レスター伯の女性関係についてニコラスが知っているとわかってしまったら、おそらくケニルワースとは逆の方向に視察旅行に出かけただろう。破滅への階段を転げ落ちるようなものだとわかっていても、伯爵の魅力にあらがえる女性はほとんどいなかった。

サー・ニコラスが弱気な男なら、アドーナ・ピカリングはとうの昔にあきらめていただろう。昨夜はファウラーのおかげでとんだ目に遭った。彼に悪意があったのは確かだ。ミストレス・アドーナ・ピカリングほどサー・ニコラスに強い抵抗を示した女性は過去にひとりもいなかった。それでも彼は経験から、アドーナが態度で示しているほど自分を嫌っていないことに気づいていた。昨夜、彼女は最後まで自分を偽ることができなかった。彼女はわたしのキスにわれを忘れ、わたしだけではなく、自分自身にさえも隠そうとしてきたことを明らかにしてしまったのだ。彼女は間違いなくわたしを求めている。

サー・ニコラスはそのことを頭に入れ、くれぐれも手綱をしっかり握っておくことだという主人の助言について考えた。自分なりに工夫してみてもいいだろう。彼女は一度わたしに唇を許した。まったく見込みがないわけではないのだ。いずれは手なずけてみせる。

アドーナがサー・ニコラスが考えていることを知ったら、もちろんいい気はしなかっただろう。今この時点では。彼女は怒りとわけのわからない感情に悩まされて涙を流し、よく眠れなかった。そして目覚めると、男性は女性をかち得るためなら平気で嘘《うそ》をつくのだという結論に達した。ほんとうのことを言ってくれれば、こんなに苦しまなくてもすんだのに。少なくとも、口のなかに苦々しい味が残ることはなかっただろう。キスをしたあとに、あんな見え透いた嘘をつくなんて……。アドーナは思い出すのもいやだった。またひとつ戦利品を獲得したくらいにしか思わない男性に、初めてのキスを許してしまった。

レディ・マリオンは、娘が泣きはらし、鼻を赤くしているのに気づかないはずがなかった。「風邪をひいたの？」彼女は不安げに横を見ながら言った。

「ここへいらっしゃい。泣いていたんでしょう？見ればわかりますよ。いったいなにがあったの？」彼女はアドーナの手を取って、ついさっきまで腰を下ろしていた椅子に座らせた。「朝食もとらないで、なにもなかったなんて言わせないわよ。男性のことね」

アドーナはうなずいた。

「やっぱり！　慰めになるかどうかわからないけれど、男性のことで涙を流さない女性は、おそらくこの世にはひとりもいないわ。だれなの、サー・ニコラスね？」レディ・マリオンはアドーナの返事を待つことなく言った。すでに察しはついていた。「彼をヘスターのお相手にしたのはわたしの間違いだったわ。彼が興味を示しているのはあなたなのに。もちろん、今さらヘスターにそんなことを言えないのはわかっていますけれど。彼女の自信をなくさせるだけですものね。でも、まだ取り消せるわ。お父さまに彼を招待して――」

「やめて、お母さま」アドーナは反対した。「お願い、彼を屋敷に招待するのはやめて。彼が好きではないの。ピーターのほうがいいわ」

「彼が好きではないですって？　どうしてまた？あんなにすてきな男性はほかにいませんよ」レディ・マリオンは娘の顔をじっと見て、ついにその兆しを見つけた。「ああ、わかったわ。彼はあなたにキスをしたのね」レディ・マリオンが日の光の差し込む窓に目をやると、緑色のガラス越しに宴《うたげ》用の建物が不気味にゆがんで見えた。「それで、わたしの取っておきの木の丸い皿が床に落ちていたのね。てっきり狐《きつね》の仕業かと思ったわ」

アドーナは母親のふくらんだピンクの袖に手を置いた。「ごめんなさい、お母さま。わたしが悪いの。つぎにはもっといい避難所を見つけないといけないわね」

レディ・マリオンは同情するように娘の手を握り締めた。「ねえ、もうそろそろ逃げ隠れするのはやめたほうがいいんじゃないの。若い娘のあいだはそれでよかったかもしれないけれど、お父さまとわたしはそろそろあなたに――」

「お母さま！　お母さままでそんなことを言い出すなんて！」

「よく聞きなさい。一度心を決めた男性は、あなたが見つからないくらいのことであきらめたりしませんよ。昨夜のように、ひとりでいるところを見つかったらどうするの？　彼がよからぬ考えを抱いたからといって、責めることはできないわ」

「いいえ、お母さま。サー・ニコラスは、彼を拒む女性がいるということを知るべきよ」

「ほんとうにいやだったの？」

母親にそう言われ、アドーナは驚いて答えに窮した。

思ったほど深刻な事態ではなかったので、レディ・マリオンはほほえんだ。「いずれ」彼女はくすくす笑った。「それがどんなに理屈に合わないことかわかる日が来るわ。いつから男性はノーという答えを真に受けるようになったのかしら？　お父さまはそうでなくてよかったわ」

「お父さまが？」

「ええ。お父さまはわたしに四回も結婚を申し込んだのよ。わたしはお父さまの熱意を試すためにノーと言いつづけたの。でも、結局わたしのほうが先に音をあげてしまって。サー・ニコラスはあなたに……？」

「彼と結婚ですって？」アドーナはばかなことを言わないでとでも言いたげな口調だった。「冗談でしょう？　彼のような男性は結婚など望んでいないわ。そういうもっぱらの評判よ」

ヘスターが日当たりのいい客間に入ってくると、レディ・マリオンはゆっくりと立ち上がった。「それが事実だとしても、あなたは簡単にその評判を変えることができるわ。それよりも」彼女はアドーナにだけ聞こえるように声をひそめた。「彼のほうこそ、あなたの評判を変えたいと思っているかもしれなくてよ」彼女はヘスターにほほえみかけた。

「わたしの評判……？」アドーナは眉を寄せた。ヘスターがそばにいるので詳しくきくわけにもいかず、寝室に下がってメイベルにきくまで待たなければならなかった。

「お嬢さまの評判ですか？」メイベルはたっぷりしたピンクのスカートを振って言った。「どなたにもなにがしかの噂《うわさ》はあるものです」

「はっきり言いなさい、ベル。みんな、なんて言っているの？」

メイベルはふたに彫刻が施された、松材の衣装箱の上に腰を下ろした。ピンクの絹のスカートが膝の上で風船のようにしぼんだ。「女官付きのメイドがどういうものか、お嬢さまもご存じでしょう」

「それで？」アドーナはメイベルに、聞いたままを話すように促した。

「お嬢さまは難攻不落の要塞《ようさい》だと噂していました。でも」そのあと、彼女はあわてて言い足した。「簡単に男性のものになると言われるよりはよいのではありませんか？」

アドーナはなんと答えたらいいのかわからなかった。恋愛経験が豊富だと言われる男性にあっさり降伏してしまった事実をもう一度考えざるをえなかった。あれほど彼を避けていたのに、最終的にはうっかり気を許して、唇まで奪われてしまうなんて。彼のキスはピーターのぎごちないおやすみのキスとは比べものにならなかった。アドーナはいまだにうずくようなキスの衝撃から立ち直れないでいた。メイベルは自分の正直な考えが女主人にどう受け止められるのかはらはらしながら待っていた。アドーナは、メイベルが彼女の抱える矛盾を明確に言い表したような気がした。わたしは彼につかまえてほしいと思っているのだ。この身が砕けてしまうのではないかと思うほど強く抱き締め、抵抗することすら忘れてしまうようなキスをしてほしいのだ。〝どんなに拒まれようとも……〟

「そうね」アドーナはようやく口を開いた。「あなたの言うとおりかもしれないわ」彼女は上掛けに施された細かい羊歯《しだ》の葉の刺繍《ししゅう》を指でなぞった。

十八歳になるメイベルは黒い瞳をしたかわいらしい娘で、驚くほど頭がよかった。彼女はピンクのドレスを脇《わき》に置くと、ベッドの女主人の横に座った。

「お嬢さまもそう思われますか？」彼女はきちんと頭巾《ずきん》をかぶった頭をかしげてささやいた。「あの方がお気に召したのなら、あの方とマスター・ファウラーを張り合わせるようにしてみたらいかがですか？　もう少しであの方のものになると思わせるんですよ。飽きたら、すぐにやめてしまえばいいんですから。お嬢さまはその気になれば、立派にお芝居ができます。あの方のことで頭がいっぱいというようなふりをなさるといいですよ。欲しいものを手に入れたら、またマスター・ファウラーのところにお戻りになればなんの問題もありません。マスター・ファウラーはいつでもお嬢さまを助け出してくださいますよ」

「でも、そうなると、また別の噂がついてまわるんじゃないかしら」

「だれにも知られる心配はありませんよ。あの方のことですから、お嬢さまをふる前にふられたことを吹聴《ふいちょう》したりはしませんよ。ご自分の印象が悪くなるだけですからね」

会話はそこで終わったが、アドーナはヘスターとともに父の祝宴局で仕事を手伝いながら、その日一日メイベルに言われたことを考えていた。ヘスターは嬉々《きき》として刺繍の作業を手伝っていた。夕食の前に、ふたりは友人と連れ立ってリッチモンドパークに乗馬に出かけ、ヘスターはまたしても見事な乗馬の腕前を披露して一同を驚かせた。

サー・ニコラスと王室の厩舎《きゅうしゃ》から来た数人の男性が、遠くで大きな葦毛《あしげ》の馬の感触を確かめているのが見えた。アドーナの一行もしばらくそれを眺めていたが、アドーナはサー・ニコラスが近づいてくるやいなや、反対の方向に早足で馬を走らせた。儀礼的な挨拶《あいさつ》を交わすだけの心の準備はできていなかった。

翌日になってもまだ心の準備はできていなかった。アドーナは、ピカリング家の晩餐《ばんさん》会で招待客をわかせたマスター・バービッジの芝居を見に行く約束をしていた。

アドーナの弟のシートンは一年ほど前に劇団に加わり、主に脚本の執筆に才能を発揮していたが、最近は役者も兼ねるようになっていた。シートンにとって演じることは、芝居を書くことのようにうまくはいかないようだ。屋敷で素人の仲間と遊びで芝居をするのと、専門の役者に交じって演じるのはまったく別なのだ。

十七歳のシートン・ピカリングは姉のアドーナと

驚くほど似ている。陰では、女に生まれてくるべきだったのに間違って男に生まれてきたのではないかと言われていた。姉と弟は髪と瞳の色も同じならば、古典的な顔立ちや、すらりとした体型までそっくりだった。シートンの劇作家としての才能は、家族の友人を通してジェームズ・バービッジに伝わり、レスター伯が後援する彼の劇団で芝居を書かないかと誘われた。

シートンにとって不運だったのは、劇団が女役を演ずる若い男性の役者不足に悩まされていたことだった。風紀上、女性が舞台に立つことは昔から禁じられていた。だから登場人物全員のせりふをそらで覚えていて、女役を演じるもってこいの容貌《ようぼう》をしたシートンに白羽の矢が立ったのだ。事態はシートンの望まない方向に進んでいった。シートンは弟のエイドリアンと違って人前に立つのは苦手だった。十三歳になるエイドリアンは目立ちたがり屋で、人前でなにかしていないときがないほどだった。

アドーナが〈ホワイトチャペルのレッドライオン〉という芝居小屋に芝居を見に行くと言うと、シートンはいい顔をしなかった。マスター・バービッジに約束したからと言っても、なかなか賛成しない。「姉さんの来るようなところじゃないよ」シートンは不機嫌そうに言った。「うるさいし、ヘスターだっていやがるに決まっている」

「わたしたちが見たいのはあなたなの」アドーナは言った。「それに、マスター・ファウラーがわたしたちを守ってくれるわ。あなたのお芝居を見るのが楽しみだわ」

「あまり期待しないでよ」シートンはぶつぶつ言った。「うまく演じられたためしがないんだ」それでも、彼は姉を抱き締めて弱々しくほほえんだ。

アドーナとヘスターとピーターの三人は馬でリッ

チモンドからシティに出かけ、芝居小屋に入ったときには午後二時を過ぎていた。見物料を払って二階の桟敷席で芝居を見ようとする熱心な観客で小屋はごった返していた。ヘスターは気分が悪くなり、どうしてこんなところに来てしまったのだろうと後悔した。それでもピーターは、ふたりのレディを守らなければと警戒心を働かせている。このような場所にはすりの手合いが多いのだ。ピーターはふたりを隅に案内し、隣の人と体が触れ合って気分を悪くしているヘスターに話しかけて、なんとか彼女の気を晴らそうとした。

「ほら、下を見てごらん」ピーターは舞台を指さした。「もっと金を払えば、あそこにいる紳士たちのように舞台で芝居を見ることもできたんだ。彼らが芝居の邪魔をしないことを願うよ」小屋のなかは騒騒しく、隣の人と話をするのさえむずかしかった。ヘスターに肘で脇腹をつつかれ、アドーナは彼女の視線の先にある桟敷席に目をやった。

流行の服に身を包んだ一団が楽しそうに笑ったりおしゃべりしたりしながら入ってきて、席に座りはじめた。ヘスターはすでにそのなかにいるひとりの男性に気づいていた。席につくのを待っている彼の頭上に日差しが降り注いでいる。彼は濃い緑と赤の服を颯爽《さっそう》と着こなし、小さな白いひだ襟がその角張ったあごを強調していた。サー・ニコラス・レインだ。

アドーナは息をのみ、桟敷の端からわずかに体を引いた。よりによってどうしてこんなところで彼と顔を合わせなければならないのだろう？　忌まわしい記憶がふいによみがえってきた。トランペットの音が鳴り響き、いよいよ幕が開いた。観客はいっせいに舞台に注目したが、アドーナは激しく打つ鼓動が小屋じゅうに聞こえてしまうのではないかと気が気でなかった。これではとてもサー・ニコラスを見ることはできない。

「彼が手を振ったわ」観客が静かになると、ヘスターは言った。

「彼が？」アドーナは言った。アドーナはこっそりサー・ニコラスの連れを観察した。男性がふたり、若く美しい女性が三人いっしょだ。三人の女性は最初の役者が舞台に現れてもいっこうにおしゃべりをやめようとしなかった。そのうえ、ほかの観客も、五分と静かにしていられなかった。高い料金を払って役者に触れられるほどそばに座ったやかましい若い紳士の一団が、芝居の最初から最後までやじを飛ばしつづけ、若い女性に扮《ふん》したシートンが舞台に現れるや、船乗りも赤面するほどの卑猥《ひわい》な言葉を浴びせた。

アドーナが弟のシートンを気づかって身が縮む思いをしているというのに、サー・ニコラスのほうをちらりと見ると、彼は行儀の悪い若者たちといっしょになって楽しんでいるのがわかった。人一倍繊細な弟が、舞台に立つたびにこんなつらい目に遭っているのかと思うと、アドーナはいたたまれない気持ちになった。弟の演技は本人が話していたほどひどくはなかったものの、演じている本人が見ている彼女と同じように芝居を楽しんでいないのは明らかだった。アドーナはシートンがせりふを言うたびに盛んに拍手を送って勇気づけた。サー・ニコラスに見られていようがいまいが、そんなことはどうでもよかった。

役者が舞台の前に進み出て観客の拍手に応《こた》えると、アドーナはピーターに、楽屋で弟に会ってくると大声で言った。「馬をつないである場所はわかっているわ」喧噪《けんそう》にかき消されないように声を張りあげた。「ヘスターを連れて、待っていてちょうだい。わたしのことなら心配いらないわ。自分の面倒は自分で見られるから」

「行ってはだめだ！」ピーターは大声で怒鳴り返した。「踏みつぶされてしまうぞ」

「大げさね」アドーナはほほえんで、ヘスターの腕をぎゅっと握り締めた。「弟に話があるの。外で会いましょう」ふたりの脇をすり抜け、人込みをかき分けていくと、ようやく舞台のほうに向かう足場の悪い薄暗い階段に出た。驚いたことに、途中でサー・ニコラスとその仲間に行き会った。彼のほかに知り合いはいなかったが、向こうはアドーナに気づいていた。アドーナはほほえみ、彼らを押し分けるようにして進んでいった。サー・ニコラスが心配そうな顔をしてこちらを見ているのに気づいたが、幸いにも遠すぎて話をすることはできなかった。

サー・ニコラスの目は非難の色を浮かべてアドーナを追っていた。「ミストレス・ピカリング」彼が大声で呼びかけた。

アドーナはサー・ニコラスを無視して前に進み、気がつくと、粗末な木の通路に出ていた。汗まみれになった派手な化粧の役者たちが横を通り過ぎて、覆いで仕切られた個室に入っていった。アドーナはいくつか個室をのぞき、三つめでようやくシートンを見つけた。

シートンは真っ赤な頬紅と口紅を塗った顔にびっしょり汗をかいていた。目はうつろだ。金色のまつげは黒く塗られ、頭は金髪のかつらをかぶったままだった。華やかな巻き毛がレースのひだ襟にかかっている。遠くから見たときにはそれほどでもなかったが、こうして間近で見ると、ひどく滑稽《こっけい》に見えた。腋の下には大きな汗染みができ、作り物の胸のふくらみはあごにくっつきそうになっている。エールの杯を持つ手がぶるぶる震えていた。

シートンは散らかったテーブルの上に杯を置いた。「ドーナ！」かすれた声で言う。「舞台から姉さんが見えたよ」

「ありがとう……ありがとう、姉さん」シートンは姉の肩をつかんで、壁にかけられた鏡代わりの真鍮《しんちゅう》の板のほうを向かせた。「見てごらん、ドーナ。ぼくたちふたりを」

こうして寄り添うふたりは、双子の姉妹と言ってもおかしくないほどよく似ていた。

「そっくりだわ！」アドーナは鏡に映った弟を見てほほえんだ。「妹と呼びましょうか？」

シートンは息がつまるような扮装を早く脱ぎたくて、鏡の前から離れた。「勘弁してよ。声変わりしたら、こんなことをしなくてもすむ。その日を指折り数えて待っているんだ」

「そんなに先のことではないわ。もう声変わりは始まっているもの」

「気がついた？」シートンはかすれた声で笑った。「よかった。そろそろ高い声は出せなくなるな。高い声を出そうとすると、どうしても声がかすれてしまったことを望んでいなかった。

ふたりはたがいを慰めるように抱き合った。アドーナが弟の姿を見て胸を痛めているのと同じように、弟のシートンもまた、姉にぶざまな姿を見られてしまったことを大いに恥じていた。シートンはこうなることを望んでいなかった。不格好な扮装からは羊毛のいやなにおいが漂っている。アドーナは弟が震えているのはほっとしたからなのか、それとも、あまりにもみじめで笑うしかないからなのかと考えた。

「しいっ」アドーナはなだめるように言った。「とてもよかったわよ」そのあと、その言葉がふさわしくないような気がして言い直した。「よくやったわ。マスター・バービッジでさえ、あなたほど完璧にせりふを覚えていなかったじゃないの」

「それはそうさ」シートンは言った。「ぼくが書いたんだから」

「今まで見たなかでいちばんいいお芝居だったわ。筋が面白くて」

まうんだ」シートンは声変わりが遅いほうだが、マスター・バービッジのように、シートンが永遠に声変わりしないことを望んでいる者もいた。そういう例がまったくないわけではない。「これを脱ぐのを手伝ってほしいんだ」シートンはかつらをはずそうと額に手をやった。

アドーナが手を貸す前に、覆いが開いて見知らぬ男が戸口に現れた。酒に酔っているのか、体はふらつき、顔はむくんで紫色になっていた。男はアドーナとシートンを交互に見て、目をまわした。「これはいったいどうなっているんだ？」男はだみ声で言った。「ふたり……同じ人間がふたりいるぞ」男は手で顔をぬぐった。「そんなはずがない。目の錯覚だ」男は覆いにつかまって体を支えながら、アドーナにつかみかかろうとした。

アドーナは素早く手を伸ばして男の髪を引っ張った。シートンはエールの入った水差しを手に取って、男の頭を殴ろうとした。すると、濃い緑色の服を着た男性が男の首に腕をまわして力ずくでうしろに引き戻した。覆いが、それを支えていた華奢《きゃしゃ》な棒ごと引きちぎられた。覆いや人の手足が入り乱れるなか、アドーナはサー・ニコラスの濃い緑色と赤い膝丈のズボンに気づいた。彼は通路に横たわる酔っ払いをまたいで立ち、シートンからアドーナに視線を移したが、その目に同情の色は浮かんでいなかった。

「すばらしい芝居でしたね、マスター・ピカリング。怪我《けが》はありませんか、お嬢さん？」彼はアドーナに言った。

サー・ニコラスがすぐに駆けつけてきてくれたので、幸い怪我はせずにすんだが、シートンに会う前からすでに動揺していたアドーナは今や平常心を失っていた。「い、いいえ、怪我はありません。ありがとうございます」サー・ニコラスのうしろには、何人かのやじうまの姿があった。舞台係がふたり現れて、酔っ払った男の足をつかんで引きずっていった。通路には壊れた覆いを支えていた棒が落ちていた。「あれはだれなの、シートン？」彼女はたずねた。

「楽屋にお祝いを言いに来る連中のひとりだよ。ここではよくあることなんだ」

「もしかして、あなたのことを……？」

シートンはほほえんでかつらを脱いだ。たったそれだけなのに、弟が急に奇異に見えた。「これも仕事のうちさ。最初にかつらを脱げばいいんだ。これでだいたいの男はその気をなくす」彼はアドーナの手を取った。「さあ、姉さんはもう帰ったほうがいい。サー・ニコラスに屋敷まで送ってもらうんだ。彼のほうがマスター・ピーター・ファウラーなんかよりもずっと頼りになるように思えるけどな」彼はサー・ニコラスのほうを向いた。「危ないところを助けてくださってありがとうございました。差し出がましいお願いですが、姉を無事に屋敷まで送り届けていただけませんか？　ひとりで楽屋になど来るべきではなかったのです」シートンの声が高くなった。

「姉上はひとりで来たのではありませんよ、マスター・ピカリング。わたしは通路の向こうの端で姉上を待っていたんです。無事に屋敷まで送り届けますから、どうぞご心配なく」

ふたりの会話に口をはさむ余地がないように思えたので、アドーナはもう一度シートンを抱き締めて、両親に芝居の成功を伝えると約束した。だが、いったん楽屋を出て、がらんとした薄暗い芝居小屋に戻ると、アドーナはさっそく反発した。こんなときにメイベルの助言になど従ってはいられない。「サー・ニコラス」彼女はそう言って、歩く速度を落とした。「わたしはマスター・ファウラーといとこのヘスターと召使いといっしょに来たんです。わたしたちはじゅうぶんに安全ですので、どうかご心配なく。助けていただいたことには感謝していますが――」

「礼にはおよびませんよ、お嬢さん」ニコラスはわざとよそよそしく言った。「わたしはマスター・ファウラーと帰ってはいけないとは言っていない。ここに来たときと同じように、彼と帰りなさい。でも、わたしは弟さんにきみを無事に屋敷まで送り届けると約束した。気に入ろうが気に入るまいが、従ってもらいますよ」

アドーナは立ち止まった。「あなたはお友だちといらしたんでしょう？　ごいっしょするのは遠慮させていただきますわ」

ニコラスは大きなため息をついてアドーナの前で立ち止まると、なかば振り向いて、聞き分けのない子供に諭すように言った。「その心配はいらない」うんざりしたように言う。「わたしがきみたちに加えてもらうんだ。友だちは先に帰った。彼らはロンドンに住んでいる。さあ、いっしょに歩いていただけませんか？　馬が待ちくたびれてしまうだろうし、ヘスターも心配しているだろうから」彼はアドーナのことを心配しているのか、馬のことを心配しているのか、はっきりとは言わなかった。

なぜサー・ニコラスよりもピーターといっしょに帰るほうがいいのだろう。アドーナにはわからなかった。女装した弟の情けない姿を見られたうえ、弟が彼のように姉を助けることができなかったことで、どうしてこんなにも気まずい思いをしているのか、納得できる答えが出てこなかった。楽しみにしていた芝居見物がこんな結果になろうとは思ってもみなかった。アドーナはシートンを思ってひどく胸を痛めた。弟はほかのだれよりも居心地が悪そうだった。

屋敷までの道のりは、思わぬ人物が現れたことによって、見てきた芝居と同じように長く、緊張を強いられるものになった。屋敷に着いたときにはアドーナはほっと胸を撫で下ろした。アドーナ自身は決して認めないだろうが、彼女がいらだっている最大の原因は、サー・ニコラスが女性といっしょだったことだ。彼が、男性であろうと女性であろうと友人と連れ立って芝居を見に来てはいけない理由などないと自分に言い聞かせても、心は晴れなかった。アドーナはそれが嫉妬だということにまだ気づいていなかった。

さらに悪いことに、心の声が、噂に惑わされないでほしいというサー・ニコラスの言葉をささやくのだった。ロンドンからリッチモンドへの帰路、アドーナはサー・ニコラスをじっと観察して、彼がピーターやヘスターとなごやかに談笑する低い声に耳を澄ました。彼がまた急によそよそしくなったところをみると、わたしの関心を引こうとするのはやめたと考えるべきだろうか？　でも、もしそうなら、なぜシートンの楽屋まであとをつけてきたりしたのだろう？　アドーナは父が母に四回も求婚したことを思い出した。母はそれまでのあいだどうやって不安に耐えたのだろう？

あとでよくよく考えてみると、サー・ニコラスは最初からそうしようと決めていたとしか思えなかった。夕暮れ間近にシーンハウスの庭に入ると、彼は自分がアドーナを鞍《くら》から降ろす役目を担うべく彼女の馬に馬を近づけて止め、ピーターがヘスターに手を貸さざるをえない状況に追い込んだのだ。アドーナは足が地面についた瞬間、サー・ニコラスの肩に置いた手を離そうとしたが、彼はにこりともせずに、彼女の手を強く握り締めた。

あのときわたしは怒ってすぐに手を引き離すべきだった、とアドーナは思った。彼女の心は傷つき、混乱し、簡単には癒《いや》されそうにもなかった。混雑した中庭で、しかも逃げ場のない馬上では傷ついた心が癒されるはずもなかった。だが驚いたことに、サー・ニコラスは彼女の両手の甲にキスをして、素早くささやいた。「眠る前に。宴用の建物で」そのあと、彼はアドーナの手を放してくるりと背を向けた。空耳だったのではないかと思うほど、彼の行動は素早かった。

アドーナはほっと胸を撫で下ろした。父と同じように彼はすぐにあきらめたりしなかった。だが、今度ばかりは期待と不安に押しつぶされそうになった。アドーナの体には、サー・ニコラスの腕に抱き締められ、キスをされた記憶が焼きついていた。でも、わたしが彼の誘いを拒んだらどうなるだろう？　たとえいちばん上だろうが、いちばん下だろうが、あなたがつき合った多くの女性のひとりとして名を連ねる意思はないとはっきり言ったら、彼はどんな反応をするだろう？　メイベルが考えていた計画よりもだいぶ早くなってしまうけれど、今ここで彼に教訓を与えたほうがいいのではないだろうか？　でもそうしたら、一度味わっただけで、もう二度と味わうことのないものに一生あこがれることになるのではないだろうか？　わたしにはそれに立ち向かえるだけの経験があるだろうか？

案の定、ピーターとサー・ニコラスは夕食に招かれた。すでに夕食の時間には一時間遅れていたが、ふたりは快く招待に応じた。ヘスターは三日間、愛想よくふるまおうと努めて疲れ果ててしまい、会話にも加わらず、食事が終わると早々に部屋へ引き上げてしまった。しかし、アドーナは立場上部屋に下がるわけにもいかず、サー・ニコラスによそよそしくふるまって、彼の誘いに応じる意思がないことを伝えようとした。薬を飲まされたうさぎではないのだから、自分から進んで罠《わな》にはまるようなまねができるものですか。ときどきそう思うのだが、時間がたつにつれてアドーナの決心は鈍っていった。

ピーターとサー・ニコラスはふたりそろってピカリング夫妻に別れを告げた。ふたりには楽しみの前に果たさなければならない女王の寝室管理の義務があった。友情を示すためなのか、挑戦の意思を表明するためなのかわからないが、サー・ニコラスはピーターといっしょに宮殿に戻っていった。あとでこっそり戻ってくるつもりなのだろう。

「頼むから、もう少しサー・ニコラスに愛想よくできないものかね、アドーナ」ふたりの客人を見送りながら、サー・トマスは言った。「彼のように感じがよくて、有能な男はほかにはいないぞ。それに、仕事もできる。だれにきいてもそう言う」

「きいてまわったの、お父さま?」

「そうとも」サー・トマスは言って、娘の腕を取った。「当たり前じゃないか。彼はエリオット卿の長男で、彼に馬のことを教えたのはサミュエル・マニングだ。ヘスターのおじの。これもなにかの縁だ」

「彼とトラバーソン卿との関係はどうなるの? お父さまはなにもご存じないの?」

「トラバーソン? いや、なにも聞いていないが。わたしが知っているのは、あの老いぼれがいちばん上の娘を公爵と結婚させるためにスペインにやったということくらいだ。努力のかいあって、一歩王室に近づいたわけだ。彼がどうしたというのだ?」

「なんでもないわ。ただ、彼が女王陛下が反対していらっしゃるローマカトリック教を信仰しているということだけ」

「だから、妻子をスペインにやったのだろう。わざわざ女王の怒りを買うような危険を冒すプロテスタント教徒はいない。女王陛下はあのとおりの方だし、トラバーソンにしても受け入れがたいことだろう。宗教的な寛容とはそんなものさ。さあ、なかにお入り。もう寝る時間だ。今日は一日忙しかっただろう」

「ええ、お父さま。寝る前に宴用の建物の戸締まりをしてくるわ」

「はっ?」父は眉をひそめた。「戸締まり?」

レディ・マリオンは夫の腕をつかんで屋敷のなかに連れ戻し、夫の口をふさいだ。

5

最初に言うべきせりふを練習しながら、アドーナは宴《うたげ》用の建物の扉を開けてなかに入った。こんなことをするなんてどうかしていると心の底ではわかっていた。これでは、簡単には男性に心を許さないという評判を維持してきた今までの努力が台なしになってしまう。貴族の令嬢は決して男性と密会したりしないというわけではない。でも、その場合、恋人とふたりきりになれるような場所は限られていた。若い男女はあらゆる物陰や暗がりや隅で密会を重ねた。とはいえ、サー・ニコラスにこうもあっさり心を許して彼の言いなりになるのはどうかと思う。お母さまだって、四回もノーと言ったのに。

だいいち、サー・ニコラスの誘いは残酷な冗談にすぎないかもしれない。そう考えただけで、アドーナはぞっとした。

きれいに片づけられた部屋には、昼間の暖かさがまだかすかに残っていた。漆喰《しっくい》画が描かれた壁に夜の闇《やみ》が迫り、やがて窓辺が暗くなった。アドーナは待った。あるゆる音に耳をそばだて、遠くで鳴くふくろうの声を聞きながら。そして、どうしてわたしは最初に考えていたのとまったく逆のことをしているのだろうと思った。わたしは恋に落ちてしまったのだろうか？　これが恋というものなのだろうか？

宮殿の庭の時計が時を告げ、一時間が経過したのがわかった。そしてまた、三十分が過ぎた。アドーナは物音がするたびにびくっとして立ち上がり、また座った。ひとつ、またひとつと消えていく屋敷の明かりを眺めた。さらに一時間が過ぎた。アドーナは怒りと寒さに肩を震わせながら、うしろ手に扉を閉めた。今度は音もたてず静かに。最後にもう一度、修道院跡の庭園パラダイスから宮殿の庭に通じる扉のある壁のほうを見ると、アドーナはスカートをつかんで屋敷に戻っていった。喉が締めつけられ、今にも嗚咽《おえつ》が込み上げてきそうだ。こうなることを予想していなかったわけではない。今から思えば、サー・ニコラスは芝居小屋で会ったときからどこかよそよそしかった。彼はこうすることで自分が優位に立っていることを知らせようとしたのかもしれない。

でも、かえっていい教訓になった。もしサー・ニコラスが約束どおり現れていたら、キスだけではすまなかったかもしれない。危うく難を逃れることができた。結局、これでよかったのだろう。プライドはずたずたに引き裂かれたけれど、こんなことで泣いたりするもんですか。アドーナはそう心に誓った。メイベルも言っていたように、わたしはその気になれば、立派にお芝居ができる。なんとも思っていないように演じてみせる。

ところが、暗いベッドに横になると、サー・ニコラスのキスによって目覚めたあこがれが抑えきれないまでに高まり、アドーナは無関心のふりをするのをやめた。サー・ニコラスに、彼の誘いにのってぃそいそとやってくると思われていたかと考えると、無性に腹が立った。もう二度と彼の誘いになんてのるものですか！　彼に捨てられた愛人のひとりになるくらいなら、死んだほうがましだわ。


女王陛下お抱えの占星術師ドクター・ジョン・ディーが水晶球をのぞき込んで、忘却を誘うのに最適の日を予測した。その日は宮殿で仮面劇が上演される日だった。アドーナと父の下で働いている職人たちは、その日までにすべての衣装を用意しなければならず、休む間もなく働いた。

ヘスターはぜひにとせがんで、アドーナといっしょに祝宴局にやってきた。ふたりとも仮面劇には参加しないが、ヘスターはスパンコールを縫いつける仕事を手伝った。

「これが衣装なの？」ヘスターはアドーナに小声でささやき、手に取った小さな薄い絹の布を見て目を丸くした。「たったこれだけ？」

「そうよ」アドーナはほほえんだ。「最近はこういう大胆な衣装を身につける女官が多いの。これはまだおとなしいほうよ」

「あなたがデザインしたの？」

「ええ、これと同じようなものが四着、絹の裏地がついたものが四着あるわ。これはレディ・メアリー・オールソップのものよ。彼女は見られるのが好きなの」

「透けて見えるじゃない」ヘスターは笑ったらいいのか、衝撃を受けたような顔をしたらいいのかわからなかった。「女王陛下はなにもおっしゃらないこうとしているのに気づいた。ヘスターは今では赤くなることもなく、彼らと自然に言葉を交わしている。アドーナたちは彼女の変わりように驚いた。

サー・トマスは娘を見てほほえみ、訳知り顔で片方の眉を上げた。


だがサー・トマスの笑顔も、その日の夕方、きらびやかな衣装を木箱につめる作業を監督しているときには引きつっていた。箱に入れられた衣装は、祝宴局から少し離れた宮殿の正面にあるロイヤル・アパートメンツに運ばれ、長い廊下を進んで階段を上り、控えの間を通って、さらに狭い楽屋に搬入された。衣装をデザインしたアドーナもいっしょについていった。そして大勢のメイドや、きゃんきゃん吠《ほ》えてうるさい愛玩《あいがん》用の犬や、衣装や木箱やかつらに囲まれつつ、押し合いへし合いしながら衣装の着付けを手伝った。


の？」

「女王陛下はご自分がいちばん目立つように細心の注意を払っていらっしゃるわ」アドーナは笑ってささやいた。「女王陛下もときどきこのような衣装をお召しになるのよ」

ほんの数日前まで、いとこのヘスターが女官が仮面劇で身につける薄い衣装にスパンコールを縫いつけることになるとは、だれも想像しなかった。だがヘスターは今ここでこうして、一メートル五シリングのきらきらした青緑色の薄い絹織物の山に艶《つや》やかな茶色い頭をかがめて、せっせと針を動かしている。

ヘスターはこの仕事を楽しんでいるようだった。女性が仮面劇に参加するのを許されているいっぽうで、劇場の舞台に立つのは禁じられているという明らかな矛盾も、ヘスターは疑問に思うことなく受け入れていた。アドーナはまた、男性がなにかと口実をつけてはヘスターのそばにやってきて、彼女の気を引

「これはかつらが入っている箱よ、ベル」アドーナは声を張りあげて言った。「気をつけてね」女性用のかつらはとても貴重だ。絹糸のように細く艶やかな金色の長い髪は重さが優に四百五十グラムはあった。

アドーナは名簿と照らし合わせながら、それぞれの衣装を着ることになっている女官のメイドに手渡した。口には出さないものの、アドーナはある女性の到着が遅れていることに明らかにいらだっていた。「レディ・メアリーはどちらに？」アドーナは女官のひとりにたずねた。

女官は体をくねらせてコルセットを脱いだ。「体がふにゃふにゃになってしまいそうだわ」彼女はそう言って笑った。「レディ・メアリー？　さっき気分が悪いと言っていたけれど。アン！」彼女は部屋の奥に向かって声を張りあげた。「アン！　メアリーはどこ？」

「どのメアリー？」くぐもった声が返ってきた。「メアリー・オールソップよ」

「彼女なら来ないわ。気分が悪いんですって」

アドーナはあわてふためいた。「なんですって？　そんなばかな――」

女官はにやにや笑った。「土壇場になっておじけづいたのよ」アドーナが手にしている衣装にちらりと視線を投げた。

「いつものことよ」だれかが横から口をはさんだ。

「でも、七人では困るんです」アドーナは言った。「水の精は八人いないと……。男性も八人いて、男女が組になるんですもの。男性がひとり余ってしまうわ」

女官が胸元を押さえているあいだ、メイドが絹のチュニックを持ち上げて主人の体を覆い、ウエストで結んだ。「蜘蛛《くも》の巣を着ているみたいだわ」彼女はにやりとした。「それなら、ミストレス・ピカリング、あなたが彼女の代わりをするしかないわね。あなたはだれよりもそれがよく似合ってよ」

アドーナは想像するのも恐ろしかった。「だ、だめです。だれかメイドを代役に立てるしかありませんね。彼女と背丈が同じくらいの……」

アドーナの提案は猛烈な反対にあった。「メイドはだめよ！　絶対にだめ」

「仮面劇に出演する女性は貴族の家の出でないといけないのよ」

「女王陛下を侮辱することになるわ」

「アドーナ、お願いよ。あなたならできるわ」

「そうよ。代役が務まるのはあなたしかいないわ。それに、あなたならかつらをかぶる必要もないし。いいじゃないの」

「できないわ。こ、こんな衣装を着るなんて……」

アドーナは断りながらも、頭のなかでは自分が無責任な演者の代役を務めなければならないことはわかっていた。水の精は八人いなければならないのだ。それに、この衣装をデザインしたときはとても楽しかった。衣装はそれぞれ微妙に色や形が違い、一着として同じものはなかった。アドーナはそれを身につけた自分の姿を想像しながら衣装をデザインした。くるぶしがのぞく丈の、ふわふわした半透明の薄い織物が水のように体を覆うデザインだ。メイベルとふたりきりのときに、そのうちの何枚かを実際に試着してみたことはあるが、女官たちのようにこれを身につけて人前に立つことになるとは思ってもみなかった。

仮面をつけてしまえばだれだかわからない。よほど観察力の鋭い人でない限り、だれもアドーナだとは見破らないだろう。問題はこの髪だ。

「かつらをおかぶりになれば」メイベルは言った。「最後までレディ・メアリーじゃないとは思われませんよ」

でもアドーナは、かつらがどれだけ暑苦しいものかよく知っていた。

「どうしても代役を務めなければならないなら、自分の髪でやるわ。どうせ八人のひとりにすぎないんですもの」

「おやりになるんですか？」

「そうするしかないわ。でも……ああベル」

「どうなさいました？」

「これを……これを着るのよ！　ヘスターがなんて言うか……」

「だれかが話さない限り、ミストレス・ヘスターに知られることはありませんよ。サー・ニコラスの反応が楽しみですね」彼女は生意気そうに言った。

「考えてもみてくださいな、お嬢さま。あの方に、失ったものの大きさを、これ以上効果的に思い知らせる方法がありますか？」

「じつはわたしもそれを考えていたの、ベル」

「それなら、早くここからお出になってください。じっとしていてくださいね。わたしがドレスを脱がせてさしあげますから」メイベルは口にピンをはさんだまま言った。

アドーナが名簿を見ながら、銀色に塗られた子山羊《こやぎ》革の上靴や、絹の靴下、三つ又の矛や仮面を女官のメイドに渡しているあいだに、メイベルはアドーナの服をつぎつぎに脱がせていった。

アドーナが水の精に扮《ふん》した自分の姿を映して見るには、かなり小さな鏡しかなかった。だが彼女もメイベルも、ほかの女性たちが賞賛の目で見ているのに気づいた。動くたびに、月の光を浴びて銀色に輝く海の色をした薄い布地から、形のいい胸のふくらみがちらちら見え隠れする。もっと大胆に露出している女性もいたが、アドーナより美しい女性はだれひとりとしていなかった。メイベルは、アドーナの顔に銀の仮面をつけ、淡い金色の髪を肩に下ろしながら、そのことを伝えた。

「さあ、できましたよ」メイベルは言って、アドーナの頭に張り子のほら貝をのせた。「これでお嬢さまだとわかるまで、しばらく時間がかかるでしょう」

アドーナはメイベルの言葉を一瞬たりとも信じなかった。仮面劇の出演者はダンスを踊ることになっている。アドーナの波打つ淡い金髪は作り物のかつらなどとは比べものにならないほど美しく、髪を見ただけで彼女とわかってしまう恐れがあった。

「シートンが舞台に立つ前は緊張すると言っていたけれど、こういうことなのね」アドーナはつぶやいた。

最後に衣装をもう一度確認し、頭にほら貝のかぶり物をのせると、八人の水の精はみな黙り込み、異様な緊張感に包まれた。八人は出場の合図のファンファーレが鳴るのをどきどきしながら待った。そして、いよいよトランペットが高らかに吹き鳴らされ、ざわついた会場が静まり返った。扉が開くと同時に、目もくらむようなまばゆい光の洪水が襲ってきた。きらびやかな衣装に高価な宝石を身につけた観客の視線がいっせいに水の精に注がれた。仮面に開いた小さな穴からは会場の隅から隅まで見渡すことはできなかった。だが仮面をつけているからこそ、彼女たちの全身をなめまわすように見るいやらしい視線にさらされても、恥ずかしがらずにすむのだ。

背が高く、ハンサムなお気に入りの廷臣に取り囲まれた女王は、天井から床まで豪華なタペストリーで飾られた部屋の奥で、詰め物をした大きな椅子に座っていた。敷きつめられていた藺草《いぐさ》をダンスのために取り払い、床は湖面のようにぴかぴかに磨き上げられた。さまざまな色が映し出される床の上を、背中に羽根をつけて手に松明《たいまつ》を持った上半身裸の子供たちに導かれ、八人の魅惑的な水の精が滑るように進んでいった。

　車輪のついた竜の落とし子にまたがった子供が、女王に仮面劇の上演の許可を求めた。アドーナは、招待客のなかにだれか知っている人がいないかどうか、気づかれないように目で追った。父は背景の裏で、雲や水滴を出したり、雷の音を出したり、ほほえんで片目をつぶって合図している大きな太陽の顔を出したりするのに追われているだろう。行進をして、優雅な舞踏曲パバーヌを踊っているあいだ、アドーナは父に知られたらなんと言われるだろうと気が気でなかった。

　父がいい顔をしないのではないかと思うと、サー・ニコラスの反応を見る楽しみもそがれた。そして観客のなかにサー・ニコラスがいないことが明らかになると、アドーナの喜びはさらにしぼんだ。ほかの仮面劇の出演者にそんな悩みはなかった。衣装に手を加えてさらに露出する部分を増やした人もいる。パバーヌのあと、突然悲鳴があがり、会場が騒然となった。ビーズ刺繍《ししゅう》を施したサテンのきらびやかな上着に、銀色の膝丈のズボンをはいた背の高い男性の一団が、開いた扉から勇ましく登場してきた。大声で叫びながら、半分仮面で覆われた頭の上で白い網をくるくるまわしている。

「ほっほう！」男性たちは大声で言った。「水の精はどんな宝を持ってきたのかな？　宝を渡したまえ。降伏するのだ！」

　アドーナは女性の衣装の制作に携わっただけで、仮面劇の全容を知らされていたわけではなかった。体型とあごひげの色から、レスター伯とサー・クリストファー・ハットンが漁師に扮しているのがわかった。彼らが嬉々《きき》として網を投げると、女性の招待客は興奮のあまり声をあげた。網で捕らえられるのは水の精だったので、彼女たちはいっせいに逃げ出した。

きらびやかな衣装に身を包み、白い駝鳥《だちょう》の羽根飾りをつけた帽子をかぶる漁師にやすやすと捕まる者たちもいたが、アドーナはそうではなかった。サー・ニコラスが漁師に扮している可能性があるからだ。だれかほかの男性の網にかかる絶好の機会だ。メイベルが言っていたように、失ったものの大きさをサー・ニコラスに思い知らせるのだ。

「どうぞこれを」アドーナは笑ってほら貝のかぶり物をはずし、彼女の母親と言ってもいいくらいの年齢の女官に渡した。「お望みなら、網にかかることができますよ」

女官は喜んでほら貝のかぶり物を受け取ってかぶった。そのあいだにアドーナは脇《わき》に寄って、サー・ニコラスにまったく似ていない男性を探した。だが彼女の計画はあえなく失敗に終わった。サー・クリストファーの網をよけてくるりと振り向くと、だれよりも避けたいと思っていた相手に見つかってしまったのがわかった。顔全体を覆う仮面をつけていても広アドーナだと見破られてしまうように、相手も広い肩、堂々とした立ち居ふるまい、黒い髪から、すぐにサー・ニコラスとわかった。

長い部屋をはさんでふたりはにらみ合った。ひとりは相手を威嚇するように足を大きく開いて立ち、もうひとりも負けじと相手をにらみ返した。こんなアドーナを見たら、どんな男性も恐れをなして逃げ出すだろう。アドーナは招待客が魚のように群れをなして集まっているほうに逃げたが、ときすでに遅く、彼女めがけて網が飛んできた。

アドーナは網をつかんでいまいましげに脇に放《ほう》ると、床に足を踏ん張って、漁師をにらんだ。抵抗といっても名ばかりのものしか目にしたことのない観客は、アドーナに拍手喝采を送り、つぎはどうなるかと固唾《かたず》をのんで見守った。部屋の奥では、女王が首を伸ばしてふたりの様子を見ていた。

アドーナは、サー・ニコラスが少しでも近づいてくる素振りを見せたらすぐにでも逃げ出そうと身構えていたが、思いがけず彼はアドーナの足の下にあった網を引っ張った。アドーナは滑りやすい床に足をとられて、横に倒れた。サー・ニコラスは静かに笑ってさらに引っ張ると、あわてる様子もなく網を振った。力強く、挑戦的な声で言う。「水の精よ！ きみもすっかり舞台慣れしたようだな。さあ、きみの宝物を見せてくれ」

男性の観客は手を叩《たた》いて喜んだ。アドーナの表情こそ仮面に隠れて見えなかったものの、その声から、それが演技でないことがはっきりわかった。

「わたしは雲よ、漁師さん！ 霧よ。滝よ。わたしは魚も持っていないし、宝物も持っていないわ。わたしからはなにも得られない。宝物はどこかほかでお探しなさい」

アドーナはいらだたしげに素早く立ち上がった。薄い衣装は激しく動きまわるのには適していないため、いつもはスカートの下に隠れている脚があらわになっている。もう一度観客のうしろに隠れようとしてそちらを向いたが、観客は反抗的な水の精に盛んに声援を送り、魅力的な彼女をもっとよく見ようと脇に移動していた。アドーナがつぎの作戦を思いつく前に、再び網が投げられ、彼女は頭から網にすっぽり覆われた。

混雑した部屋に歓声がわき起こり、男性はサー・ニコラスに、女性はアドーナに声援を送った。だれが勝者かは一目瞭然《りょうぜん》だった。アドーナは網が体に巻きついて両腕を上げることすらできず、拍手を送る観客の前をずるずると引きずられていった。

「さあ、美しい水の精よ」アドーナを引き寄せると、サー・ニコラスは大きな声で言った。「わたしの努力に報いてはくれぬのか？ 褒美はないのか？」

アドーナは言い返したかったが、女王の前ではそこれもはばかられた。サー・ニコラスにからかわれて腹が立ったし、それを見て喜んでいる観客にも腹が立った。さらに悪いことに、仮面で顔を隠している安心感も長くはつづかなかった。サー・ニコラスはアドーナをそばに引き寄せて仮面をはぎ取り、怒りに紅潮した顔をあらわにした。

「ミストレス・アドーナ・ピカリング」サー・ニコラスは笑った。「もっと早くきみだとわかってもよさそうなものだった」彼の視線はアドーナの顔を離れ、あらぬ方向に向けられた。そのあと、彼はアドーナが網にかかった人魚でもあるかのように軽々と腕に抱き上げた。そして、観客の見ている前で、自らの勝利を誇示するように彼女の唇に唇を近づけた。

アドーナは屈辱的なキスをされる前に、サー・ニコラスが白い歯を見せてにやりとするのを見た。

「やめて！」アドーナはもがいて、サー・ニコラスの腕から逃れようとした。「これじゃ、まるでわたしが……わたしたちが……」

「わたしたちが？」サー・ニコラスは言った。「わたしがなんだと言うのだ？」

こんなところでキスをされるなんて最悪だわ。観客が盛んにはやし立て、アドーナは狂ったように打つ鼓動以外、なにも聞こえなくなった。サー・ニコラスは網越しにキスをした。この場にふたりのほかにはだれもいないかのように、思わぬ宝が網にかかったかのように。キスが終わると、怒りとともに、アドーナの感情も戻ってきた。だがそのころには、観客は四方に散らばってダンスの準備を始めていた。荒っぽい出し物を見せてもらったと笑いながらも、だれもがふたりをうらやんでいた。

サー・ニコラスがアドーナを抱きかかえて部屋の隅に移ろうとすると、レスター伯が彼の背中を叩いた。伯爵は無遠慮にアドーナの乱れた衣装をじっくり眺め、その目に賞賛の色を浮かべた。「なるほど」

伯爵はサー・ニコラスの耳にささやいた。「いよいよ調教を始めたのか?」

「下ろして!」アドーナはふたりに向かってかみつくように言った。「女王陛下の前でよくもこんな手荒なまねができるわね」

サー・ニコラスはアドーナを窓際の奥まったところに連れていって、まっすぐに立たせた。窓はテムズ川に面していたので、夜風がほてった顔を冷やしてくれた。

「女王陛下もほかの観客と同じように大いに楽しんでおられた」

「わたし以外はみんなそうでしょうよ!」

「言っておくが、きみは女王陛下よりも先に帰ることはできない。礼儀に反するからね。それに」サー・ニコラスはそう言って、房飾りや星にからまった網をはずした。「仮面劇の出演者は最初にダンスを踊ることになっている」

アドーナはサー・ニコラスのそばを離れようとしたが、彼はアドーナを引き戻して壁に押しつけ、髪にからまった網をはずそうとした。

「じっとして」サー・ニコラスは言った。「さもないと、両脚を縛るぞ」

「そんな言い方はやめて! わたしがまるで――」

サー・ニコラスは黙らせるためにキスをしたが、その効果は期待以上だった。彼はアドーナに落ち着く間を与えなかった。今のうちに手綱をしっかり握っておきたいのだ。

「まるで雌の子馬のように?」サー・ニコラスはそう言って、輝く茶色の瞳でアドーナの瞳をじっと見つめた。アドーナは思わず視線をそらした。「わたしがあの日、きみに平手打ちを食わされたのに懲りて、なにもしないと思ったのか? それなら、きみが雌の子馬のことをたずねたときのことを思い出してほしい。わたしはいつか教えてあげようと言った。

覚えていないとは言わせないぞ。これから教えてあげよう、ミストレス・アドーナ・ピカリング、さあ、肩の力を抜いて」サー・ニコラスはようやく仮面をはずした。「前置きはこれくらいにしておこう。きみの教育はここから始まる。さあ、音楽が鳴りだした。ふたりで踊るガリアルドだ。きみは捕らえられた相手と踊らなければならないんだ」サー・ニコラスはうしろに下がってアドーナを放すと、改めて手を差し出した。

アドーナは怒りに震えていた。考えていたのとは明らかに違う方向に向かっている。サー・ニコラスに素直に従って、彼を満足させるつもりはない。さまざまな考えが頭を駆けめぐった。わたしはだれよりも気むずかしくて、意志が強く、頑固で、だれの手にも負えない女性にならなければならない。傲慢《ごうまん》な野蛮人に、自分がどんな強敵と対決しようとしているのかはっきりわからせなければならないのだ。

アドーナはそうしたくてもできないことにいらだちを覚えながら、サー・ニコラスの差し出した手を無視していた。だが、やがてしびれを切らした彼が、かすかに体を動かした。おとなしく自分に従えという合図だ。

アドーナはつんとあごを上げ、サー・ニコラスの手に手を重ねた。すると、彼の温かい指がアドーナの指を優しく握った。サー・ニコラスがこれほどハンサムで危険に見えたことはなかった。「あなたに許されているのはこのダンスだけよ、漁師さん」アドーナはなかばおどすように言った。「網では水はすくえないわ。人になにかを教える前に、もっとご自分で勉強なさったら」

「そのつもりだ」サー・ニコラスはささやいた。「今度はもっとうまくやれるだろう。期待していてくれ」

「うまくできるのかしら？　あまり期待できない

わ」アドーナはサー・ニコラスに導かれるままガリアルドを踊る姿勢を取ったが、内心、腹が立っていた。昨夜の約束を反古《ほご》にしたことへの説明や謝罪がないばかりか、彼はいっさいそのことに触れようともしない。それは彼が不作法で、思いやりがまったくない人間であるなによりの証拠だ。ヘスターがどうしてもと言うなら、喜んで譲ってあげるわ。いいえ、ヘスターがいやだと言っても、無理やり押しつけるわ。

とはいえ、サー・ニコラスのダンスはじつに見事だった。三拍子のガリアルドを踊りながらアドーナは、側近が大粒のダイヤモンドのイヤリングをつけた女王の耳になにごとかささやくたびに、女王が彼女とサー・ニコラスのほうをちらちら見ていることに気づいた。ダンスの相手としては、サー・ニコラスは申し分のない男性だった。優雅でありながら、同時に力強く生命力にあふれ、体と体が触れ合うと、その瞬間だけ、ふたりのあいだに敵意はないかのように思えた。サー・ニコラスはアドーナを放さず、つぎのダンスもいっしょに踊ろうとした。女王陛下がすぐそばにいたので、アドーナも逆らうことができなかった。

跳んだり走ったりするようなステップが特徴のイタリアの舞曲クーラントは女王が得意とする踊りで、陽気なガリアルドよりもはるかに複雑だった。サー・ニコラスは自由自在にステップを変え、アドーナを巧みに先導した。アドーナも激しく体を動かしているうちに、彼への怒りが薄らいでいくのを感じた。サー・ニコラスが彼女のウエストをつかんで高く上げるときにも、まるでいっしょに練習をしてきたかのようにふたりの息はぴったりだった。ほかのことでは衝突してばかりいるのに、こんなに息の合った踊りができるなんて驚きだった。

女王陛下の前だということもあり、アドーナはサー・ニコラスが隣の部屋から取ってくる食べ物を文句も言わずに受け取り、大量のワインを飲んだ。ワインは薄められていないし、女王陛下も薄めたものしか飲まないと、サー・ニコラスは何度となくアドーナに注意した。だがアドーナはサー・ニコラスの暴君のようなふるまいに腹を据えかねていたので、逆らって、喉の渇きを癒《いや》すのに必要な量をはるかに超えるワインを飲んだ。あれこれ指図されるなんて真っ平よ！　わたしはあなたの生徒ではないのだから。

軽食をつまんでいるとき、マスター・ピーター・ファウラーが部屋の反対側から入ってきた。彼はさっきまでここにはいなかった。とすると、いつもの務めを果たすために来たにちがいない。サー・ニコラスとの対決を見られずにすんでよかった。ピーターはアドーナの横にサー・ニコラスがいるのを見て遠慮したのか、そばに来ようともしなかった。アドーナがほほえみかけても、彼は怪訝《けげん》な表情でアドーナからサー・ニコラスに、そしてまた彼女に視線を移すだけだった。アドーナがピーターのそばに行こうとすると、サー・ニコラスが彼女の関心をそらそうとするかのように、ウエストをぐっとつかんでうしろを向かせ、ほかの招待客との話に無理やり引き込んだ。アドーナの気持ちなどまったくおかまいなしに、ふたりは対抗意識を燃やしている。ピーターはサー・ニコラスにこの場から立ち去るよう命じられたと思ったのか、それに素直に従ったようだ。アドーナはできるだけ早くピーターを呼び戻さなければと思ったが、振り向いたときにはすでに彼の姿はなかった。

そのあとの数時間、アドーナの頭には父親に助けを求めようという考えが浮かんでは消えた。いつもそれはかなり有効な手段だった。でも今回ばかりは、父がこの場にいなくてよかったと思った。今回は自分ひとりで問題を解決するのがいちばんいい。

「もうやめておいたほうがいい」サー・ニコラスは低い声で言って、ワインがなみなみとつがれた杯を召使いに返した。

アドーナは彼の言葉に耳を貸さず、杯を取り戻すと、召使いがそばを離れる前にいっきに飲み干した。アドーナはにっこりほほえんで、召使いに空になった杯を返した。

「自分のことは自分がいちばんよくわかっているわ、漁師さん」アドーナは言った。「それとも、なにを食べなにを飲むかまで、わたしに指図するつもりなの？」

部屋が静まり返り、サー・ニコラスは答える機会を失った。美しく着飾った貴婦人が膝を折ると、レースや羽根飾りや絹や宝石が波打つように見えた。いっぽうひざまずいた男性たちは、虹《にじ》色の森に住む小人のように見えた。女王が退出されるのだ。女王はアドーナの前で足を止めた。

「ミストレス・ピカリング」女王は言った。「あなたがいなければ、漁師のひとりは空の網を持って帰ることになったでしょう。レディ・メアリーの代役を務めてくれたことに感謝しますよ。あなたはほんとうに度胸がありますね。怪我はなかった？」

アドーナは女王の顔を見た。四十二歳になった今でもその美しさは衰えることなく、トパーズ色の瞳は知性に輝いていた。「ありがとうございます」アドーナは言った。「幸い怪我はありませんでした。ですが、近ごろはよほど水に縁があるのか、濡《ぬ》れてばかりいるようです」

女王は鈴を転がすような声で笑った。「さすがのサー・ニコラスも、今度ばかりはあなたを水のなかから引き上げるのに苦労したようね。それはあなたがまだだれにもつかまりたくないからかしら、それとも、サー・ニコラスの網にはかかりたくなかったからなの?」

「わたしはまだ、だれにもつかまりたくありません」

「それを聞いて安心したわ」女王はうなずいた。「そのことについてはわたくしたちは同じ気持ちでいるようね。男性に楽をさせることはないわ。せいぜいてこずらせてやりましょう」女王はアドーナの前を離れ、両開きの扉が静かに閉まるまで笑みを絶やさなかった。

サー・ニコラスはアドーナのウエストに手を当て、中断された会話をつづけた。「いや、きみに指図するつもりはない」彼はアドーナが冗談半分でした質問に答えた。「あれだけのワインを飲んで、女王陛下とすらすら話ができるような女性に、わたしが指図することはなにもない。その女性の言っていることがどんなにばかげていようとも」

「ばかげてなんかいないわ。どこがばかげて……」

「いや、ばかげている。きみは男性を受け入れる準備ができている」

「ばかげたことを言っているのはどっちかしら? あなたは釣りの腕前もお粗末だけれど、女心もまるでわかっていないのね。ほんとうにお話にならないわ。それでは、おやすみなさい」アドーナはいつものように、扉に向かいながら何人かの友人にキスをしたが、そのなかにサー・ニコラスは含まれていなかった。楽屋に戻ると、心からほっとした。だれもいない薄暗い部屋の隅で、メイベルとハンサムな若い男性がひそひそ話をしているだけだった。衣装はきちんと整理され、アドーナの服もすぐに着替えられるように並べて置いてあった。若い男性は礼儀正しくお辞儀をして、部屋から出ていった。「彼はあなたを待っているの、メイベル?」アドーナはたずねた。

「はい、お嬢さま」

「それなら、これを脱ぐのを手伝って、チュニックとシュミーズを着せてくれるだけでいいわ。外套《がいとう》を着てしまえば、暗くてわからないでしょうから。あなたはあの若い男性に送ってもらいなさい。そのときに残りの服を持ってきてちょうだい。酔いが覚めたら、宮殿の庭を抜けて帰るわ」

「楽しくなかったのですか？　腕をお上げになってください」

「頭からかぶせてくれればいいわ、メイベル。そうよ、少しも楽しくなかったわ。頭はふらふらするし。ここで少し休んでから帰るわ」

「ワインを飲みすぎたんですか？」

「なにもかもうんざりよ」いつもはなめらかなアドーナの舌が急にまわらなくなった。「急いで。それから、わたしの――」

「靴下と上靴ですか？」

「そう、それよ。それから……もうこれでいいわ」

「でも、そんな格好ではお帰りになれませんよ」

「大丈夫よ。だれが見るっていうの？　さあ、あなたはこれを持っていきなさい」アドーナは重いスカートと胴着《ボディス》、コルセット、袖《そで》、ひだ襟をメイドの腕に押しつけた。「あまり遅くならないようにね、メイベル。彼はだれなの？」

「デイヴィッドです。彼はデヴィードと言っていますけれど。フランス人なんです」

「フランスの使節団の人？」

「はい。ほんとうにおひとりで大丈夫ですか？」

「今までずっと大丈夫だったんだから、心配いらないわ。さあ、行きなさい」

ひとりになると、アドーナは外套の前をかき合わせた。すると突然部屋がぐるぐるまわりだし、あわてて衣装箱の上に座り込んだ。今必要なのは、新鮮な空気と睡眠だ。

扉が開いて、うとうとしかけていたアドーナは無理やり起こされた。心臓が口から飛び出しそうなくらいどきどきしていたが、すぐさま守りの体勢をとった。「なんなの？　今度は服の着方を教えてくれるの？」

「さあ」サー・ニコラスは扉を支えたまま言った。「屋敷まで送っていこう」

「どうして？　わたしがファスター・モウラー、いいえ、ファウラーと逢引《あいびき》の約束をしているとでも思ったの？　ずいぶんとまあ、勘が鋭いこと」

「きみは逢引の約束などしていない。きみはベッドにいるべきだ」

「だれのベッドに？」

「歩けるか？　それともわたしが担いでいったほうがいいのか？」

アドーナは立ち上がった。自然ときつい口調になる。「けっこうよ。ひとりで帰れるわ」

「それはわかっている。多少遅くなるかもしれないが」サー・ニコラスはいやがるアドーナの手を取って、そっと引っ張った。すると、彼女の外套の前がはだけて下着しか身につけていないのがわかり、サー・ニコラスの目に驚きの表情がよぎった。

アドーナは外套の前を合わせて、彼が差し出した手をぴしゃりと叩いた。

「今夜はもうこれ以上あなたの目を楽しませるつもりはないの。それに見たところで、ほかの女性とたいして変わらないわ」

アドーナはふわふわ宙に浮いているような奇妙な感覚に襲われた。考えてみれば、今夜はなにもかも初めて経験することばかりだった。忘れられない夜になりそうだ。女王の屋敷から庭園を取り囲む覆いのある通路に出ると、夜風のあまりの冷たさに頭がくらくらして、アドーナは思わず扉の枠にしがみついた。

サー・ニコラスがすかさず体に腕をまわして支えた。すると、その夜の出来事がつぎつぎに頭に浮かんできた。アドーナの意思とはかかわりなくひとりでに体が反応し、気がついたときには、サー・ニコラスのほうを向いて両手を伸ばし、暗闇のなかで彼の顔を探っていた。サー・ニコラスのためらいを感じ取ると、彼をからかうのは今このときしかないと思った。今なら自分を偽ることなく彼に正面からぶつかっていける。結果はどうなってもかまわない。

アドーナはそう思った。

サー・ニコラスの顔をはさんで、唇が触れ合うほどそばに引き寄せると、危険も顧みずに辛辣《しんらつ》な言葉を浴びせた。「ところで、わたしを調教するという話はどうなったの、サー・ニコラス？　どんな雌の子馬でもしつけられると思っているの？　今度ばかりはさすがにあなたの手に余るのではないかしら。だってわたしは――」

サー・ニコラスはためらったが、それはアドーナが予想していたよりもはるかに短いあいだだった。彼は突然むさぼるようなキスをして、アドーナが今言ったばかりの皮肉を消し去った。アドーナは自分が彼になにを言ったのかすら思い出すことができなかった。それでも、彼が挑発を待っていたのだけはわかった。

言葉を失ったアドーナは羽をもがれた鳥も同然だった。人をからかうことにかけてはサー・ニコラスに負けない自信があった。それでも、キスの経験はほとんどないし、まして愛撫《あいぶ》など、噂《うわさ》好きの友だちから聞きかじった程度の知識しかなかった。彼女たちの話によると、結婚していなくても男性とベッドをともにする女性がいるということだが、その結果がどうなるかは依然として謎《なぞ》に包まれていた。それに、まさか人間が動物の交尾と同じようなことをするとは思えなかった。

ところが、アドーナの体はサー・ニコラスに触れられただけで炎のように燃え上がり、気がつくと、彼の体に自分の体を押しつけていた。今夜、その力に圧倒されつつも思わず見とれてしまったほどのたくましい腕や肩に抱き寄せられ、強く抱き締められる喜びに浸った。

暗闇のなか、アドーナはサー・ニコラスに抱き上げられ、壁伝いに並べられた松の木のベンチに寝かされるのをぼんやりと感じていた。ベンチの上には毛布代わりにふたりの外套が敷かれていた。彼の重みを感じると、今まで経験したこともないような衝撃がアドーナの体を駆け抜けた。柔らかい麻のチュニックを着ているのに、まるでなにも身につけていないかのようにふたりの体がぴったり重なり合った。サー・ニコラスは再び激しく口づけながら、刺繍が施されたシュミーズにそっと手を伸ばし、胸のふくらみに触れた。

「だめよ!」アドーナは顔をそむけて唇を引き離し、めくるめく快感が収まるのを待った。「やめて」それでも快感が収まらないので、アドーナはあえぎながら言った。

サー・ニコラスはさらなるキスを予感させるようにわずかに唇を寄せた。「しいっ……落ち着いて」なだめるようにささやく。「大丈夫……落ち着くんだ」サー・ニコラスはアドーナの胸のふくらみに手を伸ばし、彼女が身をこわばらせると、その手をシュミーズの下に滑らせた。すかさずアドーナの唇にキスをして、抵抗する声を封じる。サー・ニコラスが唇をそっとかみながら胸の先端を指でなぞると、彼の手首をつかんでいたアドーナの手から力が抜け、彼女はサー・ニコラスの優しい愛撫に身を任せた。アドーナはなにが起きているのかわけがわからずに声をあげた。「それでいいんだ」サー・ニコラスはささやいた。「いい子だ。つぎはわたしになにを教えてくれるんだ？」

アドーナはサー・ニコラスの手の下で息をはずませた。彼の手はアドーナの脇腹やおなかをなぞり、丸みを帯びた腰を伝って、つぎなる場所を探ろうとしていた。アドーナは全身を引っ張られるような感覚にこらえきれなくなって再び声をあげた。「やめて」それは言葉だけの抵抗にすぎなかった。アドーナはあいているほうの腕を伸ばし、サー・ニコラスの髪に指を差し入れて頭を引き寄せた。アドーナの言葉と行動はもはや一致していなかった。めまいがするようなサー・ニコラスのキスに、切ない吐息をもらす。これ以上許してはいけないという思いが頭をよぎったが、もはや彼を拒もうという意思はなかった。

「もっと欲しいのか？」サー・ニコラスは言った。「これはほんの始まりにすぎないよ」彼の唇が下に下りて、アドーナの首筋や胸元をさまよいはじめた。身をよじり、背中を弓なりにそらしてもだえる彼女を押さえつけようと手をつかみ、片方の胸の先端を舌と歯でなぞりつづけた。「さあ、わたしの美しい人」サー・ニコラスは言って、アドーナの張りのある肌にキスをした。「ほかに教えてもらいたいことはないか？　わたしにはあまり期待できないようだが、きみはなにを考えていたんだ？」サー・ニコラスの低い声がアドーナの唇を震わせた。

太腿のあたりでゆっくりと始まったうずくような痛みが秘密の場所に集中すると、夢にも思わなかったことが起きているのがわかった。アドーナは知らずに、自分ではどうにもできないことを始めてしまったのだ。ここでも主導権を握っているのはサー・ニコラスだ。彼はその手で触れるだけでわたしを意のままにできる。アドーナは自分の反応に驚いて、彼に復讐《ふくしゅう》することすら忘れ、なにも言わずにただ震えるばかりだった。サー・ニコラスの手がじらすようにゆっくりと胸からおなかを伝い、やがて両脚のあいだの柔らかな場所にたどり着いた。そして再び唇にキスをして、抵抗をむずかしく、いや、不可能にした。

これ以上先に進むのをためらっていたのは、アドーナよりもむしろサー・ニコラスのほうだった。アドーナを懲らしめたいという気持ちはあったものの、そうするにはもっとふさわしい時間と場所がある。彼女が酒に酔って意識が朦朧《もうろう》としているときに、こんなことをするのは卑怯《ひきょう》だ。アドーナも彼と同じように自分自身を責め、今夜のことを一生悔やむことになるだろう。

「それで?」サー・ニコラスは愛撫しながらささやいた。「わたしに言ったことを忘れてしまったのか?」アドーナがなにも答えないでいると、彼はアドーナがすでに誘惑に従う寸前にあるのに気づいた。彼女を挑発するように手首を強く握り締め、体重をかけた。

「だめ……だめよ。お願い……やめて」アドーナはあわてて、震える声でささやいた。このまま彼の言いなりになってはいけない。彼はほかの女性にいつもこういうことをしているのかもしれないけれど、わたしは決して許さない。

サー・ニコラスはぱっと手を離し、優しくアドーナの服の乱れを直した。「しいっ……しいっ……大丈夫だ。もうなにもしない。今夜はここまでにしておこう」彼はそっと体を離してアドーナを起き上がらせ、彼女の体の震えが収まるまで両腕で抱き締めていた。

アドーナは混乱しながらも、宴用の建物ですでに始まっていた服従が、女王の庭園でも着実に進行していたことを認めざるをえなかった。サー・ニコラスの思いどおりにされた女性のひとりにだけはなりたくないと思っていたのに、彼は一瞬でそのことを忘れさせてしまった。アドーナは怖くなった。

「屋敷に帰りたいわ」アドーナは震える声でささやいた。「わたしが酔っているのをいいことに誘惑しようとしたのね」彼女は立ち上がって、木の柱にもたれた。

サー・ニコラスはうしろに立ち、彼女の外套の下に両手を差し入れて抱き寄せた。

「それは誤解だ」サー・ニコラスはアドーナの耳元でささやいた。「きみもわかっているはずだ。誘惑するつもりなら、あのまま止めずにもっとワインを勧めていただろう。どこかの暗い部屋に連れ込むことだってできたんだ。今ここできみを生まれたままの姿にして……」

「やめて」アドーナはあえぎながら言った。「絶対にそんなことはさせないわ！　もう放して」サー・ニコラスの手が再び体をさまよいだすと、アドーナは彼の巧みな愛撫に怒りを忘れ、抵抗する意思さえなくした。

「きみが始めたんだよ。ここでやめるかどうかはきみしだいだ。ここには守ってくれる人もいない」

「マスター・ファウラーは……わたしの――」アドーナはキスで唇をふさがれた。

「そうだ」サー・ニコラスはようやく言った。「いつでもマスター・ファウラーに助けを求めるがいい。だがきみは、彼の手には負えない。いつまでも逃げてはいられないんだ、アドーナ。現実と向き合うべきだ」彼はアドーナの手首をつかんで振り向かせ、彼女の金髪に手をやって上を向かせた。「わたしはきみが欲しい。必ずきみを自分のものにしてみせる。好きなだけ抵抗するがいい。きみが逆らえば逆らうほど、勝利の味は甘美なものになるだろう」

「すばらしいお言葉ですこと」アドーナは皮肉たっぷりに言った。「守るつもりもない約束をする人の口から出た言葉とはとても思えないわね。それがあなたがおっしゃる現実なら、逃げていると言われてもわたしはいっこうにかまわないわ」

「なんだ、そのことを気にしていたのか？　もっと早く言うつもりだったのだが、とても聞いてもらえるような雰囲気ではなかったのでね。謝罪するきっかけすらつかめなかった。そうだろう？　じつは、雌馬の出産に立ち会っていたんだ。初めての出産で、しかも早産だった」

「来られなくなったと、使いをよこしてくれてもよかったのに」

サー・ニコラスはおそらくほほえんだのだろう。声が優しくなった。

「確かに、そう言われればそうだ。きみに使いの者を送るべきだった。マスター・ファウラーに頼めばよかったのかもしれないな。厩番《うまやばん》の少年が子馬が生まれそうだと知らせに来たとき、ちょうどマスター・ファウラーといっしょだったんだ。きみが宴用の建物で待っているから、行けなくなったと彼に伝えてもらうんだった。そのほうがよかったのかな？」

もちろん、そんなことができるはずはない。よりによってピーターにそんな言づけを頼むなんて。

「わたしはあなたなど待っていなかったわ」アドーナはそう言って、サー・ニコラスにつかまれた手を怒ったように引っ張った。「わたしはシーンハウスにいたんですもの」

「そうなのか」サー・ニコラスはほほえんでアドーナの手を放した。「それなら、なんの迷惑もかけなかったわけだ。当然、謝罪する必要もない。きみを屋敷に送る前に、ほかになにか言いたいことは？」

「あるわ。わたしに近づかないよう彼に警告したの？」

「だれに？　マスター・ファウラーに？」サー・ニコラスは静かに笑った。「いや、そんなことはしていない。わたしはだれにも警告などしていない。その必要がないからだ。なにも言わなくても、われらが紳士統制局委員殿はじゅうぶんに承知している。今夜の彼を見ればわかるだろう？」

「今夜のことを思い出すたびに苦々しい思いに駆られるでしょうね。わたしはつき合う相手を自分で決めるし、そのときが来たら、恋人も自分で選ぶわ。あいにく、そのなかにあなたは含まれていませんけれど。マスター・ファウラーは決してあなたのようなことはしないわ」

「いずれにせよ、ミストレス・アドーナ・ピカリング」サー・ニコラスはそう言って、再びアドーナを抱き寄せた。「きみは、わたしとたった今したようなことを彼とは決してしないはずだ。気の毒だがね」サー・ニコラスは初めてキスしたときと同じように、唇に優しく口づけた。アドーナはあのときどれだけ強く反応してしまったかを思い出した。再び自分自身を裏切りそうになる。サー・ニコラスの言っていることは正しいけれど、今はなにも考える気になれない。考えるのは明日にしよう。

6

アドーナが眠った子供のようにサー・ニコラスに抱きかかえられて帰宅したとき、幸いレディ・マリオンは友人をもてなしている最中で、サー・トマスもまだ宮殿から戻ってきていなかった。アドーナがサー・ニコラスにそっとベッドに寝かせられたのを目撃したのは、メイベルとピカリング家の家令だけだった。アドーナは日が高くなってからようやく目を覚ましたが、こんなことなら永久に目が覚めなければよかったと思った。

頭が割れるように痛かった。メイベルに昨夜あられもない姿でサー・ニコラスに抱きかかえられて帰宅したことを聞かされると、痛みが増して激しい自己嫌悪に陥った。男性にあまり隙《すき》を見せてはいけませんよと母親に優しく諭されると、頭痛はさらにひどくなった。どうして母はわたしがサー・ニコラスに送られて屋敷に戻ってきたいきさつを知っているのだろう？「わが家でなにがあったのか知るために、家令を買収しなければならなかったのよ」母は言った。家令がなにを話したのか、母親がどこまで疑っているのか、アドーナには面と向かってたずねる勇気はなかった。そもそも、サー・ニコラスとのことが今後どうなるのかさえわからないのだ。薄められていないワインを飲みすぎた責任はほかのだれでもない自分にある。自力でこの窮地を脱しなければならない。

間が悪いことに、ヘスターがサー・ニコラスはいい夫になるだろうなどと言い出し、アドーナは頭痛がするだけでなく、気分まで悪くなった。「あなたにとってということ？」アドーナはそうたずねて、日差しに目を細めた。

「もちろんよ。わたしが父から譲り受けた財産と、サー・ニコラスの爵位があれば、怖いものはなにもないわ。それに、サー・ニコラスはわたしがきれいになったと言ってくださったのよ。すてきだと思わない？」

「そう、よかったわね」アドーナはつぶやいて、蝶《ちょう》が色鮮やかな金盞花《きんせんか》のほうに飛んでいくのを眺めた。「わたしたちの努力のかいがあったというものだわ」ほんの少し前まで、あれだけ熱心にヘスターとサー・ニコラスの仲を取り持とうとしていたのに、いざヘスターがその気になり、そのうえサー・ニコラスもまんざらではないとわかると、アドーナは心穏やかではいられなかった。唯一の慰めは、近近、サー・ニコラスとピーターが、女王を歓迎する準備に当たるため、レスター伯とともにケニルワースに発《た》つことだった。


アドーナは結局、王宮の礼拝堂で行う日曜日の朝の礼拝には参列しなかったが、夕方の礼拝にはしかたなく顔を出した。サー・ニコラスは現れないだろうという期待は早々に裏切られた。サー・ニコラスはレスター伯やその召使いとともに、女王陛下が現れるほんの少し前にやってきて、アドーナのうしろの席についた。ヘスターとレディ・マリオンは振り向いてサー・ニコラスにほほえみかけたが、アドーナの心は激しく動揺し、サー・ニコラスの存在に気を散らされないようにするのが精いっぱいだった。彼の手が触れそうなほどそばにあり、背中に突き刺さるような視線が注がれているのを感じた。

アドーナは礼拝がすんだあと、どうやってサー・ニコラスを避けたらいいか頭をひねった。だが彼女の計画は、父親とヘスターによってことごとくつぶされた。ふたりはアドーナを真ん中にしてサー・ニコラスと話を始め、アドーナは健康状態をたずねてきた彼にやむなく答えるはめになった。「ご気分はよろしいですか?」サー・ニコラスの目に面白がっているような色が浮かび、彼がすでにその答えを知っているのがわかった。

アドーナはほんとうのことを言うつもりはなかった。「ええ、おかげさまで。ありがとうございます」意思に反して、視線がひとりでにサー・ニコラスの非の打ちどころのない服に向かった。緑色の絹の上着に、それに合う短いズボンをはいていた。ズボンの脇《わき》にある切り込みから、ふくらませた淡い金の絹の布地がのぞいている。あごの下は小さな白いひだ襟に覆われていたが、アドーナの目は彼の口元で止まったまま、そこから上に上がることはなかった。今の彼女には、笑みを浮かべたサー・ニコラスの目を見る勇気がなかった。

ヘスターがアドーナの説明は不十分だと感じたのは明らかだった。「今はよくなりましたけれど」気まずい沈黙のあとに、ヘスターは唐突に言った。「かわいそうに、午前中はずっとひどい頭痛に悩まされていたんですよ」ヘスターはいとこに哀れむような視線を投げた。頭痛はどうなっただろうと想像しているようだ。

「ヘスター!」アドーナは歯ぎしりするように言った。だが、もう手遅れだった。

「ほんとうに?」サー・ニコラスは心配そうな顔をして言った。「そうなんですか? それはまたどうして?」

サー・トマスがいつものざっくばらんな物言いで娘の窮地を救った。「それはだね、八人の女官をいっぺんに水の精に変身させなければならなかったからだ。頭痛にもなろうというものだ。わたしなど、考えただけで頭が痛くなる。サー・ニコラス、昨夜《ゆうべ》はご親切に娘を自宅まで送ってくださったそうで、わたしからも礼を申し上げます。ほんとうに助かりました。わたしは深夜まで仕事に追われていたものですから」

サー・ニコラスは軽く会釈をしたが、その目と声には相変わらず面白がるような表情が浮かんでいた。

「礼にはおよびませんよ、サー・トマス。お嬢さんをお宅のベッド……いいえ、部屋までお送りできて非常に光栄です。実際、このうえない喜びでした」

だがサー・ニコラスの思わせぶりな言葉を深く考える間もなく、サー・トマスは友人に出会ってその場を離れた。ただ運が悪いことに、冗談の通じないヘスターが社交上のやり取りを深刻に受け止めた。

「どうしてなにも言ってくれなかったの？」彼女はアドーナの頬が赤らんだのを無視して言った。「サー・ニコラスが、ほんとうにあなたを……ベッドに？」

「ヘスター、サー・ニコラスは冗談を言っているだけよ」アドーナはぶっきらぼうに言って、これ以上なにも言わないようにサー・ニコラスをにらんだ。

「男性のなかにはレディが赤くなるようなことをわざと言って楽しむ人がいるの」彼女はヘスターの腕をぐいとつかんで、その場を離れようとした。

ところが、ヘスターは頑として動こうとしなかった。「でも、あなたはそんなことはなさらないでしょう、サー・ニコラス？」彼女はアドーナの強引な態度にもめげずに言った。

「ええ、そうよ」アドーナは小声で言ったものの、両親のほうをちらりと見て、彼女の心配はさらに大きくなった。自分のほうをちらちら見る人々の視線を感じるのだ。ささやき合ったり、うなずいたり、くすくす笑ったり、なかには顔をしかめている人もいる。アドーナは自分とサー・ニコラスのことが噂《うわさ》になっているにちがいないと思った。

サー・ニコラスは少しの慰めも与えてくれなかった。「もちろんだとも」彼はヘスターに言った。「でも、ミストレス・アドーナにたのんで説明してもらうといい。女性が赤くなるのは必ずしもばつが悪いからではないということを。さあ、きいてみなさい、ミストレス・ヘスター」

ヘスターは困ったことになったと思った。「わかりました」彼女は当惑気味に言った。「あとできいてみます」ヘスターはお辞儀をすると、真っ赤になったアドーナの顔をもう一度ちらりと見て、レディ・マリオンのほうに歩いていった。アドーナから聞くことのできなかったことの詳細をききに行ったのだろう。

アドーナはすぐにでもサー・ニコラスのそばを離れたかったが、彼に腕をつかまれて離れることができなかった。「やめて」彼女はかっとなって言った。「放して。父とヘスターの前でなにもあんなことを言わなくてもいいでしょう。ふたりはきっとわたしたちが――」

「ふたりはどう思うというのだ？」サー・ニコラスはアドーナの耳に唇を近づけて言った。「仮面劇の一件をご両親に知られないですむと思うのか？　きみがレディ・メアリーの代役を務めたことはいずれご両親の耳に入るだろう。みんなその話がしたくてうずうずしているんだ。みんな、なんて言っていると思う？」

アドーナは噂をしている人たちのほうを見たい誘惑に駆られたが、真っ赤になっている顔をだれにも見られたくなかった。まともにサー・ニコラスの目を見ることさえできない。「みんながなんて言っているかなんて、わかるわけがないでしょう」

「それならわたしが教えてあげよう」

「いいえ、けっこうよ」

「みんな、漁師につかまるのを拒んだ水の精の話をしているんだ。彼女は――」

「やめて！」

「彼女は肌が透けて見える薄い衣装を身につけて――」

「お願い！」

「主馬頭代理が、招待客の見ている前で、腕のなかでもがく彼女にキスをした。そのあとふたりは、ほかのだれとも踊らずに、ふたりだけで踊った。あの笑い声が聞こえるかい？　きみのお父上、お母上、それにヘスターも衝撃を受けたような顔をしている。さあどうする？　ご両親のところに行って、あれこれきかれるのがいいか、それとも、なにも言わずにわたしといっしょにここを出るか？」

アドーナには選択の余地がなかった。顔はますます赤くなった。こんな顔ではとても人前に出られないし、好奇の目で見られるのもいやだ。みんながなんと言っているのかはだいたい想像がつく。〝アドーナ・ピカリングがとうとうつかまった？　あの彼女がついに……？〟

アドーナはなにも言わずにサー・ニコラスのあとについて、北側の小さな扉を急いで抜けて庭に出た。迷路のように入り組んだ小道を通ってさらに小さな庭やいくつもの扉を抜けて、パラダイスロードに出た。「ここからはひとりで帰れるわ」アドーナはほかにだれもいないかどうかあたりを見まわした。幸い、人けはなかった。

サー・ニコラスはアドーナといっしょに歩きだした。「昨夜《ゆうべ》はとてもひとりで帰れるような状態ではなかったが」

「サー・ニコラス、人が忘れたいと思っていることをしつこく思い出させようとするのはあまりにも失礼ではありませんか？　ここにはだれもいないのだから、これ以上わたしに恥をかかせる必要はないでしょう。昨夜のことはもう過去の出来事よ。わたしは二度とあんなことはしないわ、二度とね。わたしは昨夜のことを後悔しているの。とりわけ、あなたが演じた役割を。昨夜のことをあまりよく覚えていないのがせめてもの救いだわ。あなたはわたしが覚えていないのをいいことに、あることないこと噂好きの友だちに触れまわっているんでしょう。どこかに行ってちょうだい。わたしはひとりで帰りたいの」

「あいにく、きみに選択の余地はないようだ」サー・ニコラスはそう言って、アドーナの背中に腕をまわした。「おとなしくわたしと並んで歩いてシーンハウスに戻るか、昨夜のように抱きかかえられて戻るかのどちらかだ。さあ、決めてくれ。どっちがいいんだ?」

「なんていやな人なの!」

サー・ニコラスは怒ったアドーナを見てほほえみ、彼女を前に進ませた。「覚えていないとは残念だ。きみはこの庭で、薄いチュニックを着ただけの姿で、わたしに――」

アドーナはうしろに手を引いて、サー・ニコラスを殴ろうとした。自分がどんな醜態をさらしたか、これ以上聞きたくない。だが、サー・ニコラスは今回はアドーナの動きを予測していたし、彼女も頭痛のせいで動きが鈍かった。サー・ニコラスは平手打ちをされる前に素早くアドーナの手をとらえ、彼女が不安になるほどそばに引き寄せて強く抱き締めた。

「もういいだろう」彼はきびしい声で言った。「これ以上きみを困らせるようなことは言わないが、もう一度だけ言っておきたいことがある」

「なんなの?」

「いいかげんに逃げまわるのはやめて、わたしのものになることを考えたほうがいい。きみが好むと好まざるとにかかわらず」サー・ニコラスは宮殿の壁のほうをあごで示した。「みんなそう思っている。観念して、わたしに従ったほうがいい。そうすれば、みんなを混乱させずにすむ」

ほんの一週間前なら、アドーナは彼の言葉をひとりよがりのたわ言として、まともに取り合おうともしなかっただろう。王宮の庭でサー・ニコラスの腕に抱き締められたことは一夜の思い出として自分の胸だけに秘めておくことができる。だが彼が征服した女性のひとりに加えられるとなると、まったく話は別だ。アドーナは頭痛がして気分が悪く、彼に反論する気力もなかった。「お願いだから、放して。この話はまた別のときにしましょう。明日でもいいわ」地面や木がぐるぐるまわりだし、目の前が真っ暗になった。アドーナは朝からなにも食べていなかったのだ。「お願い」彼女はささやくように言った。「座らせて……」

サー・ニコラスには二度と近づかないと誓ったにもかかわらず、アドーナ・ピカリングはまたもや彼に抱きかかえられて、今度は白昼堂々とパラダイスロードを行くことになった。そして再びシーンハウスで、出迎えたメイベルとピカリング家の忠実なる家令の手に引き渡された。

またしてもとんだ一日になってしまったが、ベッドに伏せっていたおかげで、礼拝堂から戻ってきた両親の質問は受けずにすんだ。

仮面劇の一件で愛すべき娘は多少世間を騒がせたかもしれないが、目くじらを立てるほどのことではない。月曜日の朝までにピカリング夫妻はそういう結論に達した。サー・ニコラスにあのまま放《ほう》っておかれたら、それこそ恥をかくことになっただろう。仮面劇の一件は別として、サー・ニコラスは娘を大切に扱ってくれている。なにも騒ぐようなことではない。

サー・トマスは午前もだいぶすぎてからようやくシーンハウスに戻ってきた。そして受け取ったばかりの、昨夜の労をねぎらう女王からの手紙を振ってみせた。アドーナは食料貯蔵室で、薔薇《ばら》の花びらのなかに両手を埋《うず》めて薔薇水を作る準備をしていた。「娘よ」父は言った。「女王陛下はおまえの仮面劇での活躍にいたく感心されたにちがいない。おまえにわたしといっしょに水曜日、ケニルワースへ来ないかとお誘いがあった。レスター伯ご自身も出し物を用意なさっているが、わたしは衣装局の者たちと行かなければならない。猫の手も借りたいような忙しさなんだ。手伝ってくれる気はあるかね？」いいえ、とアドーナは心のなかで思った。サー・ニコラスもケニルワースへ行くことになっている。サー・ケニルワース行きに同意すれば、彼といっしょに旅をすることになるだろう。今はサー・ニコラスとはできるだけ距離を置きたかった。彼の手が届かない、ここに残るのがいちばんだ。でも、女王の招待を断るのは許されないことだった。女王の招待は命令も同然だ。「ええ」アドーナは言った。「もちろんよ、お父さま」

「それを聞いて安心したよ」サー・トマスは薔薇の花びらを手ですくってにおいをかいだ。「メイベルとヘスターを連れていきなさい。シートンも芝居を上演するため、レスター伯の一座とともに向こうへ行くことになっている。あとは、おまえがもう二十歳で、十四歳の子供ではないということを母上にわからせるだけだ。そうだろう？」父は笑って、間違った器に花びらを置いた。「サー・ニコラスがおまえにしっかり目を光らせていてくれると言ったら、母上も安心するだろう」

アドーナは薔薇の花びらをすくって、別の器に移し替えた。「お父さま」アドーナは言った。「お母さまに妙な期待を抱かせるのはよくないわ。彼には何度かシーンハウスに送っていただいたけれど、ほんとうになんでもないのですから。偶然いっしょになっただけよ」

「サー・ニコラスのことか？　もう手遅れだ。母上はすでに大きな期待を抱いている」サー・トマスは器のなかからアドーナの手を出させて、両手で握り締めた。「なにも心配することはない。わたしもいるし、ほかに何百人という人がいるんだ。おまえは安全だ。部屋に行って荷造りしなさい。ドレスが足りなければ、わたしがおまえとヘスターの分を衣装局から借りてこよう。さあ、屋敷に戻って、母上とヘスターに話してきなさい」

「レスター伯の家臣たちといっしょに行くことになるの？」アドーナはそれとなくたずねた。

「いや、彼らは今朝早くに発った」

「えっ！　みんな？」

サー・トマスは驚いた娘の顔をしげしげと見つめた。「おまえも知っているように、レスター伯はケニルワースのご自分の城に女王陛下をお迎えすることになっている。伯爵は城まで女王を警護していかれるが、家臣は馬を連れてひと足先に発った。サー・ニコラスはなにも言っていなかったのか？」

彼がなにか言ったとしても、アドーナはあのときも意識が朦朧《もうろう》としていたので、ほとんど記憶に残っていない。サー・ニコラスの腕に抱きかかえられた記憶は鮮明に残っていて、思い出しただけで膝の力が抜けてしまいそうになるほどなのに。彼の言ったことをなにも覚えていないなんてほんとうに妙だ。

「ええ、彼からなにも聞いていないわ」アドーナは言った。「でも、そんなことはどうでもいいの」わたしが向こうに着くころには、彼はほかの女性を見つけて、わたしのことなど忘れてしまっているだろう。だがそう考えても、期待していたような満足感は得られなかった。ヘスターがケニルワースへの旅にわくわくしているのを見ても、はたしてこれでよかったのかと疑問に思わずにはいられなかった。

そんなアドーナにわざわざさよならを言いに来た

のは、マスター・ピーター・ファウラーだった。彼はアドーナが仮面劇で演じた役に失望を隠さなかったが、ひと言別れの挨拶《あいさつ》をしてから発つのが礼儀だと思っていた。ほとんど時間はなかった。一行はすでに発っていたし、女王陛下の安全のために、途中休息所に着くたびに扉の錠を変えなければならない。

アドーナは、だれとつき合うかは自分が決めることで他人にとやかく言われたくないと、できるだけ穏やかにピーターに言って聞かせた。

「サー・ニコラス・レインのことを言っているのか?」ピーターは冷ややかに言ったが、またすぐにもとの穏やかな口調に戻った。彼はアドーナの腕を取った。「少し話せないか? 川を渡る前に合流しなければならないんだ。歩きながら話そう」

アドーナは山吹色のスカートを持ち上げて、ピーターの手に手を重ねた。「ピーター、言い争うのはやめましょう。わたしはサー・ニコラスが言っていることにまで責任は持てないわ。彼はどうせほかの女性にも同じようなことを言っているんでしょうから。でも、両親以外の人に自分の行動を説明する義務はないわ。あなたがそれを受け入れられないのなら、残念だけれどしかたがないわね。復活祭からずっと友だちだったのに」

ピーターは地味な灰色の袖《そで》に置かれたアドーナの手をつかんだ。「ぼくはきみの人生でもっと大きな位置を占めることを願っていた、アドーナ。たった三カ月きりの友だちなどではなくてね。だから、きみの意見を受け入れるか、さもなければ、きみを失うかのどちらかを選ばなくてはならないようだ。ぼくは待つ覚悟はできている。きみはまだ早すぎると言うんだろう?」

「そうよ、ピーター。まだ早すぎるわ。あなたは信じないかもしれないけれど、わたしは初めてあなたに会ったときと同じよ。まだだれとも結婚する気に

「あいにくだけれど、ピーター。わたしも水曜日、父といっしょにケニルワースへ行くことになったの」

突然ピーターは立ち止まり、中庭に通じる門に寄りかかるように手を置いた。「き、きみもいっしょに行くだって？」ピーターは目をぱちくりさせた。「初めて聞いたよ」

「わたしもたった今、父から知らされたばかりなの。わたしをほかの男性から守ってくださる？　あなたに付き添ってもらえると助かるわ」

「ぼくはうれしいけれど、サー・ニコラスがきみを待っているんじゃないのか？」

「いいえ」アドーナはきっぱりと言った。女王の馬を率いるハンサムなピーターの姿が目に浮かぶようだ。

ピーターが発ってしまうと、アドーナは彼とともに旅ができないのを残念に思った。ピーターが旅のなれないの」

「でも、きみの屋敷で開かれた晩餐《ばんさん》会のあと、サー・ニコラスと急に親しくなったように思えるが」ピーターは静かに言った。「それとも、ぼくの思い過ごしかな？　仮面劇での一件もそうだ。彼はきみが結婚に二の足を踏んでいるのを知っているのか？」

アドーナはピーターの手から手を引き抜いた。「あなたにそんなことをきく権利はないわ。サー・ニコラスは、あなたがわたしの友人であることを知っているし、わたしにまだ結婚する意思がないことも知っているわ。でも、あなたと同じように、彼もなかなかそれを信じようとしないの」

「ぼくが聞いた話では、彼が女性を追いかける目的はぼくのそれとは違うようだ。彼は女性関係であまり評判がよくない。しばらく彼と離れるのは、きみにとっていいことなんじゃないのかな」

道連れなら少しは慰めになっただろう。それに、彼といっしょにケニルワースへ到着すれば、サー・ニコラスへの仕返しになる。彼はなれなれしくしておきながら、さよならも言わずにひとりで旅立ち、わたしがいないのをいいことにほかの女性と楽しいときを過ごそうと考えている。だから、それくらいのことをして当然だ。でも、サー・ニコラスがほかの女性に心を移すのではないかとひそかに疑い、恐れ、警戒しているのは、自分自身の責任だった。

いっそのこと女王の招待を辞退して、リッチモンドに残ろうかとも考えた。無礼なことにはちがいないが、今の段階ではそうするのがいちばん安全なように思えた。それともメイベルの助言に従って、ケニルワースに行っても彼をまったく無視して、ピーターと仲よくしているところ見せつけたほうがいいだろうか？　アドーナはしつこい男性をあきらめさせるのにいつもその手を使ってきた。でもなによりも恐れているのは、突然ケニルワースに現れた彼女を見て、サー・ニコラスがどんな反応を示すかだった。彼に迷惑そうな顔をされたら、とても耐えられない。

一五七五年七月八日
ウォーリックシャー、ケニルワース城

サー・ニコラス・レインは目の上に手をかざして午後のまぶしい日差しをさえぎりながら、ケニルワースのレスター伯の城に向かってくる長い行列を眺めた。おそらくこれが最後の一行だろう。明日はいよいよ、女王陛下が到着されることになっている。男たちがばしゃばしゃ水をはねながら湖に入って、先端に三角旗の翻った杭《くい》を打ち込むと、青みがかった靄《もや》のかかる湖から鴨《かも》がいっせいに飛び立った。騒騒しく吹き鳴らされるトランペットの音が途切れるたびに、カスタネットのような木槌《きづち》の音があたりに響いた。

左側のウォーリックの道をやってくる長い馬車行列は、まるで華やかな色のリボンのように見えた。行列のまわりを犬や子供たちが走りまわり、犬がわんわん吠《ほ》える声や、はしゃいだ子供たちの歓声が城の中庭にまで聞こえてきた。子供たちはこれが女王陛下の衣装を運ぶ行列だとは思いもしないだろう。外衣を入れた衣装箱、扇の入ったケース、帽子入れ、靴箱、革の箱、麻の旅行鞄《かばん》、羽根飾り、宝石箱、そのうえ女王の飼っているおうむと猿もいっしょに運ばれていた。だが動物たちの檻《おり》には、サー・ジョン・フォーテスキューの命令で幕がかけられていた。行列にはほかにも、仕立て屋や靴屋、衣装係にその助手、先導役、メイド、従僕、小姓、楽士に使者と、さまざまな人間が加わっていた。

サー・ニコラスの背後にある城の中庭は、人や馬や荷車や荷馬車が入り乱れて、少しの隙間もないほどだった。毎年夏になると、女王は地方に視察旅行に出かけられた。女王がご自分の目で地方の現状をごらんになるためというのは表向きの理由で、実際は、国じゅうの人々に王室の権威を見せつけるのが目的だった。わずか数日とはいえ、何百人もの一行をもてなすには莫大《ばくだい》な費用がかかった。にもかかわらず、滞在先の町民は女王の滞在を名誉なことだと信じて疑わなかった。

それでも、一方的に負担を強いられる立派な屋敷を所有する富豪や、城主、女王の寵臣《ちょうしん》はたまったものではなかった。女王はレスター伯の城、ケニルワース城をかつて一度訪れたことがあったが、今回はそのときをはるかに超える費用と時間が歓迎の準備に費やされた。伯爵は全財産をつぎ込んでも女王の歓心を買おうとしていたが、女王のほうは盛大なもてなしを当然のこととして受け止めるだけだろう。

サー・ニコラスにはそれがわかっていた。

もはやサー・ニコラスの関心は、歓迎の準備にも城にも向けられていなかった。馬車行列のなかに金茶色の馬と、淡い金色の髪をした女性の姿を捜すのに精いっぱいだった。彼女はこの行列のどこかにいるはずだ。いや、そうとは限らない。彼は軽く笑った。

「壮観ですね」傍らに立つお仕着せを着た男が感心したように言った。

「そうだな、ワット。じつに壮観だ。厩舎《きゆうしや》の周辺が混雑しないように注意してくれ。通すのは名簿に載っている客人だけだ。文句を言われたら、わたしのところに使いをよこしてくれ」

「かしこまりました」ワットは馬の向きを変えて走り去っていった。

サー・ニコラスに確信はないが、かといって、まったく自信がないわけでもなかった。アドーナは出会ったときから、わたしに反感を持ちながらも、惹《ひ》かれていた。わたしに感じているのは好奇心以上のものだ。泉のようにこんこんとわき上がる欲望に驚いているのはわたしよりもむしろ、彼女自身だろう。

ニコラスは再び軽く笑った。彼女は酔っていてなにも覚えていないと言うかもしれないが、たとえワインを飲みすぎていなくても、ふたりは間違いなくあのようになっていただろう。

女王の招待にアドーナがどんな反応を示したかはだいたい想像がついた。彼女は女王の招待を受けるべきか辞退すべきか大いに悩んだことだろう。だが、わたしに仕返しをしてやりたいという気持ちが勝って、結局招待を受けることにした。彼女は決して表に出そうとしないが、心のなかでは激しい情熱の炎が燃え上がっている。彼女がこの機会を逃すはずはない。彼女は以前と同じようにわたしに冷ややかな態度をとるだろう。わたしを無視し、わたしに当てつけるようにほかの男と仲よくするに違いない。出世にしか目がない、安全で無害なファウラーと。そしてなにかあれば、父親に助けを求めるだろう。こちらが少しでも真剣だということをほのめかせば、あらゆる手を使って逃げ出そうとするだろう。アドーナが好むと好まざるとにかかわらず、彼女はすでにのっぴきならない状況に追い込まれているのだ。彼女自身もとっくにそのことに気づいているはずなのだが。だからこそ、彼女はやってくるにちがいない。じゃじゃ馬《パロミノ》はわたしをからかいにやってくる。

やがて、行列のなかに上下に揺れる明るいクリーム色のたてがみが見えた。馬上の若い女性はサー・ニコラスを見るなり、背筋を伸ばした。彼は思わず吹き出した。いつでもこの手に、アドーナを取り戻すことができる。行列にはヘスターもいた。彼女はあらゆる意味で強力な味方になってくれるだろう。

サー・ニコラスは鹿毛《かげ》の去勢馬を前に進ませて、楼門で一行を出迎えた。楼門の向こうの巨大な湖の片側に土手道が築かれ、堀に取り囲まれた城は湖に浮いているように見えた。「ようこそおいでくださいました、サー・ジョン」彼は言った。「ようこそケニルワースへ、サー・トマス。主人のレスター伯に代わって、歓迎の意を申し上げます」女王を護衛してこちらに向かっている主人に代わって客人を迎えるのが、代理であるサー・ニコラスの役目だった。彼はアドーナに向かってにこやかにほほえみかけ、彼女が来たことに驚いたような素振りはみじんも見せなかった。「それから、ピカリング家のお嬢さまたちもようこそ。おふたりの部屋は城に用意させました。すぐに使えるようになっています。ここにおります、マスター・スウィファートンがご案内します」

若い男性が前に進み出ると、サー・ニコラスは馬を降りてアドーナの雌馬の馬勒《ばろく》をつかみ、ヘスターの馬をうしろに並ばせた。今や中庭は到着した客人、城の召使い、馬と荷馬車でごった返していた。どこへ行ったらいいのかわかっているのは、伯爵に仕えている者たちだけだった。城に滞在できる者はごくわずかだ。だれもが女王のそばに宿泊したいと思ったが、多くの者は民家や宿屋や天幕、はては何キロも離れた上流階級の屋敷に追いやられるのが現状だった。何人たりとも女王の客人の宿泊を拒否することは許されなかった。

当然自分たちは城には滞在できないだろうと思っていたので、アドーナは思わずたずねた。「ここに?」サー・ニコラスの黒いビロードの帽子のてっぺんに向かって言う。「確かなの? わたしたちは突然うかがったのよ」

「あなた方はマスター・スウィファートンの名簿に載っている。そうだろう、ジョン」サー・ニコラスは肩越しに振り向いて言った。「白鳥の塔だったな?」

「そうです、サー・ニコラス。塔の最上階の部屋をふた部屋ご用意してあります。少し狭いですが、ほかの部屋よりはるかに快適です。湖が見渡せますので、眺めは抜群ですよ」

サー・ニコラスは大きな城の角で雌馬の馬勒から手を離して、中庭のいちばん端にある、狭間《はざま》胸壁の奥にそびえ立つ丸い塔を指さした。「あれが白鳥の塔だ」彼はそう言って、出迎えたときと同じように愛想よくアドーナにほほえみかけた。「きみたちはあそこに泊まるんだ、パロミノ」

彼は雌馬の金色の毛に覆われた尻を撫《な》でてうしろに下がった。今の言葉がどういう意味なのか知りたくてたまらないのに、意地を張ってなにもきこうとしないアドーナを、心のなかで笑った。彼女の美しい顔には疑問がいくつも浮かんでいた。

ほかの客人のほうに向き直ると、サー・ニコラスは彼らがなぜ町に逗留《とうりゅう》しなければならないのかを説明した。「サー・ジョンとサー・トマスとマスター・シートンには、ケニルワースの〈ローレルス〉という宿にお泊まりいただきます」サー・ニコラスはそれが特別待遇であるかのような口ぶりで言った。「宿の部屋はすべてみなさまのために借り上げてあります。町にあるどの屋敷よりも城に近いですし、部屋もじゅうぶんあります。よろしければ、わたしが宿までご案内しましょう」彼はそう言って、腕を伸ばした。彼の丁重な態度に、サー・ジョンとサー・トマスは城に泊まれないと聞いてがっかりしたのも忘れてしまった。

しかしながら、娘たちと離れ離れになるのは、サー・トマス・ピカリングにとっては予定外のことだった。ケニルワースではわたしがついているから、娘とヘスターのことは心配するなと妻に請け合った手前、これは困ったことになったと思った。伯爵の完成したばかりの見事な庭園に立つ、城の塔の部屋をあてがわれたということは、娘たちへの特別な配慮の表れだ。多少狭いとはいえ、塔からは堀と湖が見晴らせ、王女が泊まってもおかしくない。

ハンサムな調教師サー・ニコラスのあとについて城門を通り、跳ね橋を渡るとき、妻に言われた言葉がサー・トマスの頭をよぎった。

「サー・ニコラスの意図を必ず突き止めてくださいな」妻は彼がケニルワースに発つ前日に言った。「あの方がアドーナとのことを真剣に考えてくださっているのなら、わたしたちもそれなりの対応をしなければなりません。そうでないのなら、アドーナに警戒するように言わなければ。取り返しのつかないことにならないうちに」

「取り返しのつかないこと……?」

「い、いいえ……ただそうなったら大変だと言っているんですよ。かわいそうに、アドーナは混乱しているわ」

サー・トマスはふんと鼻を鳴らした。「アドーナが混乱しているだって？　わたしたちの娘はここ何年も男性を混乱に陥れてきたのではないかね。それを言うなら、わたしたちもそうだ。たまには、自分が混乱させられる立場になってみるのもいいかもしれんな」

「まあ、なんて冷たいことをおっしゃるの！　わたしが心配する気持ちもわかるでしょう」

「そんなに心配することはない。わたしがサー・ニコラスの気持ちを確かめてみよう。アドーナにはわたしがついているから安心だ」サー・トマスはサー・ニコラスにいつその話を切り出したらいいか考えていた。改まって話すべきか気楽に話すべきか迷ったが、いつものように、成り行きに任せることにした。

その機会は、夕食後に訪れた。サー・トマスは娘がサー・ニコラスにひどく冷淡なのに気づいた。ところが、当のサー・ニコラスはそれを気に留める様子もなかった。ほかの人々の目にもなにも奇異には映らなかっただろう。マスター・ファウラーがいつになく陽気だったのにも気づかなかったにちがいない。だが、それが肯定的なことであれ否定的なことであれ、さらには心の問題であれ、サー・トマスは典型的な父親の視点でものを見る傾向があった。大広間のテーブルが片づけられると、サー・トマスはサー・ニコラスの腕を叩《たた》いた。「少しお話しできますか？」

サー・ニコラスはそれを予期していたかのように、素直に祝宴局長官のあとについて、大広間の端にある大きな張り出し窓のほうに歩いていった。西向きの窓からは城壁とその向こうにある湖が見晴らせた。張り出し窓といっても、小さな部屋ほどの広さがある。明日の今ごろは、女王陛下自身がここに座って外の景色を眺めているだろう。ふたりの男性は窓際に立って、夕焼けに染まった空を見上げた。

「サー・ニコラス、非常に個人的なことなんですが、妻もわたしも、あなたと娘のことを心配しているんですよ」サー・トマスは探るような目でサー・ニコラスを見つめた。「あなたと娘のあいだになんらかのかかわりがあると見てよろしいんでしょうな?」

噂話の好きな廷臣たちが醜聞を振りまいたあとだけに、そうではないとしらを切ることはできなかった。サー・ニコラスもあえて否定しようとはしなかった。「おっしゃるように、わたしとミストレス・アドーナとのあいだになんらかのかかわりがあるのは事実です。ですが、どういうかかわりかときかれましても、今のところそれをはっきり言い表す言葉が見つかりません。わたしが一方的に思いを寄せているだけで、お嬢さんのほうは、わたしに強い不信感を抱いておられるようで」

「思いを寄せている? それだけですか、サー・ニコラス?」

「いいえ、それ以上です」

「なるほど。それで、強い不信感とはどういうことですか? 娘があなたに不信感を抱く特別な理由があるのですか?」

「噂といくつか誤解が重なっただけで、ほかに理由はありません。宮廷がどういうところか、あなたもご存じでしょう。結婚する前に何人かの女性と交際しただけで、根も葉もない噂を立てられてしまうんです。ミストレス・アドーナもここ何年か自由を楽しんでおられるようですね」

サー・トマスは反論の余地がなく、あごを引いて鼻をこすった。「まったくあなたのおっしゃるとおりですよ、サー・ニコラス。ですが、わたしに言わせてもらえば、娘はだれの関心も引かないように慎重にふるまってきたにすぎません」

「マスター・ファウラー以外の男性は、ということですか?」

サー・トマスはなにをばかなことを、とでも言うように手を振った。「彼のことなど心配にはおよびません、サー・ニコラス。彼自身もわかっているはずです。彼は安全な付き添い役にすぎない。わたしはあなたのような男性のことを言っているんです。つまり、貴族の男性です。娘はだれとも真剣なつき合いをしないようにしてきました。まだ結婚する気になれないのでしょう」サー・トマスの声に残念そうな響きがあるのを、サー・ニコラスは聞き逃さなかった。

「つまり、あなたとレディ・マリオンはそろそろお嬢さんも結婚を考える時機だと思っておられるんですね?」

サー・トマスはため息をもらした。「妻は、娘は慎重になっているだけと言っております」サー・トマスははるか向こうのピンクに染まった湖面を見やった。「まあ、それも悪いことではありませんが。わたしには、近ごろの若い女性は深く考えもせず、性急に結論を出してしまうように思えてならないんです。ノーと言うことを忘れてしまったようだ」彼は物思わしげに言った。

「あなたが心配されることはありませんよ。お嬢さんは近ごろ、もっぱらノーと言っていますから」

「はっ、はっ! わたしの妻など、結婚の申し出に五回もノーと言ったのです」サー・トマスは白いあごひげに覆われた口元をほころばせた。実際は四回なのだが、妻がどれだけかたくなだったかを強調するために一回余分に言ったのだ。「しかしながら」彼はすぐに本題に戻った。「慎重に相手を選ぶのもいいが、あまり度が過ぎるとやがてそっぽを向かれてしまうのではないかと、わたしも妻も心配しておるのです」

「われわれには理解できなくても、お嬢さんには慎重にならざるをえない理由があるのでしょう。男性の注目の的である若くて美しい女性が、その恵まれた境遇を楽しまないのはもったいないというものですよ。花の命は短いのですから。それに……」

「それに、なんですかな？」サー・トマスは振り向いて、サー・ニコラスをじっと見た。

サー・ニコラスは天井までつづく窓を支える石の仕切りのそばに立ち、刺繍《ししゆう》を施した上着の前で腕を組んだ。黒い髪に日差しが当たって、ピンク色に染まった。「わたしも同じことをしていました。サー・トマス、あなたもそうだったのではありませんか？　それでも、この人はと思える女性にめぐり合いたいと思うようになります。ただ追いかけるのではなく、生涯をともにしたいと思える女性にめぐり合いたいと」

「なるほど。そのことを娘には話したのですか？」

答える前に、サー・ニコラスの口元がかすかに引きつった。あのときは間が悪く、アドーナの不信を招いてしまった。「ええ。ですが、お嬢さんはわたしの言うことよりも、わたしについてまわっている評判を気にしておられるようです。ほかの機会にも言ってみましたが、おそらく覚えてはいないでしょう」

「仮面劇でのことですか？　娘はあのとおり強情だし、ふだんはワインを飲んだりはしないのです。父親としては、あのあとなにがあったのかあなたにきかなければならない」サー・トマスは慣れない役割に戸惑っているように見えた。「その、なにも……なにもなかったんでしょうね？」彼はそう言うと、唇を固く結んだ。

「ミストレス・アドーナの意に反することはなにもありませんでした」

「わたしはそういうことをきいているのではないのです、サー・ニコラス」

サー・トマスは具体的にたずねたわけではないが、サー・ニコラスはつづけた。「サー・トマス、わたしは誓ってミストレス・アドーナを傷つけるようなことはしていません。どうか、わたしの言葉を信じてください。お嬢さんはわたしに対する気持ちに気づいているのかもしれませんが、それで傷ついたとは思えません。お嬢さんはわたしばかりでなく、自分自身にもひどく腹を立てています。ここにいるあいだは冷たくされるものと覚悟しています。でも、わたしはお嬢さんよりは辛抱強いと自負していますから」

「並大抵の辛抱強さではだめですぞ！」サー・トマスは低い声でおどすように言って、窓の飾り格子に片方の手をついた。「近ごろでは、さすがにわたしの忍耐力も衰えてきました。娘には最高の相手を、と思っているんですよ、サー・ニコラス。だが、アドーナが目の前にその相手が現れたのに気づかないようなら、わたしが――」

「どうか、わたしに任せてくれませんか？」サー・トマスはわたしが最高の相手だと暗に言っているのだ、とサー・ニコラスは思った。「あなたのお許しがいただけるなら、わたしなりのやり方でお嬢さんの心を勝ち取りたいんです。ご両親がせっつくと、お嬢さんがかえってかたくなになってしまう恐れがあります。なんといっても、お嬢さんは強情ですからね」

サー・トマスは足元をじっと見下ろした。「それでは、あなたは娘とのことを真剣に考えていると思ってよろしいのですな？」

「もちろんです」

「結婚を考えていると？」

「もちろんです。どんなに長くかかっても、お嬢さ

ん の心を勝ち取るつもりです」

サー・トマスの黒い眉の下の灰色の目には、賞賛と安堵《あんど》の表情が浮かんでいた。「ふうむ！　それには知恵を絞らなければなりませんな。娘は今までずっと自由を謳歌《おうか》してきたし、子供を持つことにあこがれてもいない。てこずらされることになりますね」

サー・ニコラスはその光景を想像してほほえんだ。「覚悟はしています。あなたのお許しをいただけたと考えてよろしいんですね？」

「見たところ、すでに始めておられるようだが。どうぞそのままつづけてください。助けが必要なときには、いつでもわたしに相談を。これで娘を連れてきたかいがあったというものだ。女王陛下が娘を招待しなかったら、どうなさるおつもりでしたか？六週間か七週間、ひたすらうまくいくことを願うおつもりでしたか？」サー・トマスは振り向き、サー・ニコラスが今にも笑いだしそうになっているのに気づいた。「なるほど、そういうことでしたか。最初からあなたがかかわっておられたんですね？それで、白鳥の塔と厩舎がこんなに近くにあるというわけですか。なるほど。あなたには伯爵という強い味方がついておられますからな」サー・トマスは笑って、サー・ニコラスの背中を叩いた。「それでは、娘の部屋を見に行く前に、新しい厩舎にご案内いただけますか？」

「わかりました。日が暮れるまでにまだ時間はありますから。どうぞこちらへ」

7

メイベルは、アドーナが幸せでいられるようつねに目を光らせていた。彼女は白鳥の塔の最上階にある部屋の両開きの窓からくるりと振り向いて、アドーナのレースのひだ襟をはずそうとした。「下を見てください」メイベルはそう言って、薄れつつある日差しに目を向けた。「あなたのお父さまとあの方です」

あの方の名前を口にするのは厳禁だった。特に、ヘスターと新しいメイドのエリーの前では。このエリーというのが、生まれたばかりの子犬のようにだれにでも愛嬌《あいきょう》を振りまいて、見ているだけでいらいらするような娘だった。アドーナは努めて無関心を装った。あわてず、ゆっくりと窓のそばに作りつけられた腰掛けに座り、右側の、城壁の前に立てられた大きな厩舎《きゅうしゃ》の外を見た。父と弟のシートンがサー・ニコラス・レインと立ち話をしていた。三人は言葉を交わしながら、白鳥の塔に向かって歩きだした。

「ひだ襟はこのままにしておいて、ベル」アドーナは小声で言った。「みんなが来るわ」

「みんなが来るですって？」ヘスターが耳ざとく聞きつけて言った。すぐにでも螺旋《らせん》階段を下りられるように、両手でスカートをつかんでいる。

「父とシートンよ」アドーナは言って、窓から向き直った。「わざわざ階下《した》まで出迎えに行くことはないわ、ヘスター。わたしたちの様子を見に来ただけよ」さりげなく言ったつもりだが、声にとげあるのが自分でもわかった。「このドレスを向こうに寄せてちょうだい、エリー。それはヘスターのもの？

それともわたしのものなの？」

「まだ決めておりません」エリーは言って、天蓋《てんがい》つきのベッドの上に広げた色鮮やかな絹のドレスをかき集めた。「これはおふたりのために、衣装局から借りてきたのです」

鋲《びょう》が打ちつけられた扉を叩《たた》く音がすると、四人はいっせいに戸口に顔を向けた。かちりと掛け金がはずれる音がしたのと同時に、雪のように白い頭が現れた。「入ってもいいかな？」サー・トマスは言って、アーチに頭をぶつけないように腰をかがめた。シートンがあとから入ってくると、それでなくても狭い部屋がいっそう狭苦しくなった。サー・ニコラスが来るだろうというアドーナの期待は早くも打ち砕かれた。

そんな期待を抱いた自分を叱《しか》りながら、アドーナはなんとか落ち着いた声で言った。「どうぞ、お父さま。メイベル、おまえとエリーはドレスをヘスターの部屋に持っていって、たんすにかけておきなさい。さあ」彼女はそう言って、ふたりのメイドが部屋を出ていくのを見守った。「これで少し広くなったわ。こっちに来て、窓からの景色をごらんになって。庭が見晴らせるし、ずっと奥の鳥の檻《おり》まで見えるのよ。耳を澄ませば、鳥のさえずりが聞こえてくるわ」白鳥の塔は、周囲を高い壁に囲まれた広大な庭園の一角にあった。しかし、アドーナの視線はすでに脇《わき》にそれて、庭園と城壁のあいだの地面をさまよい、間近で見るのを期待していた人影を捜していた。

サー・トマスは下を見て、端の厩舎のほうを指さした。

「おまえのパロミノはあの端にいる」父は娘に言った。「サー・ニコラスがやすむ前に、馬の様子を見に来たらどうかと言ってくれた。もちろん、ヘスターもいっしょにとのことだ」

かつてはひどく内気で、自分ではなにひとつ決められなかったヘスターが躊躇《ちゅうちょ》することなく言った。「もちろん、喜んで……わたしは喜んで行かせていただきます」

「わたしにかまわないで行ってちょうだい」アドーナは言った。「わたしの馬は、今日一日つき合わされて、もうわたしの顔など見たくないでしょうから」ヘスターがサー・ニコラスと馬に会うのが待ちきれないかのように部屋を飛び出していくと、アドーナは驚きを隠せなかった。「無事に着いたことをお母さまに知らせるでしょう?」アドーナは父に言った。

サー・トマスは小さな扉を閉めて、アドーナの肩に腕をまわした。「今夜、手紙を書こうと思っている。明日は忙しくてそれどころではないからね」

「明日、女王陛下がお着きになる」シートンは言った。「楽しみはそれからだ。陛下に行って、サー・ニコラスに会ってきたらどうだい、ドーナ?　そんなに疲れているわけじゃないんだろう?」

アドーナは弟の質問には答えず、疑問に思っていたことをたずねた。「パロミノってなんなの、お父さま?　新しい品種の馬?」

サー・トマスはアドーナの肩にまわしていた腕を下ろして、ベッドの弾力を確かめた。紋織りの淡い黄色の上掛けをぽんと叩いてへりを持ち上げ、凝った房飾りをじっくり眺めた。

「ふうむ。じつに見事な馬だ。血統ではなく、毛の色が珍しい」父は言って、上掛けを下に置いた。「ファン・デ・パロミノという人物にちなんでパロミノと呼ばれている。彼がメキシコの総督に任命されたとき、コルテスから贈られた馬が淡い金茶色の馬だったことから、そう呼ばれるようになった。まだ知られていないので、珍重されている。この話はサー・ニコラスから聞いた。たとえ両親が金茶色でも、同じ色の子供が生まれるとは限らないそうだ。明彼はおまえの雌馬から繁殖させたいと言っているが」

アドーナは首から頰まで赤くなるのを感じ、部屋の暗がりを探すようにして歩いた。「いかにも彼の言いそうなことだわ」彼女はささやいた。「まさか、承知したわけではないでしょうね、お父さま?」

「もちろん承知してはいない」サー・トマスは言って立ち上がり、ズボンについているしわくちゃの飾り布を引っ張り出した。「若いレディの愛の生活に干渉するつもりはない。あの雌馬はおまえのものだ。どんな馬とかけ合わせようと、あるいはかけ合わせまいとおまえの自由だ」

「断じてお断りよ」アドーナはきっぱりと言った。

「だれが承知するものですか」

サー・トマスは話題を変えて、塔の北側に広がる町並みを指さした。窓からは父と衣装局の一行が泊っている宿屋が見え、早くも堀にともりはじめた明かりがちらちら映っていた。アドーナは父と弟のあとについて暗くなった階段を下りていくと、途中で、息を切らして階段を上ってくるヘスターとメイドに行き合った。サー・ニコラスと馬の話をしたためか、ヘスターの頰はほんのりピンクに染まり、目はきらきら輝いていた。

「サー・ニコラスがおじとおばのことをたずねてくださったの」ヘスターは言った。

外に出る扉のところで、シートンは父親がヘスターと話をしているあいだに、姉の腕に手を置いて引き止めた。

「ドーナ? 読んでくれたかい?」

「もちろんよ。だいたい目を通したわ。とてもよかったわよ」

「ぼくといっしょにせりふの稽古《けいこ》をしてくれる気はないよね?」

アドーナは目をぱちくりさせた。「どうしたの？　あなたらしくもない。あなたはいつもほかの人のせりふまで覚えているじゃないの」

「そうだけれど。ただ……」

「舞台に立たずにすめばいいと思っているのね？」

シートンは顔を曇らせた。「そうなんだ」彼はアドーナの肩の向こうを見ながら言った。「あと四日しかない。女王陛下の前でどう演じたらいいかわからないんだ。それに、父上も見ているし」シートンは子供のときによくそうしたように、すがりつくように姉の手を握り締めた。「ぼくは男なんだよ、ドーナ。みんなそのことをわかってくれないんだ」かすれた声で不満そうに言った。

アドーナは弟の手をぎゅっと握り締めた。「明日の朝いちばんに、庭の静かなところでいっしょに練習しましょう。女王陛下は明日の昼ごろにならないとお着きにならないわ。ピーターからウォーリックに到着されたと聞いたの」

曇り空に日が差すように、シートンの顔がぱっと明るくなった。「よかった。自分の台本を持ってきてよ。城門が開きしだいすぐに行くから」シートンは姉の手を取ると、手の甲にキスをした。「ほんとうにありがとう」

「ぐっすり眠るのよ。あまり心配しないように。お父さまはかりにも祝宴局の長官よ。男性が女装するのを嫌うようなら、今の仕事は務まらないわ」

シートンはいたずらっぽく眉を上げた。「女性が反抗的な水の精に扮《ふん》するのもね」

「あなたも知っているの？」

「いやでも噂《うわさ》は耳に入ってくるからね。宮廷じゅうがその話でもちきりだ」シートンの声は上がって、また下がった。「実際、みんな第二幕を期待しているようだ」

「第二幕はないわ」アドーナはぴしゃりと言った。

「ほんとうに？　彼のほうはどうかな？」

アドーナは眉をひそめ、弟の視線が向けられているほうを振り向いた。サー・ニコラスが厩舎に通じる道をこちらに向かってやってくる。アドーナはうろたえたが、彼を避けられそうにもなかった。

「おやすみなさい、シートン」アドーナは言った。

「明日ね」三メートルほどうしろへ下がり、そこにいた父親の頬にいきなりキスをして驚かせた。「おやすみなさい、お父さま」アドーナの退出は、女王陛下の道化師ウィリアム・シェントンもうらやむような見事なものだった。

アドーナがケニルワースに来ることをサー・ニコラスが知っているはずがないと思っていたので、ヘスターと同様、丁重なもてなしに困惑していた。このような特別ともいえる待遇を受けたのは、彼女の父が要職にあるからというより、むしろ彼がヘスターを大切に思っているからではないかという気がした。莫大《ばくだい》な遺産を相続した女相続人の存在は、今ごろ宮廷じゅうに知れ渡っているはずだ。今夜すでに、男性は競ってアドーナとヘスターの関心を引こうとした。とはいえ、多くの男性の注目を浴びても、ヘスターの顔はさっき厩舎から戻ってきたときほど輝いていなかった。アドーナはサー・ニコラスを避けられてよかったと思いながらも、少しやり方があからさまだったかもしれないと反省した。明日はもっとうまくやらなければ。

夜の静けさと、下の庭から漂ってくるかぐわしい香りも、期待していたほどアドーナの興奮を静めてはくれなかった。一日一日、旅をつづけていくうちに彼女の興奮は高まり、中継地に立ち寄るたびに、この手に主導権を取り戻してみせるという思いが強くなった。仮面劇の夜のような屈辱的な降伏は二度とあってはならない。サー・ニコラスが今度もまたわたしを簡単に服従させられると思っているなら、すぐにそれが間違いだとわかるだろう。ピーターとは話し合って、すっかり誤解が解けた。ヘスターの気持ちは、わたしがなにもしなくても、すでにサー・ニコラスに大きく傾いている。サー・ニコラスのことばかり話しているし、乗馬の腕前がすぐれた彼を英雄視すらしている。

アドーナはベッドでメイベルの傍らに横になり、蝋燭《ろうそく》の明かりを頼りに、シートンの書いた芝居の最後の場面を読んだ。女王陛下の前で上演するふたつの芝居のうちのひとつだ。

「夜明けに起こしてね」アドーナはささやいて、台本を閉じた。だが、メイベルはすでに眠っていた。この象牙《ぞうげ》の塔はリッチモンドに比べてどれくらい安全なのだろう、と彼女は思った。父に助けを求めようにも、城から離れた町の宿屋にいてほとんど頼りにならない。アドーナは自分自身が抱える矛盾にまったく気づいていなかった。つい一時間前は、サー・ニコラスが部屋に訪ねてくるのを期待していたのに。

朝日が庭園に影を落とし、朝露に濡《ぬ》れた蜘蛛《くも》の巣がダイヤモンドのようなきらめきを放っていた。アドーナは草花を揺らさないように、スカートをつかんでそろそろと小道を歩き、いつもいちばん最初にごちそうにあずかる元気なみそさざいと、恥ずかしがり屋のつぐみにそっと忍び寄った。城の北側に、左右対称に作られた薬草の花壇があった。花壇は通路で仕切られ、通路は中央にある循環式の噴水に通じていた。庭園にさらに魅力を加えているのが、甲高い声で鳴く、異国情緒のある鳥だ。

シートンはアドーナが近づいてくる気配にまったく気づく様子もなく、台本に額をすり寄せてせりふの稽古をしていた。彼がせりふを口にするたびに、吐く息で紙が小刻みに揺れた。シートンはようやくアドーナに気づくと、ため息をついて台本を下に下ろし、壇になった通路から姉を見下ろした。「まるでだめだ」ため息交じりに言う。「読むたびにひどくなる」

「どうやってそこに行ったらいいの？」アドーナはそうたずねて階段を探した。

シートンは遠くの端を指さした。「向こうに階段がある。滑りやすいから気をつけて」

そばに行くと、弟が困り果てた顔をしているのがわかった。

「眠れなかったのね？　いったいどうしたの？　いつもはこんなに心配しないでしょう」

「だって、いつもは女王陛下の前で演じたりしないからさ」シートンはいらいらしたように言った。

「それに、これは伯爵にとっても重要な芝居なんだ。なんといっても、伯爵はぼくたちの後援者だし、この芝居は伯爵の愛を強く印象づけるために書かれたものなんだ。伯爵に二度と機会がないことはみんな知っている。伯爵自身はもちろんのこと」

「女王陛下が今さら伯爵の求婚に応じるかしら？」

アドーナは幾何学的な様式の庭園を眺め、まるで宮廷の生活を表しているようだと思った。複雑に入り乱れた人間関係、競争、支配と従属。「今までで最高のお芝居にしたいのね？　お芝居がうまくいかなくて伯爵の体面を傷つけるのではないかと、心配する気持ちもよくわかるけれど、お父さまはまあまあだと思っていらっしゃるわ」ここで父親を引き合いに出すのは間違いだった。祝宴局長官として、父は女王の前で上演されるあらゆる演目を審査する権限はあるが、脚本のよしあしを判断する目は持ち合わせていなかった。

「まあまあじゃだめなんだ」シートンは言った。「絶賛されたいんだ」

湖で騒々しく鳴く鴨《かも》の声が静寂を打ち破った。白、鳥の群れが城を横切って飛び去っていく。

「どこが気になるの?」アドーナは言って、台本をめくった。

　シートンは最後の場面が書かれたページを開いた。

「ぼくは美しいベアトリスを演じることになっている。彼女は最後の場面で、ついにベネディクトへの愛を認めるんだ。頭のなかではいくらでも彼女になりきれるんだけれど、何百人という人の前で演じられるかどうか自信がない。こんなせりふ、恥ずかしくてとても口には出せないよ」

「ここはこの芝居でいちばんすてきな場面よ」アドーナは言った。「それなら、あなたがベネディクトをやってみて。わたしがベアトリスをやるわ。これでなにかきっかけがつかめるといいのだけれど」彼女はせりふの最初の部分を指さした。「ここから始めましょうか?」

　シートンはいかにも自信なさそうにせりふを言いはじめた。

「きみの心は今でも変わらぬのか、いとしいベアトリス? それとも、わたしが嫌いになってしまったのか? それとも、恐怖心がきみの心を凍《い》てつく冬のごとく凍りつかせてしまったのか? おびえきって、夏の日差しも見られないと」

　アドーナが答える。

「いいえ、どうかわたしの話をお聞きください。かつて、わたしの心はあなたの思いどおりになるのを拒みました。わたしの思いが、いつから花が育つように大きくなっていったかご存じですか? 日を浴び、露に濡れ、日に日に大きくなっていったことを。自然の力にはぐくまれ、大きな一輪の花が咲きました。あなたの愛を受け入れ、もうよそよそしくしないと誓います。わたしはすべてあなたのもの」

　ベアトリスの告白が信じられないシートン演じるベネディクトは、あざけるように言う。

「きみの話を信じろというのか？　きみはさんざん――」

演出家のように、シートンをさえぎる小さな声がした。

「それはいただけないな、マスター・シートン。愛を告白する女性に対して、いくらなんでもその答えはない」

「なんですか？」シートンは膝の上に台本を落とした。「サー・ニコラス、ぼくと姉は――」

「ふたりきりにしてほしいというのだろう？　どうか、そのまま、ミストレス・アドーナ」

金めっきを施した鳥の檻の陰から、背の高い騎士が姿を現した。格子垣にもたれて、淡い金色の髪をしたふたりの俳優を見下ろした。

「無礼をお許しください。あまりに美しい詩で、つい聞きほれてしまいました」彼は真剣な口調で言った。「だが、ベアトリスの告白に対するベネディクトの答えはあまりにもいただけない。女性の真摯《しんし》な告白が信じられないような男は、紳士とは言えないのではないか？　きみの書くベネディクトの心は石でできているとしか思えない」

「あなたにそのようなことがおわかりですの？」アドーナは冷ややかに言った。

「もちろんだとも。ベネディクトのせりふは、愛の告白を待ち望んでいた男のせりふとは思えない。わたしに少し手を加えさせてもらえないだろうか、マスター・シートン？　そうすれば、きみももっと気楽にベアトリスを演じられるかもしれない」

「い、いいですよ、サー・ニコラス。あなたがそうおっしゃるのなら」

シートンは立ち上がったアドーナの腕をつかんで、ベンチに彼女の台本を置いた。

「ここにいてくれないか、ドーナ？　姉さんが読んだほうがずっと説得力があるんだ。ここにいて、サー・ニコラスの意見を聞いてみようよ」

アドーナはシートンをあいだにはさんで再びベンチに腰を下ろしたが、ふたりのあまりの違いに目を見張らずにはいられなかった。ふたりは大人の男性と少年と言ってもいいくらい年齢の開きがあるが、それだけでは説明できないなにかがあった。手ひとつとってみても、サー・ニコラスの手は白くほっそりとしているのに、サー・ニコラスの手は日に焼けて力強い。騎士のがっしりした肩とたくましい首に比べて、シートンはいかにも華奢《きやしや》だ。頭の大きさも違えば、太腿の長さも、体の厚みもまるで違う。

アドーナの目は、袖《そで》なしの青いビロードの上着を身につけたサー・ニコラスのたくましい肩に引き寄せられた。白いシャツの胸元から黒い胸毛がのぞいている。アドーナの指にはその胸毛をなぞったときの感触がいまだに残っていた。彼女はふたりの話を聞いているふりをしながら、サー・ニコラスの顔の造作をひとつひとつ観察した。高い頬骨、角張ったあご、りりしい眉の下の目、よく動く口。彼はその唇で巧みにキスをし、さらに……さらになにをしたというの？

アドーナの視線に気づいて、サー・ニコラスは彼女の心の内を読み取ろうとするかのようにじっと目を見つめた。「なにか不満でも？」そう言って、真っ赤になったアドーナの顔を見つめた。

「い、いいえ。シートンがいいと言うなら、わたしはかまわないわ。作者は彼ですもの」アドーナは、サー・ニコラスの大きくて太い字で新たなせりふが書き加えられた台本に視線を落とした。よりによってこの世でいちばん聞かれたくない人に、ベアトリスのせりふを聞かれてしまった。彼はわたし自身のせりふだと勘違いしているにちがいない。「見せていただける？」

シートンはほっとしたように言った。「このほうがずっといいよ、ドーナ。ぼくのベネディクトはあまりにも性格が悪い。それに比べて、サー・ニコラスのベネディクトは優しいのに、軟弱になることなく、威厳も失ってはいない。ありがとうございます、サー・ニコラス。新しいせりふを読んでみてくれませんか？　お願いします」

サー・ニコラスはシートンから台本を受け取った。「きみがそう言うなら。ミストレス・アドーナ、もう一度ベアトリスの役をやっていただけませんか？」

アドーナは罠《わな》にはめられたような気がした。「このベアトリスはなんなの、シートン？」いらだったように言う。「ベネディクトにここまで譲歩する必要があるの？」

「これはあくまでも芝居なんだ。ふたりは想像上の人物にすぎない。さあ、読んでみてよ」

訂正された台本をいっしょに見ながら、せりふを読みはじめると、アドーナはベアトリスとベネディクトがまるで彼女とサー・ニコラスの分身であるかのように感じた。サー・ニコラスがアドーナとの交際を真剣に考えていて、征服した多くの女性のひとりに彼女を加えないとわかっていたら、実際にふたりのあいだでこのような会話が交わされていたかもしれないのだ。サー・ニコラスの手によるベネディクトは、疑い深いシートンのベネディクトと違って、ベアトリスをからかいながらも彼女の愛を受け入れる人物になっている。シートンの考えた結末よりも、はるかに説得力があった。キスで終わる最後の場面を読むアドーナの手は震えていた。しかし、この稽古では、たがいの頭のなかでキスを交わしただけだった。

アドーナはサー・ニコラスをまともに見ることができなかった。シートンがベンチから飛び上がり、急いで手の甲で涙をぬぐってサー・ニコラスから台本を受け取ったときにもまだ、口をきくこともできなかった。

「ありがとうございます」シートンはかすれた声で言った。「おかげで助かりました。マスター・バービッジを捜してきます。彼がベネディクトを演じるんです。結末が変更になったことを伝えなければ。ほんとうにありがとうございました」シートンは柔らかい草の上を駆けていき、やがて、黒い服が壁に溶け込んで見えなくなった。

アドーナはまたしても予期せぬ展開に戸惑った。彼女は立ち上がった。

「わたしも行かないと。あなたも今日はお忙しいんでしょう」

「よかったよ、ベアトリス。これでおたがいに結末がわかったわけだ。そこに至るまでの過程は、まだまだ変更可能だ」

サー・ニコラスはアドーナといっしょに立ち上がり、下に下りる階段まで彼女を連れていった。庭師と犬を連れた貴婦人がふたり、腰の高さまであるラベンダーとおとぎり草の花壇のあいだの小道を歩いているのが見えた。ふたりの話し声はほとんど聞こえず、庭師が鍬《くわ》で土を耕す音が聞こえるだけだった。

「今日は珍しくおとなしいんですね、お嬢さん。結末に納得されているのかな？　それとも、省略した場面のことを考えているのかな？」

アドーナは滑りやすい階段を下りるとき、サー・ニコラスと手をつなぎ、またすぐに放した。「省略した場面？　なにも省略していないと思うけれど。シートンは知っているの？」

「もちろん。我慢して最後まで聞いてくれ。門のところで話すよ。立ち聞きされて、筋が台なしになると困るのでね」

サー・ニコラスがリッチモンドを発《た》ってから、アドーナは彼といっしょに過ごしたときのことを思い出しながら今日まで過ごしてきた。だが、現実の彼は記憶のなかにある彼とは比べものにならないほど強烈だった。強引に手を取られると、体が震えそうになった。もりがじかに伝わってきて、彼の手のぬくもりがじかに伝わってきて、

これはほんの好奇心からよ、アドーナは自分にそう言い訳して、サー・ニコラスにつかまれた手をそのままにしておいた。ふたりは高い壁のなかに作られた門にたどり着いた。腕と腕が触れ合うと、アドーナの胸は興奮にときめき、彼女は手にした台本を見下ろしながら、なんとか声を落ち着かせて言った。

「シートンが省略したというのはいったいどの場面のことなの？」

「マスター・シートンが省略したのではない。わたしたちだ」

サー・ニコラスはアドーナの腕を引っ張って、朝日が当たってピンク色に染まった煉瓦《れんが》の壁の前に立たせた。アドーナの目に日差しが入り、前に立ちはだかるサー・ニコラスは黒い影にしか見えなかった。逃れる間もなく、アドーナは彼の胸に抱き寄せられ、荒々しく唇を奪われた。

アドーナはこの一週間不安と怒りにさいなまれ、サー・ニコラスに会ったら無関心を装うのよと、何度も自分に言い聞かせてきた。でも、こうして彼の腕に抱き締められて唇を奪われただけで、その決意は早くも崩れ去ろうとしている。アドーナはそんな自分に腹が立った。内に秘めた欲望をあらわにされたことを恥じ、冷たい態度が演技にすぎないことを見破ったサー・ニコラスに激しい怒りを覚えた。アドーナは欲望に身を震わせ、気がつくと、彼の体に体を押しつけるようにして無我夢中でキスに応《こた》えていた。忌まわしい記憶が脳裏をよぎったが、またたく間に消えてしまった。

サー・ニコラスが唇を開き、アドーナの唇にため息のような息を吹き込んだ。「これだ」彼はかすれ

た声で言った。「わたしたちが省略した場面は。芝居を見るときには、この場面を想像しながら見るといい。わたしもそうする」彼は突然怒ったように言った。「わたしを避けようとしてもむだだと前にも言ったはずだ。きみがどんなに早足で逃げようとも、必ずつかまえてみせる」

アドーナは今にも泣きだしそうな声で言った。

「それなら、いちばん速い馬に乗らないといけないわね、サー・ニコラス」彼女は息を吸い込んで、つづけた。「わたしはあなたであろうと、ほかのだれであろうと、男性を待つつもりはないわ。待たされるのは一度でたくさん。金輪際待ったりしないわ」

「きみは待つ」サー・ニコラスは荒々しい口調で言った。「きみは数日以内にわたしのものになる」

「いいえ!」

「それなら、見てみようじゃないか」サー・ニコラスにいきなり腕を放され、アドーナは壁にぐったりもたれかかった。彼は門を開けて、さっさと外に出ていってしまった。門はあとから来るアドーナのために開けたままにしてあった。噴水のそばに立っていた女性がふたり、犬が盛んに吠《ほ》えているのもかまわず、アドーナをじっと見ていた。

ふいに涙が込み上げてきた。アドーナは女性たちの哀れむような視線を避けて背を向け、またしても彼の誘惑に屈してしまった自分を呪《のろ》った。これではほかの女性と同じじゃないの。あなたはなんて愚かなの! また一からやり直しだわ。なにごともなかったような顔をして早くここから立ち去るのよ。女性たちがひそひそ噂をしているのが聞こえるようだ。噂を断ち切るには前にもまして努力が必要だろう。

アドーナはしわになった台本を伸ばし、少し待ってから門を出た。サー・ニコラスは〝前にも言ったはずだ〟と言っていたけれど、いったいいつの話だろう? そんなことを言われた覚えはない。

アドーナがヘスターの部屋の前を通りかかると、扉が開いていた。「どうぞ」ヘスターが言った。「こっちに来て、あなたの意見を聞かせてちょうだい」彼女はくるりとまわってみせた。淡い灰色のペチコートの上に赤紫色の絹のスカートをピンで留めている。「エリーはこれがいちばん似合うと言うの。あなたもそう思う、アドーナ?」

「ええ、わたしもそう思うわ。今度ばかりは」アドーナは皮肉を込めて言った。

ヘスターがアドーナの皮肉に気づいて止まったときには、アドーナはすでに上の自分の部屋に向かっていた。部屋に入るなり、メイベルがぷりぷりして言った。「だれかがエリーに言ってやらないといけませんよ」メイドはそう言って、下を指さした。「あのドレスはお嬢さまが――」

「ええ、知っているわ」アドーナは言った。「わたしはもともとあれを着るつもりはなかったの。彼女に譲るわ」

「それなら、どうして怒っていらっしゃるんですか? お顔を見ればわかりますよ」

「なんでもないの。さあ、花の刺繍《ししゅう》の入ったクリーム色のドレスを見つけてきて。それから、宝石も。羽根飾りと帽子も忘れずにね。女王陛下は昼ごろにはお着きになるでしょうから、それまでにせいぜい戯れの恋に興じないといけないの」

メイベルはにっこりほほえんだ。「クリーム色のドレスですね。それと、羽根飾り」

アドーナは、きみは数日以内に自分のものになるというサー・ニコラスの言葉がいかに間違っているかを証明しようと心に決めた。けれども、彼にキスをされ、怒りをぶつけられた動揺は大きかった。それは予想外のことだった。ピーターのような若い男性に優しく叱責《しっせき》されたことはあるが、あんなに激しい怒りをぶつけられたことは一度もない。それに、わたしが彼を避けようとしていることがどうしてわかったのだろう？　わたしがここに来ることを彼は知らなかったはずなのに。それとも、知っていたのかしら？　サー・ニコラスは確かにわたしは数日以内には自分のものになると言っていたけれど、ひとたび女王陛下の一行が到着したら、わたしのことになどかまっていられないはずだ。

レスター伯がエリザベス女王一行を警護して、高く盛り上がった土手道をやってきたのは夕方近くになってからだった。道の両脇の湖面には、果物で飾られた柱や、籠《かご》に入った鳥、魚、鎧《よろい》や楽器が映っていた。礼砲がとどろき、塔の時計が女王の到着に合わせて止められた。宝石やレース、金や銀で贅沢《ぜいたく》に着飾った一行が潮のごとく城の中庭になだれ込んできた。ひとりひとりの顔はきらびやかな衣装に埋もれて見えなかった。楽しげに馬具の音をたて、手を高く上げ、笑いながら大げさに挨拶《あいさつ》を交わす声が聞こえてきた。

アドーナは、できるだけピーターのそばを離れないようにしたが、気がつくと、主馬頭代理をちらちら目で追っていた。彼は金の飾りのついた銀の衣装を身につけ、駝鳥《だちょう》の羽根飾りと、飾り房のついた帽子をかぶっていた。そして、主人に劣らず見事な葦毛《あしげ》の種馬にまたがっていた。

その夜、アドーナは美しいクリーム色の絹のドレスを着て、ほっそりした長い首と胸のふくらみを強調するひだ襟をつけていた。いつものようにダンスとおしゃべりを思う存分楽しんだ。サー・ニコラスのまわりに女性が群がっているのを見て、彼女がいらだっているのを知る者はほとんどいなかった。女官の多くは今にも胸がはみ出しそうな大胆なドレスを着ていたが、アドーナは彼女たちに対抗するつもりはまったくなかった。仮面劇で騒動を起こしてからというもの、いまだに男性にいやらしい目で見られているような気がしてならないのだ。
伯爵はほかに三十人の客を招待していた。そのなかには、伯爵の姉夫妻と甥《おい》、夫が公務でアイルランドに行っているエセックスの伯爵夫人も含まれていた。その召使いと供の者を合わせると相当な人数になる。多くの客人が相部屋を余儀なくされているという話を聞くにつれ、アドーナとヘスターは自分たちがいかに恵まれているかを思わずにはいられなかった。アドーナはそれを吹聴《ふいちょう》して歩くようなことはしなかったけれども、ヘスターがそうするのを食い止めることはできなかった。

「ミストレス・ヘスターは助けが必要なんじゃないかな?」夕食のあと、ピーターはアドーナに言った。「彼女はこういったことには慣れていないだろう」

ヘスターはだれかれかまわず愛嬌を振りまいた結果、多くの若い男性に誤った望みを与えてしまったことに気づいていなかった。ふたりの男性が同時にヘスターにダンスを申し込み、険悪な雰囲気になっていた。

「そうね、ピーター。彼女を助けてあげて。さもないと、乱闘になりそうだわ」

ピーターがヘスターに近づいていって手を差し伸べると、彼女は見るからにほっとした顔をした。サー・ニコラスもヘスターが困っているのに気づいて駆けつけた。それと同時に別のふたりの男性が求婚者に名乗りをあげた。ほかの男性に比べたら、そのふたりははるかに有力な候補者だった。ヘスターは困ったようにほほえんで求婚者たちの手を取ると、ダンスを申し込んだサー・ニコラスとピーターなどおかまいなしに、求婚者ふたりに導かれていった。

楽士がアルマンドというドイツの四拍子の舞曲を演奏しはじめた。ピーターはサー・ニコラスよりも先に一歩前に踏み出し、いち早くヘスターにダンスを申し込んだ。サー・ニコラスはしかたなくお辞儀をして、うしろに下がった。アドーナは、今夜サー・ニコラスは自分を放《ほう》っておいてくれるだろうと思い、友人のほうに戻りかけた。すると、サー・ニコラスはいきなり彼女の手をつかんで強く握り締めた。彼はダンスを申し込みさえもしなかった。なにも言わずに、アドーナが軽蔑《けいべつ》もあらわに拒絶するのを待った。

きっぱり断って今朝の仕返しをすることもできたが、サー・ニコラスが今夜はまだだれとも踊っていないのを知っていた。彼がほかの女性と踊ることを考えただけで、アドーナは胸を押しつぶされるような思いがした。ダンスの相手として彼ほどすばらしい男性はいない。彼のダンスの申し込みを受ける理由はそのふたつしかなく、受けてはならない理由はほかにいくつもあったが、アドーナは彼とともに前に進み出て、アルマンドのゆったりとした旋律に合わせて踊りだした。そのあいだ、ふたりは一度も目を合わせようとしなかった。

たがいに手を取り合い、目を見つめ合いながら、優雅に体を揺らして踊るアドーナとサー・ニコラスを、踊りの輪に加われなかった男女がうらやましそうに見ていた。曲が速くなった。仮面劇のときと同じように、ふたりはほかのどの男女よりも優雅で、見る者たちの目を奪った。淡い紫色のぼかしの入ったクリーム色の絹のドレスに身を包んだアドーナと、紫色と銀の服を着たサー・ニコラス。まるで、前もって打ち合わせをしてきたかのように衣装もぴったりだった。ふたりは再び自分たちだけのために踊った。音楽がふたりを別の世界にいざない、心と体がかもし出す調和が、早朝のいさかいを忘れさせた。言葉は必要なかった。ふたりの体と手と目は言葉以上に多くを語っていた。ふたりはどちらかが歩み寄るのを待っていた。

「ラボルタ！」叫び声が聞こえ、音楽がイタリア風のしっかりした舞曲に変わった。「紳士のみなさん、外套《がいとう》を脱いで、剣をはずしてください！」

上着姿になった伯爵と女王がダンスの輪の中央に進み出ると、人々は脇に寄って、ふたりのダンスをうっとり眺めた。ふたりは息もぴったりで、親密なリフトも難なくこなした。そのあと、ほかの男女もダンスに加わるように合図が出されたが、ダンスのなかでももっとも複雑で大胆だと言われるこのダンスが踊れる者、あるいは踊るだけの体力が残っている者は限られていた。しかし、サー・ニコラスは剣帯をはずし、短い外套を脇に放ると、ためらうことなくアドーナを中央に導いた。アドーナはダンスの相手として信頼されているのがうれしくて、無我夢中で彼の期待に応えようとした。

サー・ニコラスがアドーナを軽々と宙に上げると、女性は驚きに声をあげ、男性は賞賛と嫉妬《しっと》の入り混じった目で見た。サー・ニコラスが体にぴたりと沿わせるようにしてアドーナを下ろすと、彼女はサー・ニコラスの首にしがみついた。リッチモンドでラボルタを踊っているところを見たことはあったが、実際に踊るのは初めてだった。アドーナは興奮して息を切らしながらも、相手の巧みな先導でひとつひとつの動きを修得していった。アドーナはサー・ニコラスの目を見つめた。彼の手の重みと肩の揺れを感じてさえいればそれでよかった。

ふたりが心の平安を保っていられるのは、ダンスを踊っているときだけだ。それに気づいているのはサー・ニコラスだけではなかった。音楽に合わせて踊っているあいだ、アドーナは従順でかわいらしく、ためらうことなく彼の先導に身を任せた。彼への疑いや敵意など忘れてしまったかのように。でも、もしサー・ニコラスがこんなやり方で誘惑しようと考えているのなら、それは大きな間違いだった。踊りながら求婚する人がどこにいるというのだろう？

アドーナの父親とレスター伯も踊っているふたりの様子に気づいていた。彼らは、音楽が終わり踊り手が仰々しい挨拶を交わすのを並んで立って見ていた。

「サー・トマス」サー・ニコラスがアドーナを連れてこちらに向かってくるのを見ながら、伯爵は言った。「音楽が流れているあいだは、お嬢さんを踊りの相手の手の届くところに置いておけるようですな。ほら、噂のふたりが来た。正式に紹介されるのはこれが初めてなんですよ。この前お嬢さんにお会いしたときには、とても話ができるような状況ではありませんでしたから」

伯爵の話の終わりのほうを聞いて、アドーナはこの前の出会いのことをいやでも思い出させられた。彼女は伯爵に優雅にうやうやしくお辞儀をした。そのあいだ、父親は伯爵の言ったことを思い出してくすくす笑いながら、娘と伯爵の儀礼的な挨拶を聞くとはなしに聞いていた。

「伯爵さま」アドーナはささやくように言った。

女王とこの恐ろしくハンサムな伯爵との長いつき合いに驚かない人はいないだろう。伯爵は姿形が美しいだけではなく、人柄もよく、同時に知性も持ち合わせていた。伯爵は自分が差し出した手を取るアドーナをじっと見つめた。「ミストレス・ピカリング」伯爵は女性をうっとりさせずにはおかない美しい声で言った。「わたしの城へようこそ。弟さんの芝居を楽しみにしていますよ。仮面劇では、あなたとわたしの家臣に大いに楽しませてもらいました。明日の朝、彼とわたしとで女王陛下の前でちょっとしたものを披露することになっているんです。あなたやサー・トマスや、弟さんやいとこのお嬢さんにはいい席をご用意しました。楽しんでいただけると思いますよ」

「ご親切にありがとうございます」

「部屋はどうですか？　快適に過ごされていますか？」

「ええ、申し分ありませんわ」アドーナはほほえんだ。「ほんとうにありがとうございます」

「頼りにしている家臣のためなら造作ないことだ」

伯爵はサー・ニコラスをちらりと見て、またすぐにアドーナに視線を戻したが、その動作はあまりに素早くかった。注意して見ていなければ、見逃していただろう。アドーナの疑いはますますふくらんでいった。

「喜んでいただけてなによりです、サー・トマスにお嬢さん」伯爵は、ふたりにお辞儀をしてからアドーナの手を放した。そして立ち去るとき、サー・ニコラスに耳打ちした。「パロミノをようやく手なずけることができたようだな。よくやった」

サー・ニコラスが答えないうちに、伯爵は彼のそばを離れて、ほかの招待客に挨拶をしに行った。

アドーナはなにも聞かなかったようなふりをして、サー・トマスの腕を取った。

「お父さま、ヘスターがお父さまの助けを必要としているようよ」

「またかね？」

ふたりがヘスターのもとへ向かおうとしたとき、サー・ニコラスがいち早く彼女のもとに向かっていた。サー・ニコラスが近づいてくるのを見てヘスターはうれしそうに顔を輝かせ、彼が差し出した手を取り、いそいそと料理が並べられたテーブルに向かう。アドーナはそれを複雑な思いで眺めた。ヘスターが赤ワインのグラスを受け取ったところまでは見ていた。だが、そのあと打ち上げ花火を見物していて、ふたりのほうは見なかった。それでも、ピーターが何度となくふたりを目で追っているのには気づた。

アドーナの不安をさらにあおったのは、サー・ニコラスの関心をヘスターに向けさせようとする当初の計画にまで狂いが生じたことだった。昨夜のヘスターの顔を見た限りでは、アドーナがなにもしなくても、自分から進んでサー・ニコラスの胸に飛び込んでいきかねない様子だった。それもアドーナには予想外のことだった。サー・ニコラスとダンスを踊ったのはアドーナだが、そのあと彼といっしょに過ごしたのはヘスターだ。

レスター伯が女王とその廷臣の前で乗馬の腕前を披露すると、ヘスターのサー・ニコラスに対する賞賛はさらに深まった。彼女はビショップス・スタンディングでサー・ニコラスとおじがいっしょに練習するのを見ていた。伯爵と同じように、彼女のおじのサミュエルもイタリア人の調教師を呼び寄せて、高度な技術や、複雑な動作を学んだひとりだった。

いていた。

翌朝、メイベルから、ヘスターがアドーナよりも遅く部屋に戻ってきたことを知らされた。送ってきた相手は暗くてよく見えなかったという。

アドーナはサー・ニコラスの態度に戸惑いを覚えずにはいられなかった。アドーナを丁重に扱ったかと思うと、今度は一転してきびしくなり、彼を完全に無視するという計画に迷いが生じていた。わたしを避けようとしてもむだだとサー・ニコラスに警告されたことも、アドーナを迷わせている原因のひとつだった。以前の彼女なら、そんなことを言われればかえってかたくなになっていたかもしれないが、サー・ニコラスにだけは今までのやり方が通用しないように思えた。それに彼のように強引な男性は初めてだった。彼はつぎになにをするかまったく予測がつかない。そのことがアドーナを不安にさせてい曲乗りはイングランド、フランスの両国でかなり流行していた。伯爵のみならず、だれもがこぞって、一五五〇年に出版されたガリソンの指南書を買い求めた。馬の調教の仕方を著したものだ。

馬上槍《やり》試合の会場で人と馬が演技を始めると、ヘスターがすかさずアドーナにささやきかけた。それでも、サー・ニコラスが馬を操る腕前と、昨夜のダンスで彼女を先導した腕前を比較できるのはアドーナ以外にはいなかっただろう。伯爵が楽しんでもらえるはずだと自信たっぷりに言っていたのがこれでわかった。伯爵は曲馬術とダンスに共通したものを見いだしているのだ。曲乗りもダンスも、人と馬、あるいは男女の協調が欠かせない。一方が先導して、もう一方が従うというところも同じだ。人馬が一体となって、回転、爪先《ピルエット》での回転、旋回、方向転換といった技をつぎつぎに披露した。技の名前はヘスターが教えてくれた。

「ルバードよ」サー・ニコラスの馬が地面にしゃがんで、前脚を上げてぴたりと静止すると、ヘスターはささやいた。「これを教えるのに何年もかかるのよ。この足踏みをしているように見えるのは、ピアッフェ」

「どうして馬は前に行かないでいられるの？」

「前に進まないよう、壁に向かって練習させるのよ。サー・ニコラスはこれが得意なの」

馬は全力疾走《ギャロップ》してぴたりと止まると、一回転してみせた。ヘスターによると、これもサー・ニコラスが得意とする技だそうだ。馬は脚を変えて飛びまわった。

「今の彼を見たら、サミュエルおじさまはさぞかし誇りに思うでしょうね」ヘスターはそう言って拍手をした。こんなにうれしそうで生き生きとしたヘスターを見るのは、初めてだった。

塔の部屋で、メイベルは胸元に黒糸の刺繍を施した白いローンのシュミーズを調べていた。「計画がうまくいっていないんですか？」彼女は言った。

アドーナはため息をついて、窓台の腰掛けに置いたシートンの台本をちらりと見た。気をまぎらそうとして、彼が演じることになっているベアトリスのせりふを覚えていたところだった。「今のところね」アドーナは認めた。「ほかの男性と違って、無視する作戦は彼には通用しないみたい。自分が主導権を握っていると思っているのよ」

メイドはベッドの上に積み上げられた服の山をかき分けて、下着と靴下を脇に放った。「まさか、あの娘が」メイベルは胴着《ボディス》を引っ張って、コルセットを締めた。「お嬢さまのボディスを持っていったんじゃないでしょうね。昨日、あの娘がミストレス・ヘスターに手紙を渡すのを見たんです。ミストレス・ヘスターは手紙を読んで、ボディスのなかにこっそりしまわれました。とてもうれしそうなお顔をなさっていましたよ」

「だれからの手紙かしら？」アドーナは内心穏やかではなかった。

「さあ、わかりません。ミストレス・ヘスターには求婚者が大勢おられますから」

「あれだけの財産があれば、無理もないわ」アドーナはそう言ったあとすぐに後悔した。あまりにも意地悪な言葉だ。「それに彼女、近ごろとてもきれいになったでしょう。美しく着飾って、黙って話を聞いてくれる女性に、男性は弱いのよ。でも、いっただれが彼女に手紙をよこしたのかしら？」

「可能性のある人は大勢いますからね」

メイベルは、サー・ニコラスを避ける作戦が思うような効果をあげていないのは、お嬢さまが本気で取り組んでいないからだと言う。アドーナはメイベルの意見をしぶしぶ認めた。彼女に言わせると、どんな女性でも自分を近寄りがたい存在にさせるのは可能なのだという。

「その気になりさえすれば、できないことはありません」

「でもね、ベル。わたしは自分がほんとうはどうしたいのかわからないのよ」

「わかっておいでのはずですよ」メイベルは言って、コルセットの紐《ひも》を引っ張った。「でも、不幸なことに、お嬢さまには自由が許されていない」うなって、コルセットを締め上げる。「あの方に支配され、うっ……そのうえ、同時に、うっ……そうではありませんか？　さあ、できましたよ。息は苦しくないですか？」

「それが彼の望みなのよ」アドーナは怒ったように言った。「わたしを手に入れようとしながら、同時にほかの女性とも楽しもうとしているのね。ここに来てから、いったい何人の女性とベッドをともにしたことやら。きっと数えきれないほどよ」

「ひとりもいないかもしれませんよ。なにか噂をお聞きになったんですか？」

「なにも。でも、彼には女性が群がっているわ」

「蜂《はち》が群がるようにね」メイベルは言って、アドーナの頭の上からペチコートをかぶせた。

「それなら、愚かな羊の群れだわ」

ケニルワースでは朝から晩までさまざまな娯楽が目白押しで、サー・ニコラスを避けるのは不可能なように思えた。だが、メイベルが言っていたようにその気にさえなれば、できないことはないもので、作戦はなんとかうまくいっていた。夜になると、彼の警告の言葉とともに、激しくキスを交わしたときの記憶がいやでもよみがえってきた。仮面劇の夜からの一連の出来事がつぎつぎに脳裏に浮かんだ。アドーナはサー・ニコラスに愛撫《あいぶ》されたときのことを思い出すたびに、それを許した愚かな自分を呪った。

それでも、彼と踊ったときのことを思い出しながら眠りについた。彼が馬の曲乗りをしている場面が何度か夢に現れ、アドーナは混乱した。首を締められているような苦しさを感じて目覚めると、メイベルの腕が首にかかっているのがわかった。

女王の滞在中は、女王を楽しませるためにさまざまな娯楽が用意されていた。湖での舟遊び、弓にテニスに馬上槍試合、野外劇は一大饗宴《きょうえん》になった。祝宴の席を豪華に彩る、伯爵の取っておきの金と銀の食器、ガラス製品、宝石、象牙、ダマスク織りの織物。料理は料理人の一団が腕によりをかけて数週間前から準備をしてきた贅沢なものだった。女王が彼女の部屋の南の窓から凝った作りの華やかな庭園が見えないと言うと、伯爵は人を雇って夜中にこっそり新しい花壇を作り上げてしまった。

女王の一行は狩りをしたり、仮面劇に参加したり、結婚式に参列したりした。気の毒なことに、新郎はサッカーの試合で骨折した脚を引きずっていた。そのほかにも、花火、熊《くま》いじめ、曲芸、格闘技、水遊び、音楽とさまざまな娯楽が提供され、芝居には町民も特別に参加を許された。礼拝堂でも、アドーナは周囲を友人で固めて、サー・ニコラスがそばに近寄れないようにした。それを見て、父親のサー・トマスは娘に苦言を呈した。「馬を降りるときにも、彼が手を貸すのを拒んだではないか」

「ピーターが先に手を貸してくれたからよ」

「湖畔での食事も……」

「雌馬が水を怖がって、湖に近づけなかったのよ、お父さま。鴨を怖がっているんだと思うわ」

「彼は雌馬を厩舎に戻そうと待っていたんだぞ」

「ヘスターの馬と一緒に行かせたの。テニスをする約束をしていたから」

「テニスはレディがするものではない、アドーナ」

「そうね、やってみてすぐにわかったの。男性に打たれっぱなしだったけれど、楽しかったわ」

「彼はおまえとのことを真剣に――」

「お父さま」アドーナは鼻で笑った。「彼のような男性が真剣でいられるのもせいぜい一週間よ。それはお父さまもよくご存じでしょう」

「考え直すなら今のうちだ」立ち去ろうとする娘に向かって、父は言った。「いくらでも暇な時間があるんだろう」父の皮肉をアドーナは笑って聞き流した。

白鳥の塔からの眺めは、女王の部屋からの眺めよりもすばらしいだろうとアドーナは思った。アドーナの部屋からは、八角形の噴水や金めっきを施した鳥の檻まで見晴らせる。色鮮やかなドレスを身にまとった招待客が、薬草の花が咲き乱れる丘を散歩する姿も見られた。夕方ともなれば、隅に造られた東屋《あずまや》の薔薇《ばら》の花のトンネルの下で恋人たちが落ち合い、静かに愛をささやき合った。廷臣のなかには、伯爵の庭園をリッチモンドの宮廷の修道院跡の庭のようにパラダイスと呼ぶ者もいた。アドーナはその夜、かぐわしい香りに引き寄せられるように窓辺に歩み寄り、暖かい空気を吸い込んだ。青灰色の模様を目にするまで、ふたつの庭園に共通点は感じられなかった。

月明かりに照らされた噴水の前に立つ背の高い男性の姿を見て、アドーナは心臓が止まるかと思うほど驚いた。サー・ニコラスはアドーナの立っている窓を見上げていた。サー・ニコラスが今度はほかのだれでもない自分を待っているのがわかった。黒い葉陰越しにふたりの目と目が合う。サー・ニコラスは目で何度も懇願していたが、アドーナは拒んだ。なにが起きるかわからなかったし、また彼に誘惑されそうな気がして怖かったのだ。アドーナは窓辺から離れて、鎧戸を閉めた。だいぶたってから窓の外を見たときには、サー・ニコラスの姿はすでになかった。アドーナが作戦を立て直したのはそのあとだった。

8

朝から小雨が降りつづき、女王の一行は室内で過ごすのを余儀なくされた。女王はこの機会を利用して執務に当たり、残された時間を休息にあてた。アドーナは衣装の整理をする父を手伝うため、父の泊まっている〈ローレルス〉に馬で向かった。衣装が乱雑になって困っている、と父が言っていたのを思い出したのだ。

宿のつづき部屋で、シートンは今夜の初演の舞台を前に、早くも緊張して爪をかんでいた。声はいつにもましてうわずっている。

「ほとんどなにも食べていないんだ」サー・トマスは一度着用されたお仕着せの山をせっせと仕分けし

ながら言った。「これはもう使わない」彼はアドーナにビロードの帽子の山を渡した。「洗濯にまわすから、そこにある籠《かご》のなかに入れておいてくれ。気の毒に、あれほど緊張しているシートンを見るのは初めてだ。芝居を楽しんでいるものとばかり思っていたが」

「わたしが行って、話してくるわ」アドーナは言った。

アドーナはベッドに座って、暗い表情で窓の外を眺めている弟の傍らに腰を下ろした。

「もう一度せりふの稽古《けいこ》をしましょうか？　落ち着いてくるかもしれないわ」

「できないよ」シートンは今にも泣きだしそうな声で言った。「できないんだよ、ドーナ。もう限界だ」

「いったいどうしたの？　あなたならでき――」

「できないよ！　こんな声で女王陛下の前で演じるなんてとても無理だ。ぼくは作家で、役者じゃない。それに女でもないんだ。マスター・バービッジとキスをするなんて、ぼくにはできない」シートンは嫌悪感もあらわに言った。「想像できるかい？　最後にマスター・バービッジとキスをするんだよ」シートンは姉の顔をじっと見つめた。

「本当にキスをする必要はないわ。ただふりをするだけで……」

「そうじゃないんだ」シートンはかすれた声で訴えた。「彼が実際にキスをしないと、説得力が出ないって言うんだ。ぼくにはできない。考えただけで吐き気がしそうだ」

「まあ、かわいそうに」アドーナはささやいた。

「なんとかならないかしらね」ふたりには解決する方法がひとつだけあることがわかっていたが、おたがいに自分からそれを口にする勇気はなかった。あまりに突拍子もない考えだからだ。女性は舞台に立つことを禁じられていた。アドーナが弟の代わりに舞台に立ったことが知れたら、伯爵はもちろんのこと、彼が後援するレスター伯の家臣たちも非難を免れないだろう。おそらく、祝宴局の長官である父もただではすまないはずだ。父は職を追われ、アドーナは人前で演じた女として生涯うしろ指をさされることになる。宮廷で行われる仮面劇で水の精に扮《ふん》するのとはわけが違う。家族も汚名を着て生きることになるだろう。だが、主役の女性を演じるシートンが芝居を台なしにすれば、伯爵も女王に愛想を尽かされるかもしれない。いずれにしても、アドーナが舞台に立つのが許されないことに変わりはなかった。

「だれにもわからないよ」シートンは低い声で言った。「今度だけでいいんだ。姉さんとぼくはそっくりだから、かつらをかぶれば、バービッジだって気づかないさ」

アドーナは立ち上がって、首を横に振った。「うまくいくはずがないわ。わたしはヘスターといっしょにお芝居を見物することになっているの。あなたはひと晩じゅうわたしになりきることができる？　できないでしょう？　やはり、あなたが演じるしかないわ」

「姉さんはせりふを覚えている。ぼくのせりふはみんな頭に入っていると言っていたじゃないか」シートンは悲しそうに言った。

「それとこれとは話が別よ。さあ、元気を出して」

アドーナは部屋を出て扉を閉めると、ため息をついた。弟が姉の助けをいちばん必要としているときに助けてやれないのがつらくてたまらなかった。

「シートンなら大丈夫よ」アドーナは父親に言った。「彼が演じるしかないんですもの」

女王はその日の午後、廷臣をぞろぞろ引き連れてケニルワースの森で狩りをした。廷臣は延々とつづく儀式や、なにもせずにぼんやり立っていることには慣れていた。こういった狩りでは、女性は男性のように鹿《しか》を追ったりしないで、女王とともに木陰の休憩所に陣取り、鹿が目の前を横切ればいつでも弓矢で射れるように構えていた。言うまでもなく、女王はねらった獲物を逃さないので有名だった。

しかし、アドーナやヘスターのように乗馬をこよなく愛する女性は、男性に交じって獲物の追跡に加わった。ふたりは周囲を男性に囲まれていたので、雨で地面が滑りやすくなっていること以外、たいして危険はないように思えた。ところが、全力疾走《ギャロップ》していくらもたたないうちに、アドーナはヘスターがいないのに気づいた。ピーターは馬を止め、森に引き返していった。アドーナはしばらく待ったが、ふたりがいっこうに戻ってくる気配がないので、ピーターのあとを追った。やがてエメラルドグリーンの狩猟用のドレスを着たヘスターが濡《ぬ》れた地面に横たわり、ピーターが彼女の上に心配そうにかがみ込んでいるのが見えた。

「怪我《けが》をしたの？」アドーナは叫んだ。「ピーター、いったいなにがあったの？」彼女は最悪の事態を恐れて、鞍《くら》から飛び降りた。

「わからない。だが、雌馬に怪我はないようだ。馬が丸太を飛び越えるのをいやがって、ヘスターを鞍から振り落としたのかもしれない。かわいそうに」

ピーターは見るからに心配そうな顔をしていた。

「気をつけて、どこか折れているかもしれないわ」

ヘスターは意識もあり、怪我もしていないようだった。それでも、ドレスは泥まみれで、髪は乱れ、顔は苦痛にゆがんでいた。「ああ」彼女はうめいた。

「あなたなの、アドーナ？」

「そうよ。わたしとマスター・ファウラーよ。動かないで。彼が今、馬に乗せてくれるわ」

ピーターは腕力があり、ヘスターもそれほど重くなかったので、アドーナも手を貸して彼女をなんとか馬の鞍に乗せた。そして、彼はヘスターと同乗して城に戻っていった。アドーナも栗毛《くりげ》の馬であとを追った。困ったことになった。父は女王陛下やほかの招待客のそばを離れるべきではなかったと言うだろう。かわいそうなヘスター。乗馬がなによりも得意な彼女が落馬するとは、考えられないことだった。

白鳥の塔に戻ると、エリーが気の毒な女主人に同情してかいがいしく世話をやき、泥まみれのドレスを脱がせてベッドに横たわらせた。だが、アドーナとメイベルが見たところ、ヘスターの体には痣《あざ》ひとつなかった。「頭が」ヘスターはうめくように言った。「頭がひどく痛むの。落馬したときに打ったんだと思うわ」

「とにかく、休んだほうがいいわ」アドーナは言った。「今、エリーに厨房《ちゆうぼう》から温かいミルク酒を持ってこさせるわ。わたしたちもついていてあげるから心配しないで。ピーターが見つけてくれてほんとうによかったわ。あなたが落馬するなんて、珍しいこともあるのね。地面が滑りやすかったの？　それとも、馬が言うことを聞かなかったの？」

「馬が脚を滑らせたんだと思うわ」ヘスターはそう言って、額に手を当てた。

「女王陛下のお医者さまに見ていただいたほうがいいんじゃないかしら。なにかあったら大変ですもの。ひどく痛むんでしょう？」

「い、いいえ……それほどでもないわ。お願いだからそんなに騒ぎ立てないで。少し休めばよくなるから。ほんとうよ。とにかく今はじっとしていたいの。わたしってこういうことに慣れていないでしょう。長旅の疲れもとれないまま、立てつづけにいろいろな行事に参加しなければならなくて、少し疲れが出てきたのかもしれないわ」

「かわいそうなヘスター。今夜のお芝居は見られそうにないわね」

「ええ、とてもお芝居を見る気分にはなれないわ。動きたくないの」ヘスターは枕《まくら》に頭を埋《うず》めて目を閉じ、ため息をついて毛布にくるまった。

エリーにそばに付き添っているよう言いつけてから、アドーナとメイベルは部屋を出た。だが、ヘスターを医者に見せなくてもいいのかどうか迷った。そのうえ、アドーナにはもうひとつ気がかりなことがあった。今夜のシートンの芝居のことだ。芝居は夕食後に上演されることになっている。せめてシートンの扮装だけでも手伝ってやらなければ。今のわたしにできるのは、それくらいのことしかないのだから。

アドーナは父親が彼女を夕食に連れ出そうと迎えに来たとき、ヘスターが落馬したことを話した。しかし、父の反応は以外にさめたものだった。

「心配することはない」サー・トマスは扉の外で言った。「ヘスターは今までに何度も落馬しているはずだ。だが、こんなに心配してもらったのは初めてなんだろう。あれこれ世話をやかれて楽しんでいるのさ。そっとしておけばいい」

「でも、頭が痛いって言っているのよ、お父さま」

「父親と同じなら、もっとひどいことになっている。重傷なら、なんらかの症状が出るはずだ。朝、尿を見るといい。さあ、わたしはもう腹がぺこぺこだ」

「今夜はそばについていてあげたほうがいい?」

「シートンの芝居を見ないでか? そこまでする必要はない」

シートンは夕食の席にも現れず、アドーナは弟を心配するあまり、すっかり食欲がなくなってしまった。彼女は女王が大広間を出るとすぐに席を立ち、楽屋にあてられた小さな部屋に弟を捜しに行った。楽屋には衣装や小道具が散乱し、助手や役者が入り乱れていて、弟を捜し出すのにしばらく時間がかかった。アドーナの不安は的中した。蝋燭《ろうそく》が二本ともされた小さな部屋に、シートンは真っ青な顔をして、両手で頭を抱えてひとりで座っていた。

「まあ、どうしたの？」アドーナは静かに扉を閉めた。「衣装係はどこにいるの？　ひとりついているんじゃなかった？」

「マスター・バービッジの着付けをしている」シートンはささやくように言った。額には汗が吹き出している。「ひとりでできるからと言って追い出したんだ。姉さんが来てくれるかもしれないと思って」

「それなら、早く始めないと。さあ、しっかりして」

シートンは再び吐き気に襲われ、洗面器の上にかがみ込んだ。「ドーナ」彼はうめいた。「助けてくれ！」

アドーナは腹の底から恐怖が込み上げてくるのを感じた。「代役はいないの？」彼女は弟のうなじの汗をぬぐいながらきいた。「ふつう、代役がいるものでしょう？」

「いないんだ」シートンはみじめな声で言った。「だれも」

アドーナは弟が高貴な人々の前で恥をさらすことを考えただけで胸が張り裂けそうになった。弟をそんな目に遭わせるわけにはいかない。それに、今朝とは事情が変わった。わたしが観客席にいなくても、みんなはヘスターに付き添っているのだと思うだろう。「舞台でどう動いたらいいのかわからないわ」アドーナは栗毛のかつらを見て、落ち着いた声で言った。「舞台に立ったことなんて一度もないんですもの」

「大丈夫さ。台本にはト書きがあるし、いつものようにみんなが助けてくれるから」

「わたしたちはとんでもないことをしようとしているのよ」アドーナはきびしい口調で言った。

「頼むよ」シートンはささやいた。

「しかたがないわね。扉に椅子を立てかけて。マスター・バービッジの楽屋はどこなの？」

「隣だ。姉さんが舞台に立っているあいだ、ぼくはここに隠れている。ここにはだれも来ないから」

「そうだといいけれど。さあ、わたしはなにを着ればいいの？　それから、知っておかなければいけないことは？　あなたよりも演技がへただったら、話にならないでしょう」

シートンですら、姉の変貌《へんぼう》ぶりには驚かずにはいられなかった。胸に詰め物をする必要はなかったものの、大きなかつらをつけるのにかなり時間がかかった。短い髪のシートンには考えられなかったことだ。ふたりは顔立ちがよく似ているので、アドーナは頬紅を差し、唇を赤く染め、まつげと眉をすすで黒く塗っただけで、シートンが演じるベアトリスになった。シートンが芝居が行われているあいだ身を隠す衣装を入れる大きな籠を見つけたころには、アドーナは第一幕になにをしたらいいのかほぼ頭に入っていた。そのあとには、第二幕と第三幕が控えている。すぐに呼び出しの声がかかり、アドーナは深呼吸した。

マスター・バービッジは薄暗い通路でアドーナの顔をじっと見た。「大丈夫か？　よく顔を見せてみろ」彼はそばの壁にともされた松明《たいまつ》の下にアドーナを引っ張っていくと、胸のふくらみをじろじろ見た。「ふうむ。今度はちゃんと収まるべきところに収まっているじゃないか。この前のようにあごの下に突き出しているようじゃ困るからな。きいきい声を出すなよ。わかったな？　それから、ちゃんと頭を上げろ。そう、そうだ。さあ、行くぞ」

「はい」アドーナはそう言って、マスター・バービッジのあとについていった。

舞台に立つまで、アドーナは人前で演技をすることがこれほど刺激的だとは思ってもみなかった。こんな経験は生まれて初めてだ。アドーナはシートンのことも、サー・ニコラスのことも、女王のことも、伯爵のことも、父親のことも、観客のことも、主役で、もっとも経験のある役者であるマスター・バービッジのことさえも忘れた。マスター・バービッジはあくまでもベネディクトで、アドーナはベアトリスだった。ほかの人々から切り離され、赤々と燃える松明に照らされた舞台にひとりで立っていると、別の人間に生まれ変わったような気がした。

芝居の筋書きは、アドーナとサー・ニコラスとのあいだに起きたことに驚くほどよく似ていた。ベネディクトに反感を持ち、恐れながらも、彼の魅力にあらがうことができないベアトリスにアドーナは自分自身の姿を重ねた。おたがいに一歩も譲らず、すぐにも壊れそうな関係が危機に瀕《ひん》しているところまでそっくりだ。だからこそ、アドーナの演じるベアトリスは真に迫っていた。それはシートンにはできないことだった。アドーナはそのとき初めて、自分が演じるのが好きなのに気づいた。ひとつひとつのせりふが、アドーナ自身の言葉であるかのように自然に口をついて出る。アドーナに生来の勘が備わっていたのか、演じているうちに自然に身についたのかはわからないが、舞台の上でも自由に動きまわることができた。ほかの役者もみな協力的で、彼女に合わせて動いた。マスター・ジェームズ・バービッジはすばらしい役者だったが、その彼ですら、ベアトリスに今までになかった現実味が加わったことに驚かされていた。観客はベアトリスに魅了され、彼女が登場するたびに拍手喝采《かっさい》し、彼女を励まし、盛り立てた。

アドーナは出番が終わるたびに急いで楽屋に戻ったが、シートンは籠のなかでぐっすり眠っていた。弟の頭の下に枕代わりの上着を敷くと、再びベアトリスに戻って、順調につぎの二幕をこなした。アドーナにはベアトリスの心が手に取るようにわかった。自分を偽り、素直に愛を認められずに苦しむ彼女がまるで自分のことのように思えた。ベアトリスのなにげないせりふにも、アドーナが身振りを交え、表情豊かに演じることによって新たな意味が加わった。ベアトリスがつのる思いを抑えきれず、ついにベネディクトに愛を告白すると、ジェームズ・バービッジはサー・ニコラスが書き換えた箇所を思い入れたっぷりに演じて、観客を大いに感動させた。その場面は庭でサー・ニコラスと読み合わせをした場面だった。シートンが恐れていたキスの場面も、違和感を覚えることなく、芝居の流れで自然に演じることができた。舞台の上ではふたりはあくまでも、ベアトリスであり、ベネディクトだった。マスター・バービッジは明らかになにも疑っておらず、キスも真に迫っていた。シートンが言っていたように、彼は本気だった。

観客は芝居にすっかり魅了され、笑い、泣き、最後には立ち上がって割れんばかりの拍手を送った。役者はなかなか舞台から離れることができず、アドーナは観客の拍手に応《こた》えて舞台に登場するたびに客席を見まわしたが、サー・ニコラスの姿はどこにもなかった。

ようやく舞台を下りると、マスター・バービッジとほかの役者が口々におめでとうと言った。「よくやったぞ」偉大なる役者は言った。「今夜はじつにすばらしかった。さすがにわたしが見込んだだけのことはある。ほんとうによかった。さあ、女王陛下にお目通りになる前にきれいにしてこい」

「ありがとうございます。先に行っていてくれませんか？　ぼくは少し休んでから行きます」

「休む？　ああ、いいとも」マスター・バービッジはアドーナの顔をじっと見たが、彼の目の表情には、疑っている様子はなかった。「だが、必ず来るんだぞ。伯爵もお待ちになっている」

安堵《あんど》と興奮に震えながら、アドーナは通路を走って楽屋の扉を開けると、だれもなかに入ってこないようにぴたりと扉を閉めた。アドーナはそこで見たものに愕然《がくぜん》として、言葉を失った。「ど、どうして、あなたがここに……？」かろうじて聞き取れるような声で言う。

「ベアトリス？」サー・ニコラスは言った。彼はシートンがなかで子供のように眠っている籠の向かい側にある腰掛けに座っていた。彼は立ち上がり、アドーナの手を取って部屋に引き入れた。「彼は具合がよくないみたいだな」そう言って、彼女の視線を追う。

「そうよ」アドーナはぴしゃりと言った。「でも……こうなったのは彼のせいではないわ。それより、どうしてあなたがここにいるの？　なにかかぎつけたのなら、しばらく自分の胸にだけしまっておいてちょうだい。わたしたちはだれにも迷惑をかけていないわ。だれひとり、マスター・バービッジでさえ気づいていないのよ」アドーナは低い声で言ったが、怒りを抑えることができなかった。芝居の興奮がさめやらず、アドーナはいまだにベアトリスのままで、すぐには現実の世界に戻れなかった。「どうして放《ほう》っておいてくれないの？」

アドーナはサー・ニコラスがさっきまで座っていた椅子に腰を下ろした。疲れと恐怖で体が震えている。芝居は成功したものの、恐れていた最悪の事態が起きてしまった。アドーナはサー・ニコラスの優雅ないでたちにちらりと目を走らせた。淡い灰色のビロードに白いサテン、金のスパンコールをちりばめた銀の服、ひだ襟の代わりに、角張ったあごを縁取る最上のレースがあしらわれたシャツの襟。サー・ニコラスはほほえんでこそいなかったが、黒い瞳には賞賛の色が浮かんでいた。アドーナは頬紅を差した頬をさらに赤く染めた。褐色のかつらをつけ、ベアトリスの派手な扮装をしているのが急に奇妙に感じられて、彼の手から手を引き離した。「あなたが今にも外に飛び出していって、みんなにあたしが代役を務めたことを言いふらさないように願うわ。お願いだから、わたしに、あなたをここに閉じ込めるようなまねはさせないで」

サー・ニコラスは広口の杯にエールをついで、アドーナに渡した。「その言葉に込められた意味についてはあとで話し合おう」彼はアドーナがエールを飲むのをじっと見つめた。「それよりも、早く衣装を脱いで、マスター・シートンをしゃんとさせたほうがいいんじゃないのか？　マスター・バービッジといっしょに女王陛下にお目通りすることになっているんだろう？　さあ、きみたちはこれからもうひと芝居打たなければならないんだ。どれから始めたらいいんだ？　そのかつらからか？」

「メイベルの助けがいるわ」アドーナは冷ややかに言った。「あなたの助けが必要なのは、わたしではなくてシートンよ」

「それなら、わたしが彼女を呼んでくる。任せてくれ」

扉の外で、サー・ニコラスは前を通りかかった少年の襟首をつかんだ。「おい！　おまえの名前はなんという？」

少年はおびえたように壁にぴったりと張りついた。まだ子供と言ってもいいくらいの年齢だった。芝居が大好きで、いけないと知りつつ舞台裏まで来てしまったのだ。「ウィルといいます。泥棒じゃありません。ほんとうです。どうか、帰してください」

「芝居を見に来たのか？」

「はい。父といっしょに。とてもすばらしいお芝居でした」

「それなら、大急ぎで白鳥の塔に行って、メイベルという若い女性を呼んできてくれ。サー・ニコラスが呼んでいると言ってな。彼女をここに連れてきてほしい。さあ、早く！」

十分もしないうちにメイベルは楽屋に駆けつけてきた。アドーナの淡い金色の髪をもとの形に結い直して、真珠を編み込んだ。舞台用の化粧を落とすと、アドーナの美しい素顔が現れた。クリーム色の絹のペチコートをはき、胴着《ボディス》を着て小さなレースのひだ襟をつけ、真珠の首飾りとイヤリングを下げ、靴下と上靴をはいた。メイベルはなにひとつ手を抜かなかった。「マスター・シートンは大丈夫ですか？」彼女は小声でささやいた。

アドーナは部屋の隅にちらりと目をやった。サー・ニコラスが弟の額に濡れた布を当てていた。

「大丈夫だと思うわ。でも、まつげにすすをつけないと。あれは落ちにくいから、ついていたほうが自然だと思うの」アドーナは言った。

アドーナの不安はつのった。メイベルに手伝わせることによって、違法行為を知る人間がふたり増えてしまった。

「あなたが使いにやった少年のことだけれど、彼も気づいているかしら？」彼女はサー・ニコラスにきいた。

「いや、その心配はない」

「一座の人なの？」

「いや、ここから歩いて三時間ほどのところにある、ストラトフォード・アポン・エイボンから来た十一歳の少年で、手袋を作っている父親といっしょに来たそうだ。名前はたしか……ウィル……ウィル・シェークスピアと言っていた。二ペニー渡したら、マスター・シートンは大天使ガブリエルだと言っていたよ。なにも心配することはない。さあ、そろそろここを出たほうがいい。用意はいいか？」

「ええ。でも……サー・ニコラス……あなたはどこへ行くの？」

サー・ニコラスはアドーナの肩をつかんで、彼女にだけ聞こえるように言った。「わたしが屋根の上から大声できみたちの秘密をばらすとでも思っているのか？　よく考えてみたまえ」

「わかったわ。それなりの代償を払わなければならないというのね？　知っておくべきだったわ」

「あいにくだが」サー・ニコラスは答えた。「今ここで話し合うようなことではない。その話はあとにしよう。さあ、きみはミストレス・アドーナ・ピカリングで、メイドといっしょに公演の終わった弟の世話をしに来た。きみはもちろん、芝居は見ていないが、わたしから弟の演技は大評判だったと聞いた。当然、きみにはずっとわたしのそばにいてもらう」

「わかったわ」アドーナは言った。「いかにもあなたの考えそうなことだわ」

シートンは青い顔をし、汗をかいて震えていたが、まつげを黒く塗られ、実際に演じた姉よりもよほど芝居を終えて疲れた役者らしく見えた。彼は腹痛と吐き気は治まったものの、完全に回復したとはいえなかった。「いずれよくなるさ」シートンは言った。それから、子供のようにアドーナの首に両腕を巻きつけて、ぎゅっと抱き締めた。「ありがとう、姉さん。姉さんはすばらしかったってサー・ニコラスから聞いたよ。今まで見た芝居のなかでいちばんよかったって」

「きっといっしょに稽古をしたからでしょう」アドーナは言った。「でもね、シートン、あなたのお芝居はこれからよ。舞台で演じたのはあなたということになっているのだから、いいわね」

「わかっているよ。任せて。姉さんは夜を楽しんできてよ」

シートンの肩越しに、アドーナの目とサー・ニコラスの目が合った。彼の目には賞賛の色とともに、読み取りにくくはあったが、おそらく勝利と思われる色が浮かんでいた。

褐色の髪のベアトリスから金髪のアドーナに劇的な変貌を遂げた彼女が弟といっしょに再び人前に姿を現すと、だれひとり、ベアトリスとアドーナを結びつける者はいなかった。シートンの美少年ぶりは観客の期待を裏切らず、彼はたちまち人々に取り囲まれた。そうしているあいだに、楽士が舞踏曲パバーヌの最初の旋律を演奏しはじめ、アドーナとサー・ニコラスは再びダンスを踊ることになった。パバーヌの規則的なステップは集中力を必要としたので、それがかえってアドーナが心の整理するのに役立った。四分の四拍子の旋律に合わせて体を動かしているうちに、旋律が体に染み込み、起きてしまったことはしかたがないと思えるようになった。この先なにが起きようと、もはや自分の手には負えないだろう。

アドーナがサー・ニコラスの目から読み取った感情は正しかった。サー・ニコラスはアドーナが重大な罪を犯した結末に大いに満足していた。アドーナに演技の才能があると見込んでいた自分の目に狂いはなかった。彼がにらんだとおり、シートンの腹痛の原因は、緊張と、旅にはつきものの食あたりだった。不慣れな土地に来ると、何人かは必ずこの病気になるのだ。だが、シートンが食あたりになったことで、サー・ニコラスは思わぬ幸運を手にすることができた。アドーナは、彼が秘密を守ることと引き換えに交渉に応じようとしている。願ってもない結果になった。今夜のことは一生だれにも話すことはないだろう。弟の窮地を救ったアドーナの勇気は賞賛に値する。だが、それを材料にわたしがおどしをかけようとしているとアドーナに思われているのは心外だ。アドーナがそのことを口実にわたしへの態度を軟化させようとしたとしても驚きはしないが。ベアトリスのように、アドーナはプライドの高い女性だ。正当な理由もなく自分から歩み寄るのはプライドが許さないのだろう。わたしは思いがけなく、アドーナに格好の口実を与えたことになる。彼女もこれなら受け入れるだろう。

パバーヌが終わると、つぎの試練がアドーナを待ち受けていた。出会う人ごとに弟の演技を褒められ、その受け答えをするのはひと苦労だった。サー・ニコラスが期待していたとおり、アドーナの対応はじつに見事だった。だが、これ以上は限界だと思うと、サー・ニコラスは彼女の肘を取ってその場から連れ去った。アドーナもほっとしたはずだ、と彼は思った。

しかし、父親を近づけないでおくことはできなかった。

「アドーナ！　ここにいたのか。シートンの芝居が見られなかったとはじつに残念だったな。おまえの言うとおり、彼は見事だった。最後の場面を見せたかったよ。読ませてもらった台本とはいくらか違っていたが、台本も演技もほんとうにすばらしかった」

「シートンはあまり具合がよくないのよ、お父さま」

「ばかなことを！　わが息子はやるべきときにはやるのだ。わたしがこの目で見たのだから間違いない。ヘスターの具合はどうだね？」

アドーナはヘスターがぐっすり眠っていることをメイベルから聞いていたが、サー・トマスはあまり心配しているようには見えなかった。父はすでに別の方向を見ていた。アドーナは再びそっと手を引っ張られた。

「さあ」サー・ニコラスはささやくように言った。

「なにか食べたほうがいい」いつものアドーナなら反発するところだが、今回ばかりは素直に従った。サー・ニコラスは話のできる隅の静かな場所を見つけた。そばでは軽業師の一座が曲芸を披露していた。サー・ニコラスは小さなペストリーと金箔《きんぱく》をかぶせたアーモンド菓子とビスケットを積み上げた皿と、水で薄めたワインを持ってきた。

アドーナはなにも言わずにワインを飲んだ。飲み干す前に、彼女はいちばん気になっていることをたずねずにはいられなかった。「それで？　代償はなんなのかしら？　これがそうなの？」

サー・ニコラスは星の形の金箔をかぶせたビスケットを手に取った。金箔をはがすと、下の茶色い生地が現れた。彼はビスケットをじっと見てから、口に放り込んだ。「これが？」彼は言った。「これが、とはどういう意味だ？」

「わかっているはずよ。黙っている代わりに、あなたにつき合えと言うんでしょう？」

「それがきみの条件なのか？　わたしにつき合ってくれるのか？」

「それではじゅうぶんではないと言うの？」

サー・ニコラスは姿勢を正してアドーナのほうを見ると、またビスケットに手を伸ばした。「お嬢さん、わたしが質問しますので、そのあいだに答えを考えておいていただけませんか？　失礼」彼はアドーナのあごについたビスケットのくずを取って、食べた。「わたしが黙っていることが、きみにとってどれほどの価値があるのか、きみが決めるんだ。もう考えたのかい？」

「もちろん考えたわ、サー・ニコラス！」アドーナはかみつくように言うと、彼が口に運ぼうとしたペストリーを奪い取った。「考えすぎて頭が変になるくらい。これはわたしの家族だけでなく、マスター・バービッジと一座にとっても重要な問題なのよ。

シートンが今夜演じていたとしても、伯爵が窮地に追い込まれていた可能性はあるけれど」

「しいっ！　声を低く」

「でも、あなたがなにがなんでもこれを利用するつもりなら、わたしにはどうすることもできないわ」

「いや、できる」

「どうかしらね。人が一度要求を始めると、どんなふうになるかあなたもよくわかっているでしょう。要求がますます大きくなるだけだわ」

「そうだな。だが、わたしはまだなにも要求していない」

「あなたは慎重ですもの。それでも、あなたのその勝ち誇ったような態度でわかるのよ」

「そうなのか？」

「わたしが、あなたの考えていることをどれほど不快に思っているか、わかっているんでしょうね」

「わたしがなにを考えていると言うんだ？　教えてくれ」

「あなたは数日以内にわたしを自分のものにすると言ったわ。あのときから、こうなるように仕組んでいたのね。そうにちがいないわ」

「わたしがよりによって今夜シートンの具合が悪くなることを知っていたと言うのか？　わたしには予知能力があるのか？　確かに、シートンがきみを説得して、代わりに舞台に立たせるのではないかという予感がしたのは事実だ。だが、たとえわたしでも、こんなふうに仕組むことはできない。きみを自分のものにすることに関しては、今のところうまくいっているが。さっきも言ったように、わたしが黙っていることがどれほどの価値があるのか、きみが決めるんだ」

「あなたはわたしに……」

「つまり」サー・ニコラスは助け船を出した。「そろそろ、わたしたちは恋人同士のようにふるまってもいいんじゃないかと言っているんだ。わたしに優先権を与えてほしい。きみもわたしにもっと心を開いてくれ」

「言い換えれば、あなたが征服した女性の名簿に加われということでしょう？」

「またそれか」サー・ニコラスはため息をついた。「そんな名簿は引き裂いて、新しいのを作ってもいい。きみがどうしてもと言うのなら。もちろん、その名簿に記載されているのはきみだけだ。これで満足してもらえるかな？」

「でも、期限があるんでしょう？　何日？　何週間？　何カ月？」

「決めるのはきみだが、わたし個人としては何十年という長い歳月で考えている」

「冗談でしょう？」アドーナは腰まで届く長い真珠の首飾りを両手に巻きつけた。「この取り引きに応じることが、どれほどわたしの意思に反するかわかっているんでしょうね。こんなことなら、お金を要求されたほうがまだましだったわ」

「ありがたいことに、わたしは金には困っていない。それに、わたしはまだなにも要求していない。わたしは、きみに結婚を申し込ませてくれと頼んでいるだけだ」

「同じことよ」アドーナはサー・ニコラスの発言を否定することもできたが、あえてそうしなかった。

「きみがそう言うなら、そうなんだろう。だが、求婚者としてわたしを受け入れたと思わせておくほうがいいんじゃないのか？　だれがどう見ても、きみはわたしのものなんだから。わたしのレディ、いとしのきみ、なんと呼ばれるのがいいか決めてくれ。今後いっさい、わたしを避けたり、拒んだりするのはやめてもらおう」

サー・ニコラスがそう言うのがもう少し早かったら、アドーナの顔にはきっと深い懸念の色が浮かんでいただろう。

「わたしたちはこんな話をしに来たんじゃないわ。わかるでしょう?」アドーナの声は大広間に響き渡る騒々しい笑い声にかき消された。

サー・ニコラスはアドーナの眉間《みけん》に深く刻まれたしわを伸ばすように人差し指でそっと撫《な》でた。「気楽に考えよう」彼はささやくように言った。「一歩ずつ進んでいけばいい。せかしたりしないと約束するよ」

「あなたは一度そうしたでしょう」アドーナは小さな声で非難するように言った。

サー・ニコラスはアドーナの表情の細やかな動きまで見て取れるほどそばにいた。アドーナの演技の才能はすでに証明ずみだが、今は台本もないし、化粧もしておらず、彼女を助けてくれる道具もなかった。アドーナの目には不安の色がありありと浮かんでいた。彼女はあとずさり、すでに暗闇《くらやみ》と闘っていた。暗闇と闘っているというのは、彼女が置かれている今の状況を見事に言い当てた比喩《ひゆ》だ、とサー・ニコラスは思った。

「確かに。一度そうしたことがあった。あのときはどうしても自分を抑えることができなかったんだ。それでも、きみを傷つけてはいないはずだ」彼は言った。

サー・ニコラスはアドーナの目に怒りの炎が燃え上がるのを見た。

「もう一度最初からやり直したほうがいいかもしれないな」アドーナが目を閉じてしまったので、彼の言葉をどう受け止めたのかわからなかった。柔らかそうなアドーナの唇がサー・ニコラスが必要としている唯一の答えだった。アドーナの唇に唇を重ねると、彼女がはっと息をのむのがわかった。アドーナがベアトリスのように胸の内に葛藤《かっとう》を抱えていると思うと、彼の心は痛まないわけではなかった。彼女は、わたしに欲望を抱きながらも、それをがんとして認めようとしない。それでいてそんな自分に激しい怒りを感じている。彼はアドーナのためには、彼女に選択の余地がないように仕向けたほうがいいのではないかと思っていた。いっぽうアドーナには、ききたくてもどうしてもきけない質問があった。

〝いったいわたしたちはいつまで演技をしていなければならないの？〟

キスが終わると、アドーナは目を開け、そわそわと体を動かした。「人が見ているわ」彼女はささやいた。

「恋人同士のあいだでは許されている」

「お父さまに見られたらどうするの！」アドーナはサー・ニコラスの胸に両手を押し当てた。

「サー・トマスはわたしを好意的に思ってくれている」

「どうしてわかるの？」

「きみのお父上がわたしにそう言った」

アドーナは唇を固く結んだ。「そんなことじゃないかと思ったわ。でも、ヘスターはどうなるの？」

「彼女もわたしに好意を持っていてくれる」

アドーナは美しい弧を描いた眉をひそめた。「わたしはそういう意味で言ったんじゃないわ」

「それなら、どういう意味で言ったんだ？」

「わかっているくせに……」

「いや、わからない。ヘスターとわたしは昔からの友だちというだけだ」

「ヘスターのほうはそうは思っていないわ」

ふたりはさらなる情報を求めて、わずかしか離れていないおたがいの目を探るように見つめた。やがて、サー・ニコラスが眉をひそめてたずねた。「それなら、ヘスターがどう思っていると言うんだ？」

アドーナはサー・ニコラスの耳越しに黒い人影を見た。ちらちらとふたりのほうを見ている人の顔が見えた。「ヘスターはあなたのことが大好きなのよ。あなたのことばかり話しているわ」

サー・ニコラスの口調におどけた調子が戻ってきた。「ヘスターがそんなにおしゃべりだとは知らなかったな。それなら、彼女は古い名簿とともに処分するとしよう。これでどうかな？」アドーナが返事をしないと、サー・ニコラスはそっと体を離して立ち上がり、彼女の両手を取って立ち上がらせた。

「さあ」彼は言った。「女王陛下が退出なさりしだい、きみを送っていく。それから、よく聞いてくれ」サー・ニコラスは人目もはばからずにアドーナを腕に引き寄せた。「お父上に、きみの弟を城のわたしの部屋に泊まらせるように言おう。わたしの従者に彼の世話をさせる。つぎの公演に向けて休息と準備が必要だ。もう台本は読んだのか？」

「ええ、写しをもらったの。もう目を通してあるわ」

「よし。そのときまでに彼が回復することを願おう」

つぎの公演は三日後に予定されていたが、サー・ニコラスはそれまでにシートンの問題が解決されるとは思っていなかった。むしろ、その逆だ。サー・トマス・ピカリングは問題が存在することにさえ気づいていないだろう。シートンは公演までによくなると思い込んでいるはずだ。シートンが舞台に立って大失態を演じるようなことになれば、前回のような好演を期待して見に来た観客は大いに失望するだろう。前回の演技とのあまりの落差に疑問が生じ、真相を問いただされれば、シートンは不正を認めざるをえなくなる。アドーナにつぎの公演の準備をさせ、シートンをそれまでのあいだできるだけ人目に触れさせないようにする必要がある。公演は中止することもできるが、伯爵は女王が失望されるのをなによりも恐れている。

「サー・ニコラス」アドーナは彼の胸をそっと押した。「人が見ているわ。わたしはこういうところを見られるのに慣れていないの」

サー・ニコラスはまったく動じなかった。「そのうち慣れるさ」

三十分後、アドーナはサー・ニコラスの新しい恋人と見られるのがどういうことなのかわかったような気がした。結婚は精神的な束縛にほかならないというのがアドーナの考えだった。もう少し年をとり、従順になって、子供が欲しいと思えるようになるまで、結婚はできるだけ先に延ばしたかった。実際、結婚はずっと先のことだと思っている。夏の夜の寒さに反抗心が頭をもたげ、アドーナはほんの一時間前に自分で決めたことに強い反発を覚えた。「あなたが裏で手をまわして、わたしたちが白鳥の塔に泊まれるようにしたのね？」アドーナはあえぎながら言い、サー・ニコラスが彼女を壁に押しつけようとすると、その手を振りほどこうとした。「だからあなたは……放して！」

「きみを見ても驚かなかったと言うんだろう？　確かに、きみがケニルワースに招待されるよう仕向けたのはこのわたしだ。わたしには伯爵という強い味方がついている。それを利用しない手はないだろう？　きみは必ず来ると信じていた」サー・ニコラスはアドーナの手を容赦ない力で握り締めた。「ここは居心地がいいはずだ」

「こんなことなら来なければよかったわ。そもそもここに来たのが間違いだったのよ」

「きみはわたしと離れていることができなかった。そうじゃないのか？　来ればなにが起きるかもわかっていた」

「いいえ――」

サー・ニコラスの唇がアドーナの声を封じた。彼の体はアドーナのあらゆる動きに素早く反応した。彼女が服従した瞬間を感じ取った。そして、自分の勝利を強調するように、長いキスをした。

その夜、ふたりはそれ以上言葉を交わすことはなかった。アドーナは一週間分の出来事をひと晩で体験したかのようにぐったりしていた。サー・ニコラスは違った方法で目的を遂げた。彼はアドーナを部屋の前まで送っていくと、メイベルに預けた。

「今日は大変な一日だったから」彼はメイドに言った。「すぐにやすませなさい」

メイベルは新たな展開があったことにすぐに気づいた。サー・トマス以外、今日は大変な一日だったから、早くやすませなさいなんて言う人はいない。

「わかりました」メイベルは、アドーナが珍しくなにも反論しようとしないのに驚きながら言った。

アドーナは自分が取り返しのつかないことをしてしまったのに気づいた。恋人同士のようにふるまってもいいじゃないか、という彼の言葉をあっさり受け入れてしまったように見えるかもしれない。だが、それまでに彼女は大いに悩んだのだ。メイベルには女主人の気持ちが痛いほどわかった。なにも言わずに、泣きじゃくるアドーナを抱き締め、眠りにつくまで体を揺すりつづけた。打ちひしがれた女主人を放っておくわけにはいかなかった。

朝になると、破滅の予感とともに、反抗心がよみがえってきた。「ピーターになんて言えばいいのかしら?」アドーナはメイベルに柔らかい子山羊《こやぎ》革の上靴をはかせてもらいながら言った。「頭がおかしくなったんだと思われてしまうわ。サー・ニコラスを避けるため、彼にはあれほど協力してもらったのに」

「マスター・ファウラーはまたいつものことかとお思いになるだけですよ」メイベルはそう言って、青い絹のスカートのしわを伸ばした。「あの方に申し訳ないと思うことはありません。わたしがお嬢さまなら、同情はしませんね。同情するだけむだというものです。それに、あの方はつぎの視察地に向かわなければならないんじゃありませんか？」

「スタッフォードシャーね。でも、ヘスターのことはどうすればいいの？　彼女、きっと気を悪くするわ。期待していたんですもの」

「サー・ニコラスに一日二日放っておかれたら、ミストレス・ヘスターもあきらめるんじゃないでしょうか。もっとも一日二日ではすまないかもしれませんけれど」メイベルは正直に言い足した。

「彼にまた、もとの悪い癖が出ない限りね」

メイドは女主人の言葉に込められた皮肉にすぐに気づいた。ここははっきり忠告すべきだろう。「よろしいですか」メイベルはそう言って、アドーナの向かい側にある衣装箱の上に腰を下ろした。「物事は動いているんです。お嬢さまだってそう。お嬢さまがおっしゃっているように、サー・ニコラスがサー・トマスの承認を得ておいでなら、ご自分の行動には慎重になるはずです。ちょっと考えてみてください。サー・ニコラスは昨夜のお芝居のあと、なにかと助けてくださったではありませんか。マスター・シートンのお世話もしてくださるんでしょう。ふつうの方にできることではありませんよ。まあ、それはともかく、あの方がお嬢さまに飽きられるころには、お嬢さまのほうでも愛想を尽かしているかもしれませんよ。そうなれば、おふたりとももとのように自由におやりになればいいんですよ」

メイベルの皮肉はアドーナの胸に突き刺さった。

「すべての問題はね、ベル」アドーナは叱《しか》るように言った。「彼がいずれわたしに飽きて、ほかの女性を好きになるだろうということなの。だから、彼とはいっさいかかわりたくないの。彼の昔の恋人のひとりに数えられるのなんて絶対にいや。わたしはほんとうは……」アドーナは両手で顔を覆った。

「ほんとうはなんですか？　あの方が愛した最後の女性になりたいんですね？」

「あなたのことだから、もうとっくに気づいているんだろうと思っていたわ」アドーナはかすれた声で言った。

〝もちろん、気づいていましたとも〟メイベルは心のなかでつぶやいた。〝気づかないはずがないじゃありませんか〟

その朝遅く、アドーナはシートンがサー・ニコラスの部屋に移ることを父親がすでに同意しているのを知った。父はサー・ニコラスがピカリング家にかかわることを歓迎しているようだ。でも、彼女の心変わりにピーターがどんな反応を示したかを父親から聞かされても、アドーナはそのことにはいっさい触れなかった。「いちばんいい骨をなくした犬みたいな顔しておったぞ」父は笑った。「彼がうなっているのを見なかったか？」

「いいえ、見なかったわ、お父さま」

「驚くにはあたらない。おまえは彼と婚約してもおかしくなかったのだからな。それはともかく、おまえとサー・ニコラスが仲よくしているのを見るのはじつにいいものだ。彼になら安心しておまえを預けられる」

マスター・ピーター・ファウラーがアドーナやシートンのこととはまったくかかわりのない問題でサー・トマスのもとを訪れたのは、それからほどなくしてのことだった。彼の心配はヘスターのことだった。「彼女はだいぶ具合が悪いようです」彼はサー・トマスと並んで堀にかかる橋を渡りながら言った。「もともとあまり丈夫ではないようですし、なんでしたら、わたしがお供して、リッチモンドまでお連れしてもいいですよ」

「その必要はない！」サー・トマスはいつものように同情のかけらも見せずに言った。「ピカリング家の人間はそんなにひ弱ではない。一日休めばすっかりよくなるさ」

「ですが、白鳥の塔は狭いようですし――」

「リッチモンドに戻っても、死ぬほど退屈するだけだ。あの女相続人は、ここでは若い男性のあいだで評判になっているそうじゃないか。すぐによくなる。そっとしておけばよい」

ピーターはピカリング家の人間がいかに頑固か身を持って知っていたので、それ以上言い張るのはやめた。そんなに具合が悪ければ、旅などできないだろうと言われるのが落ちだ。

その日、女王陛下のために馬上槍《やり》試合が行われた。サー・ニコラスはぴかぴかの鎧《よろい》で身を固め、兜《かぶと》には駝鳥《だちょう》の羽を染めた大きな羽根飾りがついていた。馬の頭にも同じ羽根飾りがついている。馬飾りには盾と同様、サー・ニコラスの一族の紋章が縫い取られていた。二の腕には、アドーナが靴下留めからはずしたクリーム色のサテンのリボンが結ばれていた。それを腕に結ぶのは、ふたりのつき合いが新たな段階に入ったことを世間に知らしめるようなものだった。高級な絹の垂れ幕で飾られた観覧席に座った観客は拍手喝采した。サー・ニコラスは数々の馬上槍試合で名をはせた勇者だったが、アドーナはひそかに彼の無事を祈らずにはいられなかった。槍の穂先を平らにしてあるとはいえ、槍が命中したときの衝撃は相当なものなのだ。その日の午後も、重い鎧兜を身につけ、全速力で走る馬から振り落とされて怪我をした騎士が大勢いた。

アドーナはそばに座った友人には、サー・ニコラスの身を案じているような素振りは見せないようにした。そして、彼がアドーナを獲得したことをこれ以上誇示しないことを願った。だが、彼女の願いもむなしく、サー・ニコラスは彼女に天幕に来るようにとわざわざ使者をよこした。何人かの若い男性が招待を受けるようにしきりに勧め、彼女は断りきれなくなった。若い女性たちはくすくす笑い、アドーナがこれまでさんざん男性の心をもてあそんできたことをからかった。彼女たちはアドーナに嫉妬《しっと》し、彼女が名うての騎士に手ひどいしっぺ返しを受けるのを願っていたのだ。

アドーナはサー・ニコラスの従者に青と白の市松模様の天幕に案内された。若い従者は、由緒正しい家柄の出身で、礼儀正しく、このような使いを何度もさせられたのではないかと思わせるような素振りはみじんも見せなかった。彼はアドーナのために天幕の覆いを開け、お辞儀をして去っていった。薄暗い天幕に、アドーナとサー・ニコラスはふたりきりになった。

アドーナが入っていったとき、サー・ニコラスは着替えの最中で、白い麻のシャツをズボンにたくし込んでいるところだった。風呂に入ったあと体をふく時間がなかったのか、シャツが肌に張りつき、大きくV字に開いた襟元から黒い胸毛がのぞいていた。彼の額には濡れた巻き毛がかかり、頬には兜に打撃を受けたときの衝撃でできたと思われる赤い痣があった。ふたりの弟と父親がいるので、男性の体は見慣れているはずだったが、こんなふうに着替えている姿を目の当たりにして、アドーナは動揺し、あわてて外に出ようとした。

サー・ニコラスは素早くアドーナに近づき、彼女の手をつかんで天幕のなかに引き戻した。驚いた子馬をなだめるような優しい口調で言う。「どうどう……」彼は笑った。「しいっ！　わたしは服を着ようとしているんだ。脱ごうとしているんじゃない。

さあ、ここに座って」彼はアドーナの手を強くつかんで、衣装箱のところに連れていった。そしてふたを閉めてその上に彼女を座らせ、逃げ出さないように出口をふさいだ。

アドーナは怒りに頬を紅潮させた。「こんなことをする必要はないわ、サー・ニコラス」彼のほうを見ないようにしながら言う。「男性の体は見慣れているもの」

サー・ニコラスはアドーナの前にしゃがんで、膝で彼女のたっぷりしたスカートをはさむようにした。「それなら、なぜ急に逃げ出そうとしたんだ？」ささやくように言い、人差し指でアドーナの頬に触れた。その指がそっと下に下りて首筋をなぞると、アドーナは吐息をもらすように、つめていた息をゆっくりと吐き出した。もはや彼の質問に答えることはできなかった。彼の指がアドーナのあらゆる感覚を刺激する。サー・ニコラスはアドーナの目をじっと見つめながら、胸のふくらみに向かってさらに指を動かし、固いボディスの端からのぞく柔らかいふくらみをゆっくり愛撫《あいぶ》した。アドーナはこの前自分たちがこうなったときのことを思い出した。彼もそのことに気づいているのは、目を見ればわかった。愛撫はなおもつづいた。「それで、アドーナ？」サー・ニコラスは言った。「わたしの勝利を祈っていてくれたのかな？　わたしはきみの賞賛に値するだけの働きをしただろうか？」

「ええ」アドーナはささやくように言った。「ふたつとも答えはイエスよ」

「それで、ご褒美はいただけるのか？」

「これが……これがご褒美なんじゃないの？」アドーナははっと息をのんで、サー・ニコラスの手首をつかもうとした。

サー・ニコラスは手首を返して、逆にアドーナの手首をつかんだ。「いや、これはきみへのご褒美だ」

「それなら……？」

「これだ」サー・ニコラスは言った。アドーナの手を自分の首筋に持っていく。「さあ」彼はささやいた。

アドーナはサー・ニコラスが彼女に与えたような喜びを彼に与えることができるのかどうか自信がなかった。ためらいがちに彼の首筋に当てた手を動かす。ごわごわしているように見えた胸を覆う毛は意外に柔らかかった。濡れたシャツのなかに手を滑らせ、脈打つ温かい素肌に触れると、今までに経験したことのないような興奮に体が震えるのを感じた。彼の体は女性のそれとはまるで違い、皮膚の下の筋肉は鋼のように固く引き締まっていた。

アドーナは意思に反して自分が楽しんでいるのに気づき、手を上に上げ、痛々しい痣のできた頬に触れた。アドーナはサー・ニコラスの目に賞賛の色が浮かんでいるのに気づいた。彼は癪《しやく》に障るほど落ち着いていた。アドーナはぱっと手を離した。「落ち着いているのね、サー・ニコラス」彼女はそう言って、顔をそむけた。「あなたは取り乱すことがないみたい」

サー・ニコラスはアドーナのあごの下に手を当てて、自分のほうを向かせた。

「きみはこういうことには慣れていないかもしれないが、いずれ慣れるさ。少しずつでいいから、わたしに心を開いてくれればいい」彼は立ち上がって、アドーナを立たせた。「これからが始まりだ」アドーナはできることなら、サー・ニコラスが間違っていることを証明したかったが、彼はすでにアドーナの心を読んでいるように思えた。「わたしといっしょに来るんだ」さっき腕をつかまれたときと同じようにいきなり唇を奪われて、アドーナの目に熱い涙が込み上げてきた。サー・ニコラスに仕返ししたくても、彼を傷つける言葉すら見つからなかった。

ふたりはいっしょに試合場をあとにした。サー・ニコラスの腰に腕をまわして馬に相乗りしているアドーナを見て、彼女がサー・ニコラスを避けようとしていたのを知っている人々は、ほら、見てごらんなさいと言わんばかりの顔をした。アドーナはこの先も、こうして戦利品のように見せびらかされるのではないかというういやな予感がした。でもそれがわかっていたところで、どうにもならなかっただろう。サー・ニコラスは逆らってもむだだと言わんばかりに、手綱を握る手に力を込めた。

アドーナの父親は、ピーターは彼女の心変わりを知っていちばんいい骨をなくした犬みたいな顔をしていたと言っていた。だが、ピーターが思っていたよりも落ち着いているのに気づいてほっとした。

「こんなことになるんじゃないかと思っていたよ」ピーターは言った。「ぼくたちはまだ友だちでいられるだろう?」

「もちろんよ。わたしもこんな形であなたとの友情を失いたくないわ。彼とはそんなに長くはつづかないと思うの。数週間、長くても、せいぜい数カ月がいいところね。いずれわかるわ」

「それはきみのことを言っているのかい、それとも、彼のこと?」ピーターは答えを期待せずに言ったが、案の定アドーナから答えは返ってこなかった。

アドーナのさらなる悩みのたねはシートンだった。シートンの舞台恐怖症はよくなるどころか、レスター伯の家臣たちとの関係を断ち切りかねないほど悪化していた。マスター・バービッジはシートンが女王陛下の前であまりにすばらしい演技をしたので、代役を立てることすら考えていなかった。シートンは今のところは疲労と腹痛で稽古にも出られない状況だったが、つぎの公演の日までにはよくなるだろう。マスター・バービッジはそう信じているように思えた。彼とサー・ニコラスはシートンには静かな環境が必要だということで意見が一致したものの、稽古ができないというのは問題だった。

「この前はよく稽古してきたようだったが」マスター・バービッジは意味ありげにサー・ニコラスに言った。「じつにすばらしかった。しかしながら、どう演じるつもりか前もって教えてくれるとこちらも助かる。わたしの言いたいことはおわかりでしょう？」彼は整えられたあごひげを撫でながら、自分より年下の男がなんらかの解決策を思いつくのを待った。

「そういうことでしたら、マスター・バービッジ、わたしの部屋であなたとシートンのふたりだけで稽古するというのはどうでしょう？　そうすれば、シートンをあまり疲れさせずに、演出についても話し合うことができますよ」

「それはすばらしい考えだ。それで、ミストレス・アドーナは……？　彼女もその……稽古に参加したいのではないのかね？　弟の助手として」

「彼女が必ず稽古に顔を出すように取り計らいましょう、マスター・バービッジ」

「そうしていただけると、じつにありがたい。これでほっとしました」

サー・ニコラスはその日の夜に行われた仮面劇の席でそのことをアドーナに伝えた。それを聞いてアドーナは、ベネディクトに扮したマスター・バービッジがとても芝居とは思えないキスをした理由がわかったような気がした。

ヘスターの体調が回復したのは喜ぶべきことではあった。それでもアドーナは、彼女の回復の早さと、部屋に入っていったときにヘスターがあわてて枕の下に手紙を隠したことと、なんらかのかかわりがあるのではないかと疑った。手紙の送り主はヘスターの様子をしきりにたずねてくる求婚者のひとりと考えられなくもないが、もしそうなら、こそこそしないで手紙を見せてくれてもおかしくない。だが、ヘスターがまだ完全に回復していないので仮面劇への参加は取りやめる、と言ったときには正直ほっとした。サー・ニコラスの新しい恋人と見られていることをヘスターに知れるのは、できるだけ先に延ばしたかった。それを知ったら、ヘスターの頭痛はぶり返すだろう。

9

アドーナは稽古《けいこ》の初日から、これがほかのだれでもない自分のために行われているのだということに気づいた。見学者として招かれたのは口実にすぎない。三人の男性はいっさいそのことには触れようとしなかった。マスター・バービッジはアドーナの意見を求めるときには必ずシートンを通したし、アドーナもそうするのがシートンのためであるかのように遠慮がちに意見を述べた。自分たちがとんでもないことをしているのはじゅうぶんにわかっていた。だからこそ、こうして人目を避けてこっそり稽古をしているのだ。だが、シートンが劇作家として失いかけていた自信を取り戻し、マスター・バービッジの演技に安定感が戻ったのは確かだった。

　それでも、はたして稽古でなにを得ることができたのかときかれれば、アドーナはわからないとしか答えようがなかった。ケニルワースに来てから、アドーナの力のおよばないところで物事が動いているように思えたが、これはまさにそのことを象徴していた。それに、アドーナのサー・ニコラスへの思いは今や抑えられないまでに高まり、彼がほかの女性と話をしているのを見ただけで、激しい嫉妬《しっと》を覚えた。

　アドーナは数々の男性と戯れの恋に興じてきた経験から、自分に限って、わけもなく不安になったり、嫉妬に駆られてみっともないまねをしたりはしないと思っていた。ところが、それが大きな間違いだということに気づいた。アドーナの恋はどれも遊びにすぎず、相手も経験の浅い若者か、再婚相手を探している寡夫に限られていた。サー・ニコラスのように強引で、彼女を甘やかすことのない男性は初めてだった。アドーナは、自分の心にこれほど激しい嫉妬の炎がくすぶっているとは思いもしなかった。

「どうしてこんなことをするの？」稽古のあと、厩舎《きゅうしゃ》のなかを歩いているとき、アドーナはサー・ニコラスにたずねた。「一度だけでも許されないことなのに、またやるなんてどうかしているわ。わたしがシートンの代わりに舞台に立ったことが知れたら、どうするの？　わたしの評判が地に落ちるだろうとは考えてもみなかった？　シートンだってそうよ。ほかの人たちだってただではすまされないわ。あなた以外の人はみんなね」

　ふたりはパロミノの馬房に入って、雌馬のぬくもりが感じられるほどそばに立ち、サー・ニコラスは絹のようになめらかな馬の背に腕をまわした。「もちろん、そのことは考えた」彼はそう言って、アドーナの手を取った。こういうときには、サー・ニコ

彼女は目に涙を浮かべて、胴着《ボディス》の胸元を手で押さえた。「わたしが？」彼女は言った。「これが恋なの？恋はこんなに苦しいものなの？」

「彼にはなにも話していないんだろう？」シートンの声は低く男らしく聞こえた。

アドーナは首を横に振った。「彼は……彼は自信満々なの。わたしもいずれは自分ものになる、だれも彼の魅力にはあらがえないと思い込んでいるのよ。わたしは、一生愛してくれる人が現れるまで、だれのものにもなるつもりはないわ。しばらく楽しんで、飽きたら、すぐに捨てられるなんていやよ」

「それなら、姉さんが十四歳のときからしてきたことは、いったいなんなんだい？」

「あれは違うわ。あなただってわかっているでしょう。あれは……あれは恋ではないわ。半分遊びみたいなものよ」

「彼はすぐに女性と深い関係になるというのか？」

「ええ、そうよ」

「それでも、心のなかでは彼に屈してもいいと思っているんじゃないのか？」

「わたしが？」そのあと、アドーナは喉まで出かかった言葉をのみ込んだ。そもそもわたしがこんなことになったのは、あなたを助けようとしたためなのよ。わたしはあなたのためにこうしているのに。でも、ほんとうにそうかしら？「そうね、あなたの言うとおりかもしれないわ」アドーナはようやく認めた。

その日、アドーナがサー・ニコラスに屈したことを噂《うわさ》していたのはシートンだけではなかった。女王が、以前から関心を寄せていたアドーナの雌馬パロミノに乗って乗馬を楽しんでいるときのことだった。アドーナが女王陛下のアイルランド産の葦毛《あしげ》の馬の傍らに立っていると、馬の陰になってアドーナが見えなかったのか、ふたりの廷臣が噂話を始めた。

「パロミノはほんとうにあの男の手に落ちたようだな」ひとりが言った。

「確かに。相当てこずったようだが」もうひとりの男が言う。

「調教がいつまでつづくか賭《かけ》をしよう。数週間か、それとも数カ月か?」

そのあと、ふたりの馬は向きを変え、アドーナの耳に〝雌馬〟という言葉が残った。アドーナはかっとなり、ふたりの廷臣に見えるよう、女王陛下の葦毛の馬を引いてサー・ニコラスのほうに歩いていった。「サー・ニコラス!」アドーナは大きな声で言った。「わたしたちは賭の対象になっているわ」

馬上のサー・ニコラスはアドーナのほうにやってくるとほほえんで、彼女の手から手綱を取った。

「ほんとうなのか? どういうことなのか話してくれ」

「わたしがあなたを調教するのにどれくらいかかるか知りたいと思っている人がここにいるの。数週間か、それとも何カ月かですって。あなたは雄の子馬のようにしつけにくいの?」

サー・ニコラスはすぐに事情を察し、ばつが悪そうな顔をしているふたりの廷臣に聞こえるような大きな声で答えた。「いや」彼は笑った。「一週間もかからないだろう。一時間もしないうちに、きみの手から餌《えさ》を食べているさ。さあ、乗って」彼は身を乗り出して、アドーナに手を差し伸べた。これでふたりのことをとやかく噂する人間もいなくなるだろう。

アドーナはサー・ニコラスの足の上に足を乗せ、彼の肘をつかんで鞍《くら》に飛び乗ると、腰に腕をまわした。サー・ニコラスが噂好きな廷臣をやり込めてくれたのがうれしかった。アドーナは馬に乗っているあいだずっと、彼の体にしがみついていた。さっきの噂好きなふたりの廷臣の予測を混乱させるためでもあったが、なによりもそうしているのが心地よかった。

いっぽうサー・ニコラスは、こういう結果になるなら、アドーナが人に噂されているのを聞くのも悪くないなと思った。わざと人目につくように、厩舎でキスをしてもいいかもしれない。だが、アドーナが廷臣の冗談に傷つき、怒りを感じているのも確かだ。彼女が窮地を脱する方法を見つけ出すまでに、いったいどんなことになるやら……。


公演の当日、アドーナはシートンに懇願されるまでもなく、黙々と準備を進めた。マスター・バービッジも相手役を演じるのがシートンではないのを知っているような素振りはまったく見せなかった。一座はいつものように準備に取りかかり、シートンは彼の扮装《ふんそう》を手伝ってもらうという理由で姉とそのメイドを伴って楽屋に入った。そのあいだ、サー・ニコラスは扉の外に立って厳重な警戒に当たりながら、着替えが大変なので、ミストレス・アドーナは楽屋に残って弟の手伝いをするという話を広めた。

アドーナは同じ日、自分の運命を少しでも掌握しようと、父親のサー・トマスに明日、リッチモンドに戻るとき、いっしょに連れていってほしいと頼んだ。父と弟は夜明けに宿を発《た》つことになっていた。宿で落ち合いましょう。早くシーンハウスに帰りたいの。アドーナは父にそう言った。なかば予想していたとおり、父はそれを許さず、女王の一行とともにスタッフォードシャーに行くようにと命じた。サー・ニコラスがおまえとヘスターの面倒を見てくれるだろう。おまえとサー・ニコラスがうまくいっているようでうれしい、と父は言った。これで母上にもいい知らせができるだろう。お父さまはなにもわかっていないのだから、とアドーナはひそかに思った。

苦労したかいがあって、公演は大成功を収めた。

アドーナは本物の妖精かと思うほど可憐《かれん》で美しく、前回に劣らぬ見事な演技で観客を魅了した。楽屋では、アドーナとシートンの秘密がもれないように、サー・ニコラスが扉の前に立ちはだかり、アドーナの扮装を最後に確認するためにマスター・バービッジだけが入室を許された。そのあと、サー・ニコラスは観客に交じって芝居を楽しんだ。幕が下りたあと、彼女の背中を叩《たた》いたのはマスター・バービッジだった。「よくやったぞ、マスター・シートン。きみのおかげで、またまた大成功だ！」一座の者に聞こえるように言った。「彼を楽屋でゆっくり休ませてやろうじゃないか。さあ、行きなさい、マスター・シートン」

舞台係が彼の腕をつかんだ。「マスター・バービッジ！　女王陛下が出演者にお会いしたいそうです。すぐに舞台にお戻りください」

アドーナは恐怖で腕に鳥肌が立った。「だめです、マスター・バービッジ」彼女は言った。「おわかりでしょう。わたしにはとても……できません！」

マスター・バービッジはアドーナを舞台の脇《わき》に連れていった。妖精の王の化粧を施し、背中に羽根をつけた彼の姿は間近で見るといかにも不気味だった。「きみにならできる、マスター・シートン」彼はささやいた。「わたしでさえだまされたんだ。舞台と同じだと思えばいい。ただし、声を低くするのだけは忘れないように」彼は言い足した。

「声を低くする？」

「そうだ。マスター・シートンは先週声変わりした。気づいていなかったのか？」

弟の声がソプラノからバリトンに変化したことに、アドーナはまったく気づいていなかった。はたしてわたしにできるだろうか？　アドーナは頭がくらくらしてきた。

女王は染めた鳥の羽根でできた扇で顔を仰ぎなが

ら、目の前に並んでひざまずいている役者をしげしげと眺めた。妖精の女王が、頭のてっぺんから爪先までじろじろ眺められて震えていることなど知りもせずに。アドーナは、女王に言葉をかけられるなどとは思ってもみなかった。マスター・バービッジが機転を効かせなかったら、おそらく正体がばれていただろう。

女王陛下はいつものように優しく言葉をかけた。「弟さんのエイドリアンもなかなかの役者だと聞きましたよ」女王はアドーナに言った。「彼の演技もぜひ見てみたいものだわ。彼はリッチモンドにいるの?」

いきなり下の弟のことをたずねられ、アドーナはシートンの声をまねることをすっかり忘れてしまった。「は、はい……あっ、いいえ女王陛下、弟は……」アドーナはあわてふためき、声を高くしたり、低くしたりしながらしどろもどろに答えた。弟はいったい今どこにいるのかしら?

マスター・バービッジがすぐに助け船を出した。「マスター・エイドリアンはリッチモンドにおります。マスター・シートンのようにわたしたちといっしょに芝居がしたいと申しておりましたが、なにぶん、まだ年が若いものですから。ピカリング兄弟はじつに将来有望な若者です」

「そのようね。本当に才能のある一家だわ、マスター・バービッジ」女王は言った。「わたくしは、あなたのおじさまに当たるサー・ウィリアムとも懇意にしていたのよ。彼はかつてここにいる伯爵とわたしをめぐって争った仲なの。そうよね、ロバート?」女王はレスター伯のほうを向いた。話題は自然に女王のことに移り、役者はようやく舞台を離れることが許された。

しかしアドーナはがたがた震えて、今にも泣きだしそうになっていた。あら探しをするかのような鋭い視線にさらされてすっかりうろたえ、シートンのふりをすることができなかった。アドーナはメイベルに妖精の化粧を落としてもらっているあいだ、ずっと泣いていた。シートンにもサー・ニコラスにも会おうとしなかった。

それでも、シートンが女王の祝宴の席に招かれて出ていくと、サー・ニコラスが人の出入りが少なくなったころを見計らって、アドーナを白鳥の塔に送っていった。夏の日は長く、西の空はまだ明るかった。

アドーナはいまだ興奮状態にあった。「もういや」彼女はかすれた声で言った。「こんな茶番劇はたくさんよ。ひとり三役なんてできるはずがないわ」

「それを聞いて安心したよ」サー・ニコラスはそうつぶやいて、アドーナの寝室の扉を開けた。「だが、またすぐにやりたくなるんじゃないのか？」

「あなたはこんな時間にこんなところにいるべきではないわ」

開いた窓から、笛と小太鼓、弦楽器バイオルとフルートのすすり泣くような音に混じって、男の怒鳴り声や、けたたましい女の笑い声が聞こえてきた。

「きみが芝居はもうたくさんだと言うなら、いとしい人、ここはわたしがいるのにいちばんふさわしい場所だ。もう終わったんだ。しいっ」アドーナが肩を震わせて泣きだすと、サー・ニコラスは彼女をそっと腕に抱き寄せた。「しいっ。きみはじつにすばらしかった。きみほどの主演女優は二度と現れないだろう。二度と。だが、もうすべて忘れるんだ。シートンときみのお父上、それに一座の者は明朝、発つことになっている。これでようやく、バービッジの代わりにわたしのキスを受けてもらえるようになるな。そうだろう？」サー・ニコラスはアドーナを抱き上げてベッドに座らせると、上等な子山羊《こやぎ》革の靴を脱がせて、スカートの乱れを直した。「きみには休息が必要だ。メイベルが来るまで、わたしがそばについていてあげよう」

「あら」アドーナは言った。

サー・ニコラスはほほえんでアドーナの隣に腰を下ろすと、腕で彼女の体を支えた。「その〝あら〟はほっとしたからなのか、それとも、がっかりしたからなのか？」

アドーナは質問に答えたくなくて黙っていた。だが、今はもう演技をする必要もない。彼女の目には、なにを求めているかがはっきりと表れていた。アドーナの視線はサー・ニコラスの顔をさまよい、唇の上でしばらく止まった。すると、彼の唇が近づいてきた。アドーナは目を閉じ、両腕を上げて、彼女を上掛けの上に倒そうとするサー・ニコラスの大きな体のぬくもりを感じた。何年ものあいだ鬱積《うっせき》してきた欲望がいっきに解き放たれたかのように、アドーナは狂おしくサー・ニコラスの唇を求め、彼を驚かせ、そして喜ばせた。

いきなり扉が開き、ふたりはぼんやりと体を離した。メイベルが戻ってきた。いや、メイベルではなかった。戸口に立っていた人物は、ふたりがなにをしていたのかに気づくと扉を閉めた。

アドーナはサー・ニコラスを押しのけた。「ヘスターだわ。どうしましょう！」

サー・ニコラスは体を起こして、扉をじっと見た。「気にすることはない」彼は言った。「彼女はとっくにわかっている」

「いいえ、違うわ！」アドーナはそう言って起き上がった。「彼女はきっとわたしたちが……」

「わたしたちがなんだと言うのだ」サー・ニコラスは片手でアドーナをベッドに押し戻した。「わたしたちが恋人同士だと知って、彼女が衝撃を受けたとでも言うのか？　彼女がなにも知らなかったとしても、いずれ気づく。放《ほう》っておくしかないんだ。きみにできることはなにもない。最初は苦しむかもしれないが、すぐに立ち直るだろう。わたしを信じてくれ」

「彼女はわたしではなくて、あなたのことで思い悩んでいるのよ」

「どうして彼女が？　まさかきみは……。まったくどうかしている。ヘスターとはただの友だちだと前にも言ったじゃないか。彼女がそうは思っていなかったとしても、それはわたしの問題でも、きみの問題でもない。彼女もすぐにわかるだろう。きみは早く横になって、あとはメイベルに世話をしてもらいなさい」サー・ニコラスが振り向くと、メイベルが腕に衣装を抱えて部屋に入ってきた。「ちょうどよかった、メイベル。わたしはもう行かなければならないんだ」

「どこへ？」アドーナはサー・ニコラスの答えを恐れていた。

　サー・ニコラスはアドーナの質問に腹を立てた様子もなく、再びベッドに腰を下ろして彼女の手を取り、ゆっくりと言った。「明日に備えて、伯爵の馬や馬車や、そのほかにもさまざまなものを用意しなければならないんだ。明後日にはスタッフォードシャーに発つことになっているから、それまでに準備を終えなければならない。夜明け前に眠れるかどうか疑わしいものだ」彼は親指でアドーナの唇をそっとなぞった。「まあ、これも仕事だからしかたがない」

「わたしに説明する必要なんてないのに」アドーナはサー・ニコラスを疑ったことを恥じた。

「わかっている。さあ、よく眠りなさい。すべて終わったんだ」サー・ニコラスはアドーナの手にキスをしてその手を服の上に置いた。「ふたりともおやすみ」

　サー・ニコラスが部屋を出ると、メイベルは衣装箱の上に服をどさっと置いて扉を閉めた。「すぐにわかるだろうって、どなたのことですか？」彼女はたずねた。「ミストレス・ヘスターのことを話していらしたんですか？」

アドーナは体を起こして、ベッドの端から脚を下ろした。「ええ、そうよ。彼女に会ったの？」

「彼女に会ったかですって！　下の扉の前で危うく突き飛ばされるところでした。まるで猟犬にでも追われているみたいに庭のほうに走っていきましたよ。どうかなさったんですか？」

アドーナのため息はうめき声に変わった。「ああ、ベル。彼女に、わたしたちがいっしょに……ベッドにいるところを見られてしまったの。こうしている場合じゃないわ。彼女を捜し出して、わたしたちはなんでもないことを説明しなければ……わたしの靴は？」

メイベルはアドーナの靴を爪先でそっとベッドの下に押し込んだ。「ミストレス・ヘスターのことはお気になさる必要はありませんよ」メイベルはなだめるように言った。「さあ、お嬢さまはお疲れになっているんです。どうしても説明なさりたいなら、明日になさってください。時間はじゅうぶんあるんですから。わたしにはまったくその必要はないように思えますけれど。お嬢さまはそれでなくてもしなければならないことがたくさんおありなんです。ミストレス・ヘスターのことを心配なさっている余裕などありませんよ。さあ、服をお脱ぎになってください。うしろを向いてくださいます？」

メイベルの言うことはもっともだった。アドーナは疲れ果てていたこともあって、素直にメイベルに従った。だが、横になってもヘスターのことが頭から離れず、まんじりともできなかった。

一睡もできないまま夜が明けた。メイベルは、へスターのことは気にする必要はありませんよと言ったが、そもそも、ヘスターをたきつけたのはアドーナと母親のレディ・マリオンなのだ。ヘスターにアドーナたちも知らない恋人がいるとは思えない。ヘスターの顔に表れていたのはまぎれもなく動揺の色だった。サー・ニコラスが言っていたほどヘスターは気丈ではないのだ。

ヘスターの部屋が籠《かご》と衣装箱をわずかに残しただけで、もぬけの殻になっているのを発見したとき、アドーナは最初、ヘスターは父たちといっしょにリッチモンドに戻ったにちがいないと思った。ところが、ケニルワースの宿に若い小姓を差し向けて調べさせたところ、よくない答えが返ってきた。父の一行はすでに発ったという。ヘスターの馬も厩舎に残ったままだった。ヘスターが部屋を変えた可能性もあると考えて、さらにふたりの小姓をやって城を捜させたが、彼女とメイドのエリーの姿はどこにもなかった。メイベルがウォーリックへと向かう道に立つ城門の門番にたずねたところ、メイドをひとり連れた貴婦人が、夜明けに二頭の荷馬を連れて出ていったという話だった。行き先をたずねたが、答えなかったという。ふたりにサー・トマスと落ち合う意思がなかったのは明らかだ。サー・トマスは別の方角からケニルワースを出たからだ。

「これでわかったでしょう？」アドーナは言った。「彼女はわたしとサー・ニコラスがいっしょにいるのを見たあとに荷物をまとめたんだわ。わたしのせいよ。わたしがいけないんだわ。早く彼女を連れ戻さないと。彼女はひとりで旅をしたことはないのよ。屋敷がどの方角にあるかだってわからないんじゃないかしら。よほど衝撃を受けたのね」

「リッチモンドに帰りたかったのなら、サー・トマスやマスター・シートンといっしょに行かれたはずです」メイベルが諭すように言った。

城の北側にある城と庭を見下ろす幅の広い石の窓枠にもたれて、アドーナは厨房《ちゅうぼう》の外に集まった大勢の人や馬や荷馬車の列を眺めた。彼女がメイベルに視線を移したときには、彼らはすでに中庭の南に移動して仕事に取りかかっていた。

「サー・ニコラスよ」アドーナは言った。「ヨーマンに仕事の指図をしているわ。ねえ、ベル、今から急いで荷造りすれば、みんなが帰ってくる前にヘスターを見つけて連れ戻せるんじゃないかしら。彼女は数時間前に発ったばかりだし、夕食の前に彼女を見つけて戻ってこられるかもしれないわ」

「護衛も連れずにですか？」

「ヘスターだって護衛を連れていないのよ。そうよ、ピーターがいる。彼に頼めばいいわ」

「明日の準備のために、もうすでにスタッフォードシャーにお発ちになったんじゃありませんか？」

「わたしにさよならも言わずに？」

「どうして彼が、わざわざお嬢さまにさよならを言わなければならないんですか？」メイベルの言うことはもっともだ。これだけおおっぴらにヘスターを捜しまわってもなにも言ってこないところを見ると、ピーターはすでに城を発ったのだろう。アドーナは、昨夜メイベルが繕うために衣装局から持ち帰った服のなかから、比較的地味で着心地のよいものを選び、市場に出かけるふつうの田舎の娘を装った。必要最小限の荷物を持ち、厨房からもらった食料を積んだ荷馬を一頭連れていくことにした。

とはいえ、女だけの外出は、ならず者や流れ者、逃亡中の盗人《ぬすっと》の標的になりやすく、危険だった。もし日暮れ前にヘスターに追いつく見込みがなかったら、護衛も連れずに出かけたりはしなかっただろう。人目につくパロミノは厩舎に残し、あまり目立たなくておとなしい大きな鹿毛《かげ》の去勢馬を選んだ。客人が扮装をして出かけるのは日常茶飯事なのか、厩《うまや》番の少年はなにもたずねなかった。少年はメイベルが乗る頑丈なコッブ種の馬と、荷物を運ぶ荷馬を快く貸してくれたばかりか、荷物をのせるのを手伝ってくれた。

しかし、朝の明るい日差しの下に出ると、危険などどこにもないように思えた。アドーナはヘスターのことが心配でたまらなかった。彼女は今ごろ心細くて、みじめな思いをしているにちがいない。ヘスターの悩みを解決できるのはわたし以外にいない。そうアドーナは思った。サー・ニコラスの関心が一時的なものにすぎないと説明すれば、彼女にもわかってもらえるだろう。アドーナがそう言っても、メイベルは信じなかったが、ふたりはとがめられることなく東の城門を通過することができた。

「それでミストレス・ヘスターが安心されるとお思いですか？」メイベルは言って、コッブ種の馬の栗《くり》色《いろ》の脇腹を踵《かかと》で蹴《け》った。「サー・ニコラスがかりにミストレス・ヘスターに関心を持たれたとして、彼女がお嬢さまより長くつづくと思われる根拠がなにかおありなんですか？　そもそも、ミストレス・ヘスターが、サー・ニコラスに思いを寄せているかどうかでさえ疑わしいものです」

アドーナは強く否定した。「そんなことはないわ。ヘスターはサー・ニコラスを崇拝しているのよ。彼のことばかり話していたし。間違いないわ」

「いいえ、それはお嬢さまの思い過ごしです」メイベルは反論した。「恋愛はおたがいの思いが通じなければ成立しません。お嬢さまとレディ・マリオンは、ミストレス・ヘスターとサー・ニコラスの仲を取り持とうと一生懸命でいらしたでしょう？　ミストレス・ヘスターはあのとおり素直で従順な方です。奥方さまやお嬢さまの意に沿おうとなさっただけなんじゃありませんか？」

「あなたは彼女の顔を見ていないからそんなことが

言えるのよ、ベル。彼女はほんとうに衝撃を受けていたわ」

「驚くことではありませんよ。おそらく、ミストレス・ヘスターは男性と女性がベッドにいっしょにいるところをごらんになったことがないのでしょう。養父母がその方面の教育をしていたとも思えませんし」

「手紙はどうなの？　どうして隠したりしなければならないの？」

「今まで手紙をもらったことがおありにならなかったからですよ。初めて男性から手紙をいただいたときには、お嬢さまも同じようにされたのではありませんか？　今は笑って、燃やしてしまわれますけれどね。とにかく、サー・ニコラスからの手紙だとは思えませんね。あの方は女性に手紙を送るような男性ではありません」

二頭の牛と子牛を連れた牛飼いとすれ違うと、ふたりは挨拶《あいさつ》をしただけで、言葉は交わなかった。やがて、アドーナはメイベルにたずねた。「わたしってそんなふうに見えるの、ベル？　そんなに冷たくて、無神経かしら？」

メイベルは荷馬の手綱を引いて止めた。「いいえ。わたしはそんなつもりで言ったんじゃありません。わたしはただ、お嬢さまにはミストレス・ヘスターよりも大勢の崇拝者がいらしたので、無視するしかなかったと申し上げたんです。でも……」メイベルは言葉につまって、ため息をついた。

「でも、なんなの？」

「でも、すべて無視していたら、ほんとうにお嬢さまを愛してくださる方を見過ごしてしまうことになりかねません。たまには、長い目でごらんになることも必要なのではありませんか？　サー・ニコラスほど熱心にお嬢さまに求愛なさった方はほかにはいませんん。あの方にもっと敬意を払ってあげるべきです。先だっても、お嬢さまとマスター・シートンをなにかと助けてくださったじゃありませんか。川に落ちたときもそう。ロンドンの芝居小屋でも、仮面劇のあとにも」

「彼が助けてくれた？　ベル、いったいなんの話をしているの？　彼が余計なことさえしなければ、わたしはこんなことにならずにすんだのよ。どうやってこの窮地を脱したらいいのか、さっぱりわからないわ」

「それなら、サー・ニコラスに助けていただけばよろしいじゃありませんか。もう少しあの方を信頼してあげてもいいと思いますよ」

「彼を信頼するですって？　ばかなことを言わないで」

「お嬢さまは真実がきちんと見えていないんですよ。恋は盲目って言いますからね。ありもしないことが見えて、すぐ目の前にあることが見えなくなってしまうんです」

「あなたの言う真実っていったいなんなの？」

メイベルは言うべきことはすでに言ったと思っていた。「真実は真実です」


正午にもならないうちに、ふたりはウォーリックの町に到着した。なかなか言うことを聞かない雌馬にてこずらされたあとなので、アドーナは主人の命令に従順で、おとなしく川を渡る去勢馬に感動を覚えずにはいられなかった。なにをするか予測がつかない雌馬とは大違いだ。確かに、あの雌馬は調教が必要かもしれないとアドーナは思った。

ふたりは意気揚々とウォーリックを発ち、エイボン川をたどっていったものの、数キロ先にあった小さな町は、十日前にリッチモンドからケニルワースに旅してきたときに見た町とは違っていた。こんな町はここにはなかった。アドーナはメイベルにそう言った。

「別の見方をすれば」メイベルは言った。「そもそもわたしたちはここを通っていないんじゃありませんか？」

ふたりは休憩のために〈ホワイトライオン〉の看板が掲げられた宿で馬を止め、そこがストラットフォード・アポン・エイボンだということに気づいた。ふたりが予想していた町の名前ではなかった。

「バンベリーに向かっているとばかり思っていたのに」アドーナはため息をついた。

「しょせん、わたしたちだけでは無理だったんですよ。よほど勘が鋭くない限り」

「南東に向かっているつもりが、南西に来てしまったのね。太陽が出ていると厄介なのよ。なんの役にも立たないわ」

「ひとつきいてもよろしいですか？　わたしたちにわかっているのは、ミストレス・ヘスターがどこかに行ってしまったということだけなのに、どうしてバンベリーに向かわなければならないんですか？」

「それはね」アドーナは馬に乗る準備をしながら答えた。「わたしは勘が鋭くないからよ。ヘスターが行きそうなところはバンベリーしか思いつかなかったの。リッチモンドは南にあるから、とにかく彼女は南に向かったんだと思ったの」

「でも——」

「さあ、ぶつぶつ言っていないで、早く馬に乗りなさい。時間がもったいないわ」

バンベリーはふたりが思っていた以上に遠かった。荷物を積んだ荷馬を連れているので、当然歩みは遅くなった。日が暮れはじめたころには、馬も疲れ、さらに蹄鉄《ていてつ》を失って、これ以上は進めないと抗議するかのように足を引きずりはじめた。女性がこんな田舎道で立ち往生するのは非常に危険だった。

だが、神の恩寵《おんちょう》と言うべきか、ふたりは緑の谷間に美しいピンク色の煉瓦《れんが》造りの屋敷が立っているのを見つけた。屋敷の周囲を取り囲む堀の水には、夕日を浴びてピンクと紫色に輝く建物が映っていた。まさに絵に描《か》いたような美しさだった。美しい風景に吸い寄せられるように堀にかかった橋を渡ると、そこがヘンリー・コンプトン卿《きょう》の屋敷であることがわかった。コンプトン卿夫妻はアドーナの両親のサー・トマスとレディ・マリオン・ピカリングとは古くからの知り合いで、アドーナとメイベルを快く迎え入れた。屋敷には女王陛下が滞在したこともあり、視察旅行の際には廷臣をもてなすこともしばしばだった。夫妻はアドーナとメイベルを親類のように扱い、アドーナが、ふたりきりで旅をしている理由を嘘《うそ》を織り交ぜて話すと、多少危険だが、賞賛に値するとまで言った。ここは七十人を超える大所帯なので、主賓席で食事をする客人がふたり増えたところでどうということはなかったのだ。

夜明け、ふたりは荷馬を新しい馬に替えてバンベリーに向けて旅立った。天気もよく、暖かい日差しが降り注いでいたが、ヘスターが見つかる可能性はかなり低くなっていた。バンベリーまでは十三キロもなかったが、ふたりが西の方角から、水漆喰《しっくい》の小さな家が立ち並ぶ町に到着すると、何台もの荷馬車を連ねたサー・トマス・ピカリングの一行はオックスフォードに向けてすでに発ったあとだということがわかった。ふたりは日が暮れる前に父に追いつこうと先を急いだ。途中、宿屋を片っ端から当たってみたが、ヘスターらしき女性が泊まっていたという情報はついに得られず、アドーナはいとこはなんらかの事情で別の方角に向かったのだという結論に達した。

ふたりは〈白鳥〉の看板が掲げられた宿屋の外でひと休みした。旅を遅らせている原因はほかにもあた。アドーナは夜明けにコンプトン・ウインイェーツを発ったときからその感情がしだいに大きくなっていくのに気づいた。ケニルワースでは、女王陛下をもてなすために行われるさまざまな余興や行事に合わせて時間をやりくりし、何度も着替えなければならなかった。だが、ここではヘスターを捜し出す以外になんの目的もなく、大人数で騒々しく食事をすることもなければ、人に会ったり、避けたりすることもなく、なによりもシートンのことを心配する必要がなかった。アドーナは自由だった。

「気に入ったわ、ベル」アドーナはそう言って、過ぎていく景色を眺めた。「しばらくここに滞在しない？　女王陛下はわたしは父といっしょにリッチモンドに戻ったとお思いになるわ。わたしがいないことにお気づきになればの話だけれど」

「わたしとふたりだけでですか？　女王陛下はいいとして、サー・ニコラスのことはどうなさるんです？　お嬢さまのあとを追ってくるとは思われませんか？」

アドーナが黙っていなくなったことをサー・ニコラスは快く思わないだろう。それでも、公演が無事に終わった今、彼がアドーナを追ってくる理由はなにもなかった。彼自身も悪事に荷担したのだから、秘密がもれるような危険は冒さないだろう。「その心配はないわ」アドーナはメイベルに言った。「女王陛下の一行は、今日スタッフォードシャーに発つのよ。彼には果たさなければならない務めがあるの。さあ、馬を連れてきましょう。一日、好きなように過ごせるわ」

アドーナの予想ははずれていた。緊急事態が発生したときには、サー・ニコラスは責務を代理人にゆだねることができた。彼は厩舎に戻り、ミストレス・アドーナ・ピカリングと馬が何頭かいなくなっているのに気づくと、ただちに主馬頭に会いに行った。

「わたしにはなにがなんだかさっぱりわかりません」サー・ニコラスは言った。「わたしが行って、真実を突き止めたいと思います。ミストレス・アドーナも、ミストレス・ヘスターもサー・トマスといっしょではないようです。パロミノを置いていったところから見て、人目を避けようとしていたのは明らかです」

「管理に落度があったのではないか？　扉に閂《かんぬき》をかけておくべきだったな」

「旦那《だんな》さまのお許しがいただければ、そうさせていただくつもりです。わたしが戻るまで、パディとオズボーンに代わりをさせてもよろしいでしょうか？」

「もちろんだとも。ふたりはよく仕事がわかっている。従者と、ほかに馬の世話をする者をふたり連れていくといい。それにしても、馬術に使う高級な鹿毛の馬を連れていくとは。大切に扱ってくれているといいのだが。まったく困ったお嬢さんだ」

「それではただちに出発させていただきます。日が暮れないうちにバンベリーに着けると思います」

「さあ、行きたまえ。手綱をしっかり握っておくことだとあれほど忠告していたのに」

「わたしがうかつでした。これからはそう心がけます」サー・ニコラスはほほえんだ。

「ニコラス！」伯爵は大声で言った。「急ぐことはないぞ。あわてると、ろくなことはないからな！」

「ありがとうございます」

アドーナとメイベルが宿の奥の厩に通じる丸石を敷きつめた中庭の角を曲がったとき、メイドを連れた若い女性が〈白鳥〉の正面から出てきた。わずかの差でふたりはすれ違いになった。すでに鞍をつけた馬が二頭、石の乗馬台のところに連れてこられていたが、女性は馬に乗るのはうんざりしたような顔をしていた。「忘れ物はない？」女性はメイドに言った。

「はい、大丈夫です。あら、あれはなんでしょう、お嬢さま？」

「待って！」女性は目の上に手をかざして日差しをさえぎりながら、こちらに向かってくる馬上の三人の男性を見てかすかに眉をひそめた。三人は宿の前で馬を降り、そのなかのひときわ背の高い男性が、従者に手綱を渡しながら、彼女をじっと見つめていた。男性のハンサムな顔に驚きの色が浮かんだ。

「シーリア！」男性はささやいた。「まさか、そんなはずは……」

女性は子山羊革の手袋をした手を差し出して、首を振った。「ニコラス、あなたなの？　信じられないわ」彼女は笑った。「こんなところでいったいなにをしているの？　あなたはケニルワースにいるのではなかった？」

サー・ニコラスは数週間前に修道院跡の庭でしたように、両手で彼女の手を取った。「きみこそ、スペインにいるんじゃなかったのか？　いったいなにがあったんだ？」サー・ニコラスは彼女と握手を交わしながら、彼女の目に疲労の色を読み取った。

ちょうどそのとき、アドーナ・ピカリングとメイベルが宿の角を曲がって現れた。道に出ようとして、さっきまでいた、馬や人で混雑した宿の前をなにげなく見る。そのなかにサー・ニコラスとレディ・シーリアの姿を見たアドーナの驚きは、偶然の出会いに驚いているふたり以上だった。主人の驚きを感じ取った鹿毛の去勢馬が急に立ち止まり、そのあおりを食らって道から押し出されたメイベルのコッブ種の馬が脚を踏み鳴らし、抗議するように鼻を鳴らした。

「旦那さま！」若い男が叫んだ。

サー・ニコラスはくるりと振り向いた。「くそっ！」彼は小さく毒づいた。彼が馬に飛び乗ったときには、すでにアドーナは従順な鹿毛の馬の腹を蹴って道に飛び出していったあとだった。取り残されたメイベルは荷馬の手綱を持ちながら、最新流行の埃《ほこり》にまみれた黒い服を着た上品な女性と困ったように目を見交わした。

鹿毛の馬は勢い込んで道に飛び出したまではよかった。だが、荷車を引いたり、籠を背負ったりした商人に行く手をはばまれ、狭い通りで右往左往しているうちに、サー・ニコラスに有無を言わせぬ力で手綱を握られた。

「その手を離して、サー・ニコラス！　わたしのことは放っておいて！　あなたにはほかに気づかわなければならないレディがいるでしょう」アドーナの声はそれほど大きくなかったが、ふたりのまわりには、すでになにごとだろうとやじうまが集まってきていた。サー・ニコラスは見せ物になるつもりは毛頭なく、なにも言わずに馬とアドーナを早足で宿に連れ戻した。そして彼女を馬から降ろすと、腕をつかんでつかつかと宿に入っていった。黒い服を着たレディ・シーリアも急いでふたりのあとを追った。

レディ・シーリアはサー・ニコラスの連れの女性を間近で見たかったし、彼がどう事を収めるのか大いに興味があった。サー・ニコラスが女性を追いかけていくのを見たのはこれが初めてだった。どうやら、ミストレス・アドーナ・ピカリングは相当頑固な性格らしい。それにとても美しい。

アドーナは大勢の人の見ている前で侮辱的な扱いを受けたことに腹を立て、扉の掛け金が閉まるやいなや、サー・ニコラスのほうにくるりと振り向いた。

「あなたにこんなことをする権利はないわ。あなたとあのレディのことをわたしが知りたがっていると思っているとしたら、それは大きな間違いよ。わたしはなんの関心もないし、同じように、わたしがなにをしようと、あなたには関係のないことですからね。さあ、好きなところに行かせてちょうだい」

部屋は梁《はり》が低く、壁は漆喰で、わずかにテーブルと腰掛けが置いてあった。床に敷きつめられた新しい藺草《いぐさ》が甘い香りを漂わせている。小さな窓ガラスから差し込む光で、アドーナはようやくレディ・シーリア・トラバーソンの顔を見ることができた。彼女の名前と、月明かりに照らされて暗闇《くらやみ》に浮かび上がったその姿にどれだけ苦しめられたことか。彼女は別れた恋人への思いを断ち切れず、スペイン人の公爵との結婚を拒否して逃げてきたのだろう。それ以外、彼女がこうしてここにいる理由は考えられない。彼女は鼻筋が通り、頬骨が高く、いかにも意志が強そうだった。黒い瞳に、まっすぐな眉、唇はふっくらとして、美しいというよりもむしろ、りりしいという印象を受けた。すらりとして、最高級の黒いビロードのたっぷりしたスカートや、ふくらんだ絹の袖《そで》が、彼女が高貴な身分の女性であることを物語っている。白いレースのひだ襟は長旅には不向きと思えるほど大きく、豊かな栗色の髪にちりばめられた宝石が日差しを浴びてきらきら輝いていた。だがそれとは対照的に、スカートの裾《すそ》は埃で汚れていた。

サー・ニコラスが答える前に、レディ・シーリアは子山羊革の手袋をはずして、テーブルの上に置いた。「ミストレス・ピカリング」彼女は言った。「せめて、わたしたちのどちらかに説明する機会を与えてくださらない？」

アドーナの怒りはいまだに収まらず、素直にレディ・シーリアの言葉を受け入れる気にはなれなかった。「せっかくですけれど、レディ・シーリア、おふたりともわたしに説明する義務はありませんわ。

わたしはほんとうになんとも――」

「いや」サー・ニコラスはそう言って、腕組みをして扉にもたれた。「わたしたちのいずれかの説明を聞いてもらおう」

レディ・シーリアはサー・ニコラスよりも人の扱い方がうまかった。彼女は、ミストレス・ニコラスよりも人の扱グが自分に比べて見劣りすることや、サー・ニコラスに手荒な扱いを受けて不満に思っていることを見抜いていた。とはいえ、ミストレス・ピカリングが美しくないというのではない。たとえ質素な田舎の女性の身なりをしていても、彼女の美しさは際立っていた。「お願い、ニコラス」レディ・シーリアは言った。「しばらく彼女とふたりにしてもらえないかしら。女同士で話があるの。あなたには遠慮してもらったほうがいいと思うわ」

「外で待っている」サー・ニコラスはそう言って、部屋を出た。

アドーナは悪い知らせを聞かされても取り乱すまいと固く心に誓った。だが、レディ・シーリアが腰掛けに座って、アドーナにも腰を下ろすように勧めると、胸に不安が広がるのを抑えることができなかった。手に手を取るサー・ニコラスとレディ・シーリアの姿を見て、自分がどれほど傷ついたか、ふたりには絶対に知られたくなかった。「レディ・シーリア」アドーナは言った。「あなたがどう思っていらっしゃるか知りませんけれど、サー・ニコラスがなにをしようと彼の勝手ですし、彼もわたしの行動に口をはさむ権利はありません。わたしとメイドは――」

レディ・シーリアは同情するようにアドーナの腕に手を置いた。

「あなたはわたしとまったく同じことをしようとしていたんでしょう?」彼女は悲しげにほほえんだ。

「あなたもわたしも自由を求めていた。ある意味では、逃避と言えなくもないけれど」アドーナがさえぎろうとすると、レディ・シーリアは彼女の腕をぎゅっとつかんだ。「でも、わたしとニコラスが最初からここで落ち合う計画を立てていたと思うのは間違いよ。あなたとわたしの出会いのように、彼とはここで偶然出会ったの。彼は、わたしは今ごろスペインに向かう船の上にいるとばかり思っていたはずよ。でも、わたしは昨夜《ゆうべ》スタッフォードのギフォード卿夫妻にかくまってもらう途中、ここに立ち寄ったの。わたしもあなたと同じように逃げているのよ。理由はだいぶ違うけれど。宿を出たところで、あなたを捜しに来たニコラスと偶然会って。わたしが間違っていなければ……」彼女はほほえんだ。「間違っているはずがないわ。ニコラスはわたしがリッチモンドを発つ前からあなたに思いを寄せているのよ。彼とやり直したいなんて思っていないわ。彼とはだいぶ前に終わったから。スペイン行きの船に乗っていないことを父に知られないうちに、わたしはできるだけ遠くに行かなければならないの。ニコラスはわたしではなく、あなたを捜しに来たのよ」

アドーナは安堵《あんど》のあまり、泣き崩れそうになった。

「レディ・シーリア」彼女は言った。「ほんとうにごめんなさい。あなたを誤解していました。スペイン人の公爵とはほんとうに結婚なさらないの？」

「ええ、自分の意思で夫を選びたいの。ポーツマスで船に乗る前になんとか逃げ出すことができたのだけれど、このとおり」レディ・シーリアは埃にまみれたスカートを見下ろした。「この格好で馬に乗るのは大変だったわ」

「でも、どうしてサー・ニコラスがわたしに思いを寄せているとお思いになるの？　彼は一度もそんなことを口にしたことはないし、彼はそれこそ何十人という女性と恋を楽しんできたはずだわ。彼のような評判の男性を信じろと言うのが無理な話です。あなたもそれはよくご存じのはずですよね」

「評判ですって！」レディ・シーリアはあざけるように言った。「宮廷に仕えているハンサムな男性で、女性の噂のない男性がいたら教えてほしいものだわ。だれにもなにかしらの噂があるものよ。なかには噂どおりの人もいるけれど、大半はそうではないわ。サー・クリストファー・ハットンがいい例よ。忠誠心にあつく、騎士の鑑《かがみ》のような彼ですら、噂から逃れることはできないのよ。それはともかく、女性を愛することを知っている男性のどこがいけないの？　ニコラスは女性を裏切ったことは一度もないし、わたしも彼に裏切られたことはないわ。彼が今日のように、女王陛下の視察旅行の最中に女性を追いかけてくるということも初めてだわ」彼女は笑った。

「馬を取り戻しに来たんだわ」

「いいえ。あなたを取り戻しに来たのよ。彼の目を見ればわかるわ」

「負けるのが嫌いなだけですわ」

「さあ、それはどうかしら、ミストレス・ピカリング。あなたはかたくなに彼を拒んでいるそうね。それは今も変わらないようだけれど、なにか特別な理由があるのね」

「でも、サー・ニコラスはなにひとつ真剣に受け止めてくれませんけれど」

「わたしにはわかるんじゃないかしら？　女同士ではね」

アドーナは黒い服に身を包んだこの若い女性を賞賛せずにはいられなかった。両親に逆らい、一度も会ったことがなく、愛してもいないとはいっても未来の夫やその家族になる人々を失望させ、自由を求めて国を逃げまわるのは並大抵の勇気ではない。アドーナは、彼女ほど強い女性をほかに知らなかった。

そのうえ、アドーナを思いやって、サー・ニコラスとの関係がすでに終わっていることまで打ち明けてくれた。「ええ」アドーナは言った。「あなたならわたしの気持ちをわかってくださるかもしれません。あなたを行かせてしまったら、サー・ニコラスはきっと不幸になるわ」

「もう終わったことなのよ」レディ・シーリアはささやくように言った。「それに、宗教の違いもあるし。でも、あなたをためらわせているものはなんなの？ プライド？ あなたは短距離走の馬だというもっぱらの噂だから」彼女はほほえんで言葉をやわらげた。

「わたしはそんなふうに言われているんですか？」

今さらそんなことを気にしてどうなるの？

「長距離走の馬ではないというのが、男性の一致した意見よ。まったく失礼な言い方だと思うけれど、あなたも男性がどんなものかわかっているでしょう。男性はとかく、女性を馬かものにたとえたがるものなのよ。わたしは馬にたとえられるほうがまだましだと思っているわ。だって、ものより現実的でしょう？」

アドーナはレディ・シーリアとわずかに言葉を交わしただけで、少女から大人の女性になったような気がした。レディ・シーリアは常識を持ち合わせていながらも、自分に正直で、人の心を思いやる優しさがある。自分の意思に反することがあれば、自らの手でそれを変えようとする。

「そうですね」アドーナは言った。「確かに、男性の言うことにも一理あります。でも、わたしが進むべき道からはずれていた理由は、これはと思える男性に出会えなかったからなんです。ようやく出会えたと思ったら、彼も長距離走の馬ではないという噂を聞きました。じつは、サー・ニコラスにも噂に惑わされないでほしい。ほんとうの自分の姿を見てくれと言われたんです。でも、わたしが彼を信じようとするたびに、なぜか疑いを持たずにはいられないようなことがつぎつぎに起きて……。自分が嫉妬と不安に悩まされることになるなんて思ってもみませんでした。こんな気持ちになったのは初めてです。自分でもどうしたらいいのかわからなくて」

「彼を信じてあげなさい。ニコラスに限って、恐れることはなにもないわ。嫉妬は不安から来るものよ。ふたつは同じものなの。彼といっしょに行きなさい。彼とならあなたは安全よ」

ふたりは同時に立ち上がり、姉妹のように抱き合った。アドーナはレディ・シーリアの温かい手を両手で握り締めた。「あなたの勇気がうらやましいわ。あなたのことは決して忘れません。無事をお祈りしています。わたしたちがこうしてバンベリーで出会ったのも、運命だったのかもしれませんね」あの夜、リッチモンドであなたとサー・ニコラスがいっしょにいるのを見たのがそうだったように。

「ええ、わたしもそう思うわ。ところで」レディ・シーリアは最後にアドーナに忠告した。「あまり素直になりすぎるのも考えものよ。彼にはまだまだ努力する必要があると思わせておいたほうがいいわ」

ふたりは笑い、サー・ニコラスの待つ、日差しの降り注ぐ宿の前庭に出てきたときにもまだ笑っていた。

10

レディ・シーリア・トラバーソンとメイドは、サー・ニコラスの家臣をひとり護衛に連れてスタッフォードへと旅立っていった。家臣はサー・ニコラスから、彼女を無事にスタッフォードのギフォード家に送り届けるようにとの命令を受けていた。アドーナは、レディ・シーリアがきびしい迫害の手を逃れた数少ないローマカトリック教徒の一家のもとに無事に身を寄せ、自分の意思で夫を選びたいという望みがかなえられることを心から祈った。

短い出会いだったが、レディ・シーリアがアドーナに与えた影響は大きく、アドーナはまるで親友を失ったような悲しみに襲われた。さらに追い打ちをかけるように、アドーナを思いどおりにしようとするサー・ニコラスの態度にはまったく妥協の余地が見られず、彼女はますます落ち込んだ。宿でアドーナとレディ・シーリアがなにを話したのか気になってしかたがないはずなのに、サー・ニコラスはなにもたずねようとせず、これですべて片づいたと言わんばかりの顔をしていた。

以前と変わらないサー・ニコラスの態度にアドーナは困惑し、彼はあなたに思いを寄せているのよと言ったレディ・シーリアの言葉に疑いを持たずにはいられなかった。これでも彼がわたしに思いを寄せていると言うのなら、レディ・シーリアはよほど強力な証拠を握っているにちがいない。レディ・シーリアからはサー・ニコラスを信じるように言われた。だが彼の態度を見る限り、アドーナに信じられようが信じられまいがどうでもいいと思っているようにしか見えなかった。

慣れた手つきで去勢馬の鐙《あぶみ》革や腹帯や馬勒《ばろく》を調べ、馬の前髪を整えるサー・ニコラスを、アドーナはじっと見つめた。彼は職人のように、膝丈の淡い黄褐色のなめし革のズボンをはき、詰め物をした袖《そで》なしの短い胴着の上に、茶色い革の上着を着て、前の開いた白いシャツを身につけていた。それでも、優雅な装いをしているときと変わらず上品だった。サー・ニコラスが突然アドーナのほうを見たので、彼女はすぐに目をそらした。

「さあ」サー・ニコラスはひだ襟をつけていないアドーナの美しい首筋を賞賛のまなざしで見た。「今から行けば、サー・トマスの一行に追いつけるだろう」

サー・ニコラスの口調はアドーナの神経を逆撫《な》でした。わたしになんの相談もなしに決めるなんてあまりに身勝手だ。「わたしは父のあとを追うつもりはないの」彼女は言った。「わたしはわたしの行きたいところに行くわ」アドーナは左手で手綱をたぐり寄せた。

「きみは好むと好まざるとにかかわらず、わたしの行くところへ行くのだ」

「サー・ニコラス、わたしはこの二十年間あなたの干渉を受けずになんとかやってきました。馬に乗るのに手を貸してくださらない？　そうしたらあとは、どうぞわたしのことはおかまいなく」

「よしわかった。きみがどこまで行けるか見てみようじゃないか」

アドーナは、サー・ニコラスが突然、態度を変えたのに驚いた。疑いが頭をかすめたものの、口にはしなかった。アドーナはなんらかの妥協案を示すつもりだったが、サー・ニコラスは彼女にはそんな権利すらないと思っているらしい。アドーナは彼の手を借りて鞍《くら》にまたがると、軽くうなずいて別れを告げ、メイベルについてくるよう合図した。アドーナがにぎやかな通りを二十歩も進まないうちに遠くで口笛を吹く音が聞こえ、去勢馬が耳をぴくぴくさせた。馬はぴたりと止まってまわれ右をすると、来た道を戻りはじめ、アドーナがどんなに手綱を引いても止まらなかった。

「止まりなさい!」アドーナは叫んで、踵《かかと》で馬の脇腹《わきばら》を蹴《け》った。「いったいどうしたの? さあ、戻るのよ……このわからず屋!」だが、馬ははみを口にくわえ、アドーナの命令も、彼女が人前でどれだけ恥をかいているかも無視して、早足で宿に戻っていった。サー・ニコラスは馬に乗って、アドーナたちを待っていた。「恥を知りなさい!」アドーナは怒って言った。「あなたの仕業ね」

「いつまでも馬に逆らっていると、鞍から振り落とされるぞ。だから言わないことはない。きみはわたしに従わざるをえないんだ」サー・ニコラスは素早く身を乗り出して、去勢馬のつやつやした耳の片方を引っ張った。「よくやったぞ」彼はそう言って笑った。

アドーナは今にも泣きだしそうな顔をしていた。「父とは旅をしたくないの」彼女は強い口調で言った。「わたしたちはヘスターを捜しに来て、こうして生まれて初めて自由を味わっているのよ。レディ・シーリアに自由が許されて、どうしてわたしには許されないの?」アドーナにはたずねる前からその答えがわかっていた。レディ・シーリアには、両親の意にそむいてまで自分の意志を貫くだけの勇気があった。アドーナはサー・ニコラスの愛が信じられず、彼に捨てられるのを恐れて逃げ出したのだ。ヘスターが逃げ出した理由は、これから突き止めなければならない。

「それなら、わたしが自由を味わわせよう。まず手はじめにエールズベリーに行くのはどうだろう?」

アドーナはあひるがいるという以外、エールズベリーがどこにあるのかすら知らなかった。それでも、今や彼女がサー・ニコラスの言うことに逆らうのは癖になっていた。「いいえ、行きたくないわ」アドーナはサー・ニコラスがほかの案を出すのを予想して言った。

「それなら、どこへ行きたいんだ?」

「テムズ川よ」アドーナはとっさに言った。テムズ川はリッチモンドにも流れている。「テムズ川をたどってシーンハウスに帰るつもりだったの」

「きみがそこまで行っていなくてよかった。気づいたときには、スコットランドにいたかもしれないぞ」

「大げさね」

「よし、それなら、テムズ川をたどってリッチモンドに行こう。キリスト降誕祭までには帰れるだろう」

それこそ大げさだったが、サー・ニコラスのふたりの家臣とメイベルはほほえんだ。だが、アドーナは少しもおかしくなかった。「サー・ニコラス」彼女は低い声で言った。

サー・ニコラスはアドーナのまつげが涙に濡《ぬ》れ、唇がかすかに震えているのに気づいた。彼女は宿の部屋でレディ・シーリアといったいどんな話をしたのだろう? ふたりともすばらしい女性だが、彼女と話したことが、アドーナの心に少なからず影響を与えているようだ。サー・ニコラスは脇に寄って、アドーナの馬の手綱を取った。

「どうしたんだ?」彼はそうたずねたものの、答えはわかっていた。

「わたしはヘスターを捜しに来たの」アドーナは言った。

「それはわかっている。きみも知っているように、わたしはきみを捜しに来た」

「わたしを?」

「わかっているはずだ。しかし、もうヘスターを捜す必要はない。たまたま彼女がひとりではないことがわかった。彼女は迷ってもいないし、危険にさらされてもいない」

「どうして？　ヘスターがどこにいるか知っているの？」

「そうは言っていない。ケニルワースを発《た》つ前に、少しきいてまわって、なにが起きたのかおおよその見当がついた。とにかく彼女はひとりではない」

「求婚者といるの？」

「そうだ」

「彼女は誘拐されたのね。かわいそうに！」

「いや、そうではない。彼女はしばらく前から逃走を計画していたと見て間違いないだろう。屋敷に着いたら、話すつもりだったんだが。ヘスターと連れの男はおそらくリッチモンドか、ロンドンにいるだろう。だから、彼女の貞節を心配するのはもうやめるんだ。きみが思っているほど彼女は純情で傷つきやすい娘ではない」

「いいえ、彼女は世間知らずもいいところよ！　彼女は――」

「いや、彼女は世間知らずなどではない。わたしはきみよりも前から彼女を知っているんだ。彼女はあれでなかなかしっかりしている。確かに純情なところもあるが、われわれが追いつくころにはもっと世慣れているだろう」

「どういうこと……？　ああ、彼女がこんな形で失《しっ》踪《そう》するのを許すべきではなかったわ」

「そのことはもう忘れるんだ、アドーナ。ヘスターはわたしたちがいっしょにいるところを見て、失踪を決心したわけではない。彼女はそのずっと前から失踪しようとしていたんだ」

「どうしてそんなことが言えるの？」

「わたしにはわかるんだ。きみだってヘスターを捜すと言いながら、つかの間の自由を楽しんでいたんじゃないのか？　わたしに干渉されることなく伸び伸びと」

アドーナは馬の艶《つや》やかなたてがみをじっと見つめた。馬が休む脚を変え、馬の背が上下した。

「確かに自由を楽しんでいたわ」アドーナは言った。「ひとりになりたかったの。気持ちを整理して――」

「わたしに邪魔されることなく？」サー・ニコラスはいたずらっぽくほほえんだ。「わたしがそばにいるということに慣れてもらわないといけないな。約束したのを覚えているだろう？　きみはすでに破っているが」

「わたしはまた不利な立場に立たされたわけね」

「この旅のあいだだけでも、わたしの妻になってもらう。もちろん、きみが愛人に見られたほうがいいと言うなら、あえて反対はしないが。わたしの言いたいことはわかるだろう？」

ようやくふたりはおたがいの目を見つめ合った。日差しを浴びたアドーナの目は輝き、サー・ニコラスの目は黒いビロードの帽子の陰になってよく見えなかった。それでも、テムズ川で初めて出会ったときと同じように、アドーナは彼に強く惹《ひ》かれた。

アドーナはサー・ニコラスがなにを言おうとしているかに気づいて、うなじの毛が逆立つのを感じた。おとなしくうなずいて目を伏せたものの、唇を固く結んだ。

「レディ・アドーナ」サー・ニコラスは言った。「じつにいい響きだ。眺めもまたすばらしい」彼はアドーナのやぼったい格好を好ましい目で見つめた。ゆったりしたスカートをはいているが、いつもの固いペチコートをつけていないのは明らかだ。柔らかい服の布地から見て取れる美しい体の曲線は、若い女性ならではのみずみずしい魅力にあふれている。ひだ襟をしていない首筋は日差しと風にさらされていた。

アドーナは妻という新しい立場とサー・ニコラスの視線に困惑して、ほつれた髪を網の帽子に押し込んだ。こんなことなら、身だしなみにもっと気をつかえばよかった。

「出発する前に渡しておきたいものがある」サー・ニコラスは言った。

彼はアドーナに小さなビロードの袋を渡した。

「途中でこれに着替えるといい。むだな説明をしなくてすむだろう」

アドーナは黙って袋を受け取った。そのなかにはレスター伯の家臣たちの劇団のもので、彼女が演じたベアトリスがベネディクトと結婚したときに着ていた衣装が入っているのがわかった。「マスター・バービッジが気にしないでくれるといいけれど」アドーナはおどけたように言ったが、ふたりのあいだには冗談を言うのもはばかられるような気まずい空気が流れていた。ふたりはようやく動きだした。自分たちがメイドと従者と馬丁と荷馬を連れてなごやかに旅をしている典型的な身分の高い夫婦に見えることはわかっていた。だが、おたがいにそのことは口にしなかった。

これは必ずしもアドーナが望んでいた展開ではなかった。だが、一キロも行かないうちに、旅に男性の連れがいるとどれほど安心できるかということに気づいた。女のふたり旅とは比べものにならない。ほかの旅人もアドーナたちを見るとすぐに道を譲り、メイベルとふたりきりのときと違って、卑猥《ひわい》な言葉を浴びせられたり、どこへ行くのかしつこくきかれたり、連れがいたほうがいいのではないかとうるさくつきまとわれたりすることもなかった。連れの男性の腰に下げられた剣がものを言っているのだろう。アドーナは数日前にサー・ニコラスの馬に相乗りしたときと同じように、安全で守られているのを感じた。

そのいっぽうで、ふたりの関係は新たな局面を迎えていた。サー・ニコラスはアドーナが今までかたくなに拒んできた約束を交わすことと、彼女がなかなか手放したがらない自由を放棄することを求めていた。アドーナはたまらなく不安になった。レディ・シーリアはサー・ニコラスはわたしに思いを寄せていると言ったけれど、彼女の言葉にはなんの裏づけもない。それでも、アドーナの不安がひとつだけ取り除かれたのは確かだった。アドーナはサー・ニコラスとレディ・シーリアの友情を理解し、受け入れることができた。ふたりの交際は彼女をおびやかすものではない。実際アドーナは、レディ・シーリアとここで出会ったのは神のおぼし召しではないかとさえ思っていた。

日も暮れようとするころ、一行はようやくウッドストックの森を抜けて、大きく湾曲したテムズ川に出た。川底は浅かったので、馬で向こう岸に渡ることができた。

「もうすぐだ」サー・ニコラスは言った。

「もうすぐって、あとどれくらい？」アドーナはうんざりしたようにたずねた。

「一キロかそこらだ。ワイザムに宿がある」

ワイザムの大きな森の端に〈白い鹿《しか》〉という小さな宿があった。宿の主人は身分の高い旅人が川を渡ってきたのを見て大いに喜んだ。「みなさん、向こう岸のオックスフォードをお選びになるんですよ」主人はアドーナに言った。「橋が少ないのが難点でしてね。旦那《だんな》さまもどうぞなかにお入りください。女房が奥方さまをお部屋にご案内いたしますので。ベッドのシーツはどれもみな清潔ですし、相部屋になることもありません。奥方さま、どうぞこちらへ」はげ頭の主人は、ふたりを狭いが掃除の行き届いた客間に案内した。清潔なエプロンをしたおかみが膝を折ってお辞儀をした。

みしみし音のするオーク張りの廊下のほうからは焼きたてのパンのにおい、階段からはかすかな薪《まき》の煙のにおい、小さな部屋からは刈り取られたばかりの藺草《いぐさ》のにおいが漂ってきた。おかみが低い小さな窓を開けると、水車小屋の水車の回転がゆっくりになり、やがて止まった。

「よろしければ、両方の部屋をお使いください」おかみはアドーナに言って、毛布がかけられた天蓋《てんがい》つきのベッドをぽんと叩《たた》いた。「これはいちばん大きなベッドです。お供のふたりの男性は厩《うまや》の二階に寝ていただきます。ところで、夕食はどうなさいますか？　蒸焼きにした鳩《はと》、塩漬けにした牛肉、羊肉のパイ、チーズ、それに焼きたてのパンがございます。それとも、薫製のハムに、にんにくとかぶを添えたものがよろしいですか？」

「にんにくは抜いてくれ」サー・ニコラスはそう言いながら、ふいに部屋に入ってきた。

アドーナは、びっくりしたおかみの顔を見てほほえんだ。「お供の方たちは馬の世話を終えるころにはおなかがすいているでしょう」アドーナは言った。「なにを出してもすぐに平らげてしまいますよ。少ししたら、下りていきますから」

おかみはもう一度お辞儀をすると、サー・ニコラスをちらりと見た。「にんにくを抜くなんて、まったく！」そうぶつぶつ言いながら彼女は扉を閉めた。

「メイベルはどこ？」アドーナは言った。「彼女に用があるの」

部屋はおかみが言っていたほど広くはなかった。オークの梁《はり》はもう少しでサー・ニコラスの頭がぶつかりそうなほど低く、天蓋つきのベッドは大きな二本の柱と柱のあいだにぎりぎりで収まっていた。サー・ニコラスは梁に頭をぶつけないように腰をかがめた。「彼女はまだパーキンと話をしている」彼は言った。「ふたりはだいぶ仲がいいようだな」

「そうだと厄介なことになるわ。宮廷にデイヴィッドという若い男性がいるの」アドーナはサー・ニコラスがそばにいるのに当惑して、顔をそむけた。

「デイヴィッドは主人といっしょにフランスに戻った」サー・ニコラスは声を低くして言った。「ところで」彼はアドーナのうしろに立ち、両腕を彼女の肩にまわして抱き締めた。「メイベルは今夜、ここではやすまない。ここはきみの主人が眠る場所だ」

アドーナはサー・ニコラスの手をつかんだ。「これでもまだ足りないと言うの？」アドーナがささやくと、彼はほほえんだ。

「試してみるのもいいだろう？」サー・ニコラスはそう言って、日差しを浴びたアドーナの首筋にキスをした。「これでもまだじゅうぶんとは言えない」

アドーナは驚くほどの力でサー・ニコラスの腕を取って振りほどいた。「いやよ」アドーナは言った。「絶対にいや！」アドーナはサー・ニコラスのほうを向いたが、彼の目は見ようとしなかった。「こんなことが許されていいはずがないわ」彼女は震える声で言った。

サー・ニコラスは割れ物に触れるように両手でアドーナの顔をそっと包み込み、彼女が自分に目を向けるまでそうしていた。「それなら、教えてくれ」彼は静かに言った。「わたしたちはどうあるべきなんだ？」

「わたしは誓ったの……」アドーナはしぶしぶ秘密を打ち明けた。

「なにを？」

「簡単にあなたのものにはならないと」アドーナはサー・ニコラスの手をつかんで体の前に持っていった。「でも、これを見て」彼女は部屋を見まわした。「わたしは……追いつめられているの。罠《わな》にかかったも同然よ！」

「きみをここまで連れてくるのが簡単だったとでも思っているのか？　決してそんなことはなかった。信じてほしい」

「わからないわ。わたしは一日じゅうおとなしく馬に乗り、今度は階下《した》でおとなしく食事をして、妻らしい会話をして、またおとなしくここに戻ってきて、おとなしくあなたの思うままに……」アドーナは目に涙をいっぱい浮かべて言った。「こんなことが許されていいはずがないわ。どうしてもあなたに服従しなければならないのだとしても、ここでは絶対にいや」彼女はベッドをにらんだ。「なにがあったのかみんなにわかってしまうわ。わたしに選ぶ権利はないの？」アドーナは涙声で言った。「四方を壁に囲まれて、扉には鍵《かぎ》がかかっている。これが簡単でなくてなんだと言うの？　今までこれほど簡単に女性を思いどおりにしたことはないんじゃない？」

サー・ニコラスはアドーナの質問に答えるつもりはなかった。

「もうなにも言わないでくれ」彼はアドーナの手を握り締めたまま言った。「きみの言いたいことはよくわかる。わたしたちに必要なのは軽い運動だ。夕食後に散歩しないか？　日が落ちるまでにまだ数時間ある」

アドーナはうなずいて、ようやくささやいた。

「わかったわ」

「きみの好きなところに行けばいい。わたしはあとからついていく」

「ええ」

「好きなだけわたしをてこずらせるといい。わかったね？」

アドーナは涙をぬぐいながら、笑い声をもらした。

「あなたはなにもわかっていないのね」彼女は言った。「男性はこれだから困るのよ」

「すまない。今度はもっと努力するよ」

蒸し焼きにした鳩、焼きたてのパン、カマンベールチーズ、焼きりんご、クリーム、エール、そしてにんにく抜きの夕食のあと、アドーナを席を立って客間を出た。

「わたしがついていかなくてもよろしいでしょうか?」メイベルはサー・ニコラスにたずねた。

サー・ニコラスは立ち上がった。「ああ、その必要はない。おまえたちは早くやすみなさい。明日は長い道程になるからな」

アドーナは庭に出て、丸々と太った白い鳩が飼われている小屋の前を通り過ぎ、小川にかかる木の橋を渡って、川岸に沿って走る小道を歩いていった。宿の主人が廃墟《はいきょ》となった修道院があると言っていた。ゴッドストー修道院だ。来るときにそばを通ったはずなのだが、森の木にさえぎられて見えなかった。草は脛の高さまで伸び、刈り取られるのを待っているようだ。

小道は再び鬱蒼《うっそう》とした森のなかに入っていき、川面《かわも》に黒い影が落ちた。ほどなくすると、突如として空き地に古い修道院の石壁が現れた。石壁は安全と平和の遺跡としてそびえ立っている。最後に自由を求めていった先が、修道女が自由を奪われた修道院だなんて、なんて皮肉なのだろうとアドーナは思った。

目の上に手をかざして、木の枝とアーチの隙間《すきま》から差し込む強烈な西日をさえぎりながら、アドーナは歳月とともにすり減り、草と同じ高さにまで崩れ落ち、苔《こけ》に覆われた壁を慎重にまたいでいった。立ち止まって鳥のさえずりに耳を澄ます。こうして静寂に包まれていると、この数週間の混乱が嘘《うそ》のように思えてきた。不思議なことに、ついさっきまで感じていた激しい怒りや不安が消えていく。〝ニコラスに限って、恐れることはなにもないわ。彼とならあなたは安全よ〟レディ・シーリアはそう言った。

修道院の崩れ落ちた建物の東の端の向こうに、かつて庭だったと思われる一角があった。周囲を石壁に囲まれ、日差しを浴びた野薔薇《のばら》が、ひょろりとした葵《あおい》を圧倒するような勢いで四方八方に咲き乱れていた。アドーナはピンクの葵の花を一輪手折って胸に抱え、大きな石のそばに立って待った。この場所以外に考えられない。

サー・ニコラスはアドーナの様子をそばで見ていたのだろう。すぐに姿を現し、アドーナが鳩のように飛び立ってしまうのを恐れているかのように、ゆっくりと彼女に近づいて、数歩前で立ち止まった。「わたしの美しい人」彼はささやいた。「ここがその場所なのかい?」そう言って、さらにアドーナに近づく。「野生の動物にはぴったりの場所だ。じっとして……そう、怖がることはない」サー・ニコラスは手を伸ばして、アドーナの頭から網の帽子を取った。長い髪がはらりと肩に落ち、淡い金色に輝く滝のように背中に流れた。

サー・ニコラスはアドーナが手に持った葵の花が揺れているのに気づいたのだろう。彼はアドーナをからかったりもしなければ、強引に迫ったりもしなかった。彼はアドーナの震える手から花を取り去ると、豊かに波打つ淡い金色の髪に挿した。

「さあ」彼はアドーナの両手を取って、指にキスをした。「この前こうしたときのことを覚えているかな? まさか、なにも覚えていないなんて言うんじゃないだろうな?」

「ほとんどなにも覚えていないの」アドーナはサー・ニコラスにささやいた。「ひどい頭痛に悩まされたこと以外は」

サー・ニコラスはほほえんだ。「わたしがなにを覚えているかききたくないか?」

「いいえ」アドーナはそう言って、目をそらした。

サー・ニコラスは手の甲でアドーナの顔を自分のほうに向けさせた。「きみほど美しく、強情な女性には会ったことがない」彼は静かに言った。「仮面劇の夜、激しく言い争ったあと、きみはわたしの下に横たわり、長いあいだわたしに押し隠してきたきみの一部を見せてくれた。わたしは最初からその存在に気づいていたが、きみでさえ気づいていないものがほかにあることを証明したかったんだ。きみはあまり覚えていないようだが……」サー・ニコラスはアドーナを腕に抱き上げた。「わたしがもう一度証明してあげよう」

サー・ニコラスは庭の隅の苔に覆われた柔らかい地面にアドーナを横たえた。この瞬間をどれほど待ち望んでいたことだろう。唇と唇が重なり合った瞬間、激しい火花が散り、ふたりはむさぼるようにキスを交わした。ふたりのあいだにはもはや疑いも、誤解も、企《たくら》みも存在しなかった。サー・ニコラスはアドーナを怖がらせないようにゆっくり愛し合うつもりだったが、その心配はいらなかった。アドーナは彼とダンスを踊ったときのように素早く反応し、彼の期待に応《こた》えた。キスはつぎなる情熱の二重奏の前奏にすぎなかった。

アドーナは紐《ひも》をほどこうとしたサー・ニコラスの手をつかんでやめさせようとしたが、彼はキスでアドーナの気をそらしながら、どんどん先に進んでいった。指先やてのひら、唇や歯や舌であらわになったアドーナの胸をなぞると、彼女は息をはずませ、悩ましげな声をもらした。

「ニコラス！」アドーナは叫んだ。木の枝に留まった鳥たちは、耳を澄ましているかのようにさえずるのをやめた。

アドーナはサー・ニコラスのシャツの下に手を滑らせて、その広い背中をまさぐった。初めての経験にいやおうなく興奮が高まる。腰に伸びたサー・ニコラスの手がアドーナの脚の付け根に触れると、彼女は怖がるどころか、喜びにうめいた。そしてサー・ニコラスの背中に爪を立て、背中を弓なりにそらし、激しく頭を左右に振って、乱れた彼の髪に顔を埋《うず》めた。そして、あえぎながら叫んだ。

「ニコラス、あなたが欲しいの……お願い！」

ニコラスは膝でアドーナの両脚をそっと押し開いた。「脚を上げて。わたしの腰に巻きつけるんだ。そう……そのほうが楽になる」

アドーナの体はすでにニコラスを迎え入れる準備ができていたが、心にはまだ不安が残っていた。母親から男性がなかに入ってくる恐ろしい経験を聞いていたからだ。アドーナは叫んだが、それは痛みからではなく、その優しい侵入に衝撃を受けたからだ。

「痛い思いをさせてしまったのでなければいいが」

「いいえ」息が整うと、アドーナは言った。

「きみは叫んでいた」

「わたしが？　ほんとうに、ニコラス？」

サー・ニコラスはほほえんで体を動かしはじめた。

「ほんとうだとも、わたしの美しい人。きみは大声で叫んでいた」

アドーナはサー・ニコラスに抱き締められて静かに横たわりながら、母親から聞いた話とはだいぶ違うと思った。アドーナの母親は愛の交わりのすべてを娘に伝えたわけではなかったのだ。

「母は温かいお風呂に入っているようなものだと言ったのよ」アドーナはそう言って、サー・ニコラスの胸毛を指でなぞった。

「きみはどうなんだい？　温かいお風呂に入っているような気分だったか？」

「いいえ、猛吹雪に襲われたような気分だったわ」

ニコラスは片肘をついて体を起こすと、アドーナの顔を見下ろした。「きみさえその気になれば、さらまざまな体験ができる。男がきちんと自分の仕事をしさえすれば、女性は毎回違う経験をすることができるんだ。まあ、そういうことはめったにないが」

「そうなの？　あなたでも珍しいこと？」

「信じられないほどすばらしかったよ。すばらしいだろうとは想像していたが。さあ、きみさえよければ、宿に戻って、温かい風呂に入ったような気分なれるかどうか試してみよう」

「ベッドで？」

「比べてみるのも悪くないだろう？」

しばらくして、暗くなった道を戻りながら、サー・ニコラスはアドーナをからかった。「わたしをとことんてこずらせるつもりなのか、それともじらすつもりなのか？」

「それは」アドーナは言った。「明日にとってあるの」

「前もって言ってくれれば、心の準備もできるというものだ」

その夜、サー・ニコラスはアドーナをゆっくり時間をかけて愛し、彼女は母親が自らの体験を話してくれたように、男女が愛し合うのにはさまざまな、それこそ限りないほど多くの方法があることを知った。ふたりは服を脱ぎ捨て、一糸まとわぬ姿で温かく、心地よい暗闇《くらやみ》に横たわった。アドーナの五感はいよいよ研ぎ澄まされ、廃墟となった修道院の庭で感じた喜びがほんの始まりにすぎないことに気づいた。サー・ニコラスの手はアドーナの全身をくまなく愛撫《あいぶ》し、彼女はそれだけで喜びの絶頂に導かれていった。こんな喜びがあったなんて信じられない。アドーナは恥じらいながらサー・ニコラスにそう話した。

サー・ニコラスはアドーナの胸のふくらみから頭を上げた。「どんなに拒まれようとも、彼女をわたしのものにしてみせる」彼は自分が書いた詩の一部を引用した。「彼女はいずれわたしのものになるだろう。あの皿の裏側にそう書いておくべきだったな」彼はそう言って、再びアドーナの胸の先端を愛撫しはじめた。

「相当な自信ね」アドーナは警告するように言った。「わたしにだってプライドはあるのよ」

サー・ニコラスの唇が少しずつ上に上がり、やがてアドーナの唇にたどり着いた。「きみを見定めているんだ」彼は低い声で言った。「はたしてわたしの手に負えるのかどうか」彼は自分のものだと言わんばかりに荒々しくアドーナの唇に口づけた。彼女を征服した勝者であることを誇示するかのように。だが、アドーナはあえてなにも言わなかった。「よし」彼はささやいた。「脚を開いて」

アドーナは進んでサー・ニコラスを受け入れたかったが、あっさり降伏してこれ以上彼をつけ上がらせるようなまねはしたくなかった。ところが、彼の思いがけない優しさにアドーナの決意は一瞬にして崩れ去り、しぶしぶ誘われたダンスにやがて魅了されてしまった女性のように、気がつくと、彼の先導に従い、体が奏でる旋律に合わせて歓喜の波にのまれた。

喜びはなんの前触れもなく突然訪れた。アドーナは体がふわりと宙に浮いて、ぐるぐるまわりだすのを感じた。やがて、ふたりはぐったりし、心地よい倦怠感《けんたい》を覚えながら、強く抱き合ったまま眠りに落ちた。

アドーナは夜中にときどき目を覚ましては、隣に大きな男性が横たわっているのを不思議に思い、わたしはなぜ彼を避けようとしたのだろうと何度も自問した。今朝レディ・シーリアとの偶然の出会いによってアドーナを悩ませていた最大の不安が取り除かれ、わたしはサー・ニコラスを信頼することになった。もしわたしが拒んだら、彼は無理にでも従わせようとしただろうか？　サー・ニコラスがそんな人ではないということはわかっていた。彼はアドーナが自分を偽っているのを知りながら、見て見ぬふりをしてきた。そのほうが彼にとって都合がよかったからだ。アドーナも心のなかではサー・ニコラスに降伏する口実を求めていた。でも、こうして降伏したあとにはいったいなにが待ち受けているのだろう？　捨てられ、評判に傷がつくことになるのだろうか？　それとも、ただひとり愛した彼と生涯をともにすることができるのだろうか？

　アドーナはサー・ニコラスのほうを向いて、驚くほど固く引き締まった体に身をすり寄せ、ゆっくり上下する胸にそっと手を当てた。もし、彼の子供を身ごもったら？　それは彼をつなぎ止めておくのにじゅうぶんな理由になるだろうか？　過去に同じ野心を抱いた女性はいなかったのだろうか？　サー・ニコラスの心をつなぎ止めておきたいのならば、彼を飽きさせず、つねに関心を引きつけておくことだ。あまり従順になりすぎるのはよくない。

「以前から〈白い鹿〉のことを知っていたの、サー・ニコラス？」翌朝、宿を発ってから、アドーナはたずねた。さりげなくきいたつもりだったが、詮索《せんさく》しているように聞こえたようだった。

　サー・ニコラスはにやりとしたが、目はまっすぐ前を見ていた。「このあたりはレスター伯の領地なんだ。近くにほかにもう二軒〈ベア〉と〈ラグド・スタッフ〉がある。伯爵の紋章を覚えているだろう？　カムノーの近くには、伯爵が亡くなられた最初の奥方さまとともに過ごした屋敷がある。わたしはさまざまな理由で、伯爵の領地はすべて訪れているんだ」

「さまざまな理由？」

サー・ニコラスはアドーナの目をじっと見つめた。彼の目に不機嫌な色はなく、むしろ面白がっているようにさえ見えた。「伯爵の用でね。ほかにききたいことは？」

「わたしたちは……わたしたちはどこに向かっているの？　修道院？」

「アビンドンだ」サー・ニコラスはアドーナがなにを連想しているかに気づいて、顔をほころばせた。「われわれはトマス・シーモア卿《きょう》が住んでおられたラドレイを通過している」

アドーナは黙っていた。シーモア卿、今は亡き海軍司令長官だ。女王陛下の、ハンサムだが愚かなおじの話は聞いたことがある。おそらく、知らない人はいないだろう。お気の毒な女王陛下。レスター伯でさえも、女王陛下の心をお慰めすることはできないだろう。

サー・ニコラスが言っていたとおり、彼の家臣のパーキンは陽気なメイベルに並々ならぬ関心を抱いているようだった。メイベルのほうもまんざらではない様子だ。アドーナはむしろそれを喜んだ。メイベルの関心がパーキンに向いていてくれたほうが都合がいいからだ。パーキンは若いながらも、たくましく、有能で、彼がメイベルの関心を引きつけているあいだに、サー・ニコラスとアドーナは従者のリットンに馬の番をさせて、自由に行動することができた。

一行は川岸の道をたどって森と青々とした草地を抜け、きんぽうげやしもつけ草に膝まで埋もれながらアビンドンを目指した。アドーナはサー・ニコラスを頼もしいと思いながらも、彼がなにからなにまでひとりで決めてしまうことに反発を覚えずにはいられなかった。父でさえ、ここまで独断的ではなかった。わたしがアビンドンを気に入るだろうと決めつけるのは、彼の勝手な思い込みにすぎない。わたしが必ずしもアビンドンを好きになるとは限らないではないか。

「わたしたちがどうしてここにいるのかわからないわ」アドーナは鹿毛《かげ》の馬を道の片側に寄せて、怒ったように言った。その横を、雄牛の群れを連れた荷馬車ががたごと音をたてながら通り過ぎていった。

「われわれがここにいるのは」サー・ニコラスは言った。「きみがイシスをたどってリッチモンドに帰りたいと言ったからだ」

「わたしはイシスをたどって行きたいなんて言った覚えはないわ」アドーナは反論した。「わたしはテムズ川をたどって行きたいと言ったのよ。よくもそんなでたらめが――」

「イシスというのはテムズ川のことだ」サー・ニコラスが負けじと言い返す。「オックスフォードシャーではテムズ川をイシスと言うんだ。それから、そんな道の真ん中に止まっていないで、馬を端に寄せなさい」

「でも、わたしたちはこの三十分、西に向かっていたわ。太陽を見て」

サー・ニコラスはうめいた。「川はローマ街道のようにまっすぐに伸びているわけじゃないんだ」彼はそう言って、鹿毛の馬の手綱を引いて止まらせた。「ここにいたくないのなら、川を下っていこう。アビンドンのどこが気に入らないのかわたしにはさっぱりわからない。わたしをてこずらせるつもりのようだが、こういうことなのか？」

アドーナはサー・ニコラスの問いかけには答えず、道をそれて川を南に向かって下りはじめた。東に行けないのなら、西に行くよりも南に向かったほうがましだわ。彼女は小声でつぶやいた。サー・ニコラスはアドーナが彼に反抗する理由を知ってか知らずか、なにも言わずに一キロほど彼女と馬を並べて歩いた。アドーナは唐突に言った。「ごめんなさい。

アビンドンが気に入らないわけじゃないの。ただ……」彼女は肩をすくめた。「なんて言ったらいいのかわからないわ」

「わかっている」サー・ニコラスはそう言ってほほえんだ。

アドーナはサー・ニコラスにちらりと視線を走らせ、彼の暗い緑色の瞳に笑みが浮かんでいるのを見て頬をピンクに染めた。

「いいんだ」彼は言った。「ときにはきみが主導権を握るのもいいだろう」

「あなたの計画に支障を来さない限りね」

「まあ、そんなにいらいらしないで」サー・ニコラスはささやいた。

主導権を握るのを許されたとはいえ、アドーナはサー・ニコラスの思う壺《つぼ》にはまってしまったと思わずにはいられなかった。アビンドンを南に三キロほど行った、キングズサットンの小さな村はサー・ニコラスの父親であるエリオット卿の領地だった。領主館は領主の定期的な滞在に備えていつでも住めるような状態になっていた。一行が到着したときには、家令と農地管理人と、召使いがわずかに数人いただけだったが、だれもがサー・ニコラスがついに美しい女性を伴って現れたのを見て喜んだ。

アドーナはアビンドン修道院の修道士の隠退所として立てられた古びた建物がひと目で好きになった。かつての修道院長の屋敷はライムや楡《にれ》や櫟《くぬぎ》の木に囲まれた庭にひっそりと立っていた。その隣にあった教会が現在、領主館として使われていた。

「今夜はここに泊まる」サー・ニコラスはそう言って、アドーナを鞍から降ろした。

「すてきだわ」アドーナは言った。「とてもすてき。ありがとう」

上質のオークの羽目板を張った部屋は快適そのものだった。アドーナは夕食後、花の香りに誘われて、手入れの行き届いた庭に出た。サー・ニコラスはそのころ、アドーナは二階の部屋にいるとばかり思っていた。赤々と燃える夕日が今まさに地平線のかなたに沈もうとしていた。高い木は、からすが止まってくれるのを待っているかのようにレースのような枝を空に向かって大きく広げていた。池には夜に備えて可憐《かれん》な花びらを閉じた百合《ゆり》の花が映り、ローズマリーの茂みに隠れていたくろうた鳥が、人間が近づいてくるのを仲間に警告していた。アドーナも人の気配を感じた。

「あなただったの」アドーナは音もなく近づいてくる人影に向かって言った。

「あるとき」アドーナの前に来ると、サー・ニコラスは言った。「と言っても、二、三日前の夜だが、わたしはケニルワース城の庭で女性を待っていた。だが、彼女はついに現れなかった」彼は両手でアドーナの両手を取った。「わたしの記憶が正しければ、その女性は……」

「名前は言わないで」

「あえて名前は言わないが、彼女はこの修道士の庭に来ることで、その埋め合わせをしようとしているのではないだろうか？　彼女はゴッドストーの女子修道院跡の庭でもわたしを待っていた。またあのときと同じことが起きるのだろうか？」

サー・ニコラスはかすかに残る明かりでアドーナがほほえむのが見えた。「好きなように思えばいいわ。でも、その女性はまったく違う理由で恋人をこのような場所に誘い出したのかもしれないわ」

「そうなのか？　彼女はその理由を話してくれるだろうか？」

「いずれはね。彼女がそうしたいと思うときに」

「期待していいのかな？」サー・ニコラスはアドーナの手をつかんでそばに引き寄せた。「それなら、彼女の気をそらさないようにしないといけないな」

「彼女は機嫌をとってほしいと思っているのかもしれないわ」

「こんなに穏やかに話ができるとは思ってもみなかった。鋭い剣のようなその舌でわたしを罵倒《ばとう》し、あなたのことなどなんとも思っていない、と言われるのではないかと内心びくびくしていたのだ」

「彼女はあなたのことを思っているわ」アドーナはキスをするかのように彼の頬に唇を近づけてささやいた。

サー・ニコラスは一瞬息をのみ、そのあと、ため息ともうめきともつかない声を出した。両腕をアドーナの体にまわして強く抱き締める。「もう一度」彼は言った。「もう一度言ってくれ」

アドーナは両腕を上げてサー・ニコラスの広い肩を撫で、髪や耳に触れた。「彼女はあなたのことを思っているわ、サー・ニコラス。寝ても覚めても、あなたのことばかり考えている」

「いとしのきみ」サー・ニコラスはアドーナの顔や首筋にキスの雨を降らせた。彼が数多くの女性に愛され、愛の言葉など聞き飽きただろうと考えると、アドーナのささやかな愛の告白にこれほど感激するとは思いもしなかった。

サー・ニコラスはアドーナを抱きかかえて領主館に戻り、大広間を横切ってそのまま二階に上がった。年老いた召使いはそんなふたりを見て見ぬふりをした。日暮れ時のほの暗い明かりの下で、彼は高価で壊れやすい宝物の包みを開くように、アドーナの服を一枚一枚ゆっくり脱がせていった。初めて愛し合うかのように、彼女の美しい手足や胸のふくらみを丹念に愛撫する。

アドーナは生まれたままの姿でサー・ニコラスの前に立った。彼女の体を覆っているのは金色の長い髪だけだった。彼に触れられただけでその身はとろけ、リッチモンドの自分の部屋で、なにも知らずに彼の腕に抱き締められるのを想像したときのことを思い出した。アドーナはサー・ニコラスの服に手をかけ、見事な肉体を徐々にあらわにしながら、目だけではなく、手や唇でそのすばらしさをじゅうぶん味わった。男性の体がこれほど均整がとれて美しく、しかも力強いとは思ってもみなかった。男性の体がこんなに早く反応することも知らなかったので、その特有の現象に驚き、ためらった。

「靴をはいたまままきみと愛し合うこともできる」サー・ニコラスはそう言って、膝丈のズボンを下げた。

「きみがそうしたいと言うなら」彼はズボンを脱いで脇に放《ほう》ると、アドーナに素早く手を伸ばした。

アドーナはせっかちな彼を笑って、押しとどめた。

「あなたでも……」アドーナは言って、彼の両手をつかんだ。「あなたでも抑制がきかなくなることがあるのね」

「そうだ」サー・ニコラスはささやいて、アドーナを床から抱き上げた。「わたしでも抑制がきかなくなることがある。特別な場合だけだが――」

「今は……？」

「その特別なときだ」サー・ニコラスはアドーナをベッドに横たえたが、ふたりはもはや情熱を抑えることができなかった。時を惜しむかのように激しく愛し合い、たがいにたがいを満足させ、リネンのシーツがふたりの体温で温まらないうちに、情熱の炎でその身を焼き尽くした。

サー・ニコラスはうめいてアドーナの上にぐったりと体を重ねた。彼の燃え尽きたはずの体はいまだにうずいていた。アドーナの激しさにも驚かされたが、こんなにも早く果ててしまった自分になによりも驚いていた。「いったいわたしになにをしたんだ？」彼は言った。「こんなふうになったのは、十六歳のとき以来だ」

アドーナはサー・ニコラスの耳のうしろの敏感な

ところを見てほほえみかけた。彼はアドーナが黙っているのは疲れたからだろうと思ったが、じつはそうではなかった。

早朝、アドーナたち一行はキングズサットンの牧歌的な美しい領主館をあとにし、蛇行する川を東に下ってアップルフォードに向かった。そこで川の中州を渡り、馬をマスター・リットンに預けて、ぶなの木がこんもりと茂る丘の頂上に登った。「てっぺんにわずかに髪が残った男の人の頭みたい」アドーナは陽気に言って、メイベルといっしょに笑い転げた。そして、ふたりは手に手を取って歩きだした。ふたりの男性が彼女たちのスカートがめくれないように、丈の高い草に足を取られて転ばないようにそばに付き添っている。笑い声に驚いた羊が彼女たちのほうを見たが、またすぐに草を食《は》みはじめた。丘の頂上からの眺めはすばらしく、小高い丘と丘のあいだを縫うように流れる川面が銀色に輝いて見えた。

「遠くの右手に見えるのが」サー・ニコラスは言った。「ウォーリングフォードだ」

アドーナは目の上に手をかざした。「ヘスターはどこにいるのかしら」つぶやくように言う。アドーナは腰まで届く長い髪を三つ編みにして背中に垂らし、くすんだ薔薇色の質素なドレスを着ていた。サー・ニコラスと旅をしたら自由は味わえないだろうと思っていたが、それは間違いだった。彼女は今こうして自由を味わっている。父親といっしょだったら、こんな旅をすることはできなかっただろう。ピーターと一緒だった場合も同じことが言える。メイベルはすっかり明るくなったと言ってアドーナをからかったが、メイベル本人も新しい恋に目を輝かせていた。ふたりは別々の部屋で過ごしていたので、今までおたがいの恋の進行状況を話し合うことはできなかったが、丘の上でようやくその機会が訪れた。

「水浴びをしない？」アドーナは言った。「ふたりに見つからないように」

一時間後、アドーナとメイベルは穏やかな流れの川の湾曲部に、木立にさえぎられて池のようになった場所を見つけた。そこにはさんさんと日が降り注ぎ、水はいかにも温かそうだ。岩と砂に覆われた斜面が服を脱ぐのに格好の場所になっている。ふたりは岩場の陰で服を脱ぐと、水に入っていった。温かいと思った水は意外に冷たく、ふたりは思わず息をのんだ。足元からぞくぞくしてきて、たがいの体にしがみついた。やがて水の冷たさにも慣れてくると、さらに奥に進み、片足でくるりと回って水をかけ合ったり、苔で体をこすり合ったりした。そのあと、穏やかな流れに乗って川の湾曲部に向かうと、水がわずかに冷たくなったように感じられた。池に戻ろうとすると、メイベルがアドーナの腕に触れ、黙るように合図して水面をそっと叩いた。「頭を下げてください」彼女はささやいた。

アドーナはメイベルが目を見開いて見ているほうにちらりと目をやった。少し先の川の湾曲部で、彼女たちに見られているとも知らずに、男女が水のなかで裸で抱き合っているのが見えた。水に濡れた体が日差しを浴びてきらきら輝いている。

ふたりは大いに興味をそそられたが、好奇心を抑えて静かにその場を去った。ふたりの目には、手足をからませるようにして抱き合った男女の姿が焼きついた。茶色い髪の男性が女性の首筋に顔を埋めると、女性は恍惚《こうこつ》として頭をのけぞらせた。男性は子供のように彼の体に両脚を巻きつけた女性を抱えて岸に上がり、彼女の上に体を重ねた。

アドーナとメイベルは大急ぎで服を脱いだ場所に戻った。まるで太鼓が打ち鳴らされているように鼓動が激しく打っている。

「あれはミストレス・ヘスターでしたよ」メイベルが言った。「間違いありません」

「いっしょにいた男性は、マスター・ピーター・ファウラーだわ」アドーナはそう言って、ペチコートをつかんだ。「あのマスター・ピーター・ファウラーと、よりによってヘスターが！　信じられないわ」

11

「知っていたのね」アドーナは木の下に座って、メイベルに髪をといてもらいながら、怒ったように言った。「ヘスターの相手が彼だと知っていながら、どうしてわたしになにも言ってくれなかったの？」

上半身裸になったサー・ニコラスは、メイベルの手から櫛《くし》を取り上げて下がるように合図した。「きみに話したところで、どうなっていたと言うんだ？それを知って、きみが少しでも幸せになったか？」

「今、そんなことは問題じゃないの」

「それなら、いったいなにが問題だと言うんだ？彼は野心に満ちた男だが、ヘスターがいいと言うなら、それでいいじゃないか。彼女がどんな男と結婚しようと、それは彼女の自由だ。彼女はおじのサミュエルの許しを得る必要もないんだ」

「彼女は男性経験がまったくないのよ」

「今は違う」サー・ニコラスはそう言って、にやりとした。「ふたりは川のなかでいったいなにをしていたんだ？」

「もうっ、これだから男の人はいやなのよ！」アドーナは近づかないでと言わんばかりに、髪をつかんで肩のうしろに払った。「そうやって問題をはぐらかすんだから。ピーターがヘスターにつけ込んだのがわからないの？」アドーナはサー・ニコラスをよけようとしたが、肩を抱き寄せられて草の上に押し倒され、濡《ぬ》れた髪が紗《しゃ》のベールのように顔にかかった。

サー・ニコラスはアドーナの両手を押さえつけ、怒って抵抗する彼女を見て楽しんだ。「そういうきみは、ヘスターの経験のなさにつけ込んだことはないと言えるのか？　あるいは、ファウラーをほかの男性から身を守る盾に利用しなかったと？」

「いったいどういう意味なの？　起こしてちょうだい！」

「いや、だめだ。きみが答えるまでこの手を放すつもりはない」

「あなたになんて話すものですか」

「それなら、好きなようにするがいい。いったいなにをそんなに怒っているんだ？　ヘスターを操ろうとしたのに、彼女がきみに逆らって、自分の意思で結婚相手を見つけてしまったからか？　そうなんだろう？　きみはわたしを遠ざける手段としてファウラーを利用しようとした。だが、ファウラーは望んでいた結果が得られないとわかると、きみの期待に反して、失恋に嘆くこともなく、さっさと金持ちの女相続人に乗り換えた。きみは彼の変わり身の早さに怒っているんだ。まさか、ふたりがきみに許しを得るのを期待していたんじゃないだろうな？」

「とんでもないわ。どうしてわたしがそんなことを期待しなければならないの？」アドーナは猛然と反論した。「ふたりがなにをしようとわたしの知ったことではないもの。馬の背で抱き合っていたってかまわないのよ。でも、どうしてヘスターはあなたなければならないの？　どうしてあんなにこそこそしなければならないの？　どうしてヘスターはあなたに気があるようなふりをしたの？　もしかしたら、ピーターは最初から……」

「どうしてふたりがきみを欺いていたかって？」サー・ニコラスはそう言い、アドーナの顔にかかる髪を払いのけて、怒りに満ちた目をあらわにした。

「それは、ふたりがきみに面と向かって、きみの計画が気に入らないと言うだけの勇気がなかったからさ。わたしはそう思うよ」

「わたしはなにも計画してなんかいないわ！」

「いや、計画していなかったとは言わせない。きみとレディ・マリオンが、わたしとヘスターの仲を取り持とうとしていたことに気づかなかったとでも思っているのか？　きみはわたしをそそのかし、わたしに関心を持ってもらえるようにヘスターを美しいレディに変身させた。ところが、美しくなったヘスターはきみの手からはばたいていってしまった」

「そんなことないわ！　わたしたちは少しでもヘスターがくつろげるようにと思って、知り合いのあなたに彼女の相手になってもらったのよ。彼女は人見知りが激しいし、大勢の人に会うのは苦手みたいだったから」

「それは変わっていないようだな。ヘスターはきみの努力にもかかわらず、耐えきれずにひとりで姿をくらましてしまった。ほんとうにそうしたかったのはきみのほうなのに」

「わたしは恋人と逃げたりはしないわ。わたしはひとりになりたかったのよ」

「きみはいつもそうしてきたじゃないか」サー・ニコラスはアドーナがさえぎるのを無視して、つづけた。「きみは男が少しでも結婚をにおわせると、混乱して逃げ出してきた。きみを守ってくれる家族のもとへ。そうやって、真面目《まじめ》にかかわり合うのを避けてきたんだ。そうだろう？」

「そんなんじゃないわ」

アドーナは小声でささやいて顔をそむけた。どう言えばわかってもらえるのだろう？　一時間以上はいっしょにいたくない男性を避けるのと、結婚を避けるのとでは話が違う。でも、それをサー・ニコラスに説明するとなると、彼への思いを明らかにせずにはいられなくなる。それはアドーナの意図したことではない。彼の関心が一時的なものなのか、永久につづくものなのかわからないのに、どうしてそんなことができるだろう？　アドーナはリッチモンドの庭園で彼とレディ・シーリアとの別れを目撃した。そして、レディ・シーリアの悲しみをわがことのように感じた。

「そんなんじゃないわ」アドーナは繰り返して、サー・ニコラスに食ってかかった。「わたしがこの二、三日してきたことが真面目なかかわり合いになることでなくていったいなんだと言うの？　丸三日間、朝から晩まであなたといっしょに過ごしているのよ。ほかの男性とは決してしなかったことだわ。そして、あなたはその機会を大いに利用した。それなのに、わたしではなく、ヘスターの繊細な心を思って泣けと言うの？　さあ、早く彼女を捜してきて」アドーナは怒ってサー・ニコラスの胸を強く押した。「どいてちょうだい。早く行って！　わたしが見たときにはそれほど悩んでいるようには見えなかったけれど」アドーナは目に怒りの涙を浮かべて、サー・ニコラスに抵抗した。

「それなら、きみはどう思うんだ？」彼はそう言って、アドーナの両手首をつかんだ。「わたしがケニルワースでの任務を放《ほう》り出してきみを追ってきたことを。いいかい。きみは決して終わることのない自由に飛び込むようになるんだ。きみにはわたしと過ごした三日間が一生にも思えたかもしれないが、きみは今後わたしの支配下に置かれることになる。きみはついにきみの手綱を取るべき主人にめぐり合ったんだ、わたしの美しい人。ほんとうはわかっているんだろう？」

「わたしをひとりにして！」

「きみはもう、わたしの人生から逃げられない。きみはわたしに陽気なダンスを踊らせ、ヘスターとフアウラーを踊らせ、宮廷の半分の男を踊らせた。だが、もう終わりだ。ここにはきみを助けてくれる人はいないし、隠れる場所もない。それに、リッチモンドに着くのはだいぶ先だ」

アドーナはサー・ニコラスに抵抗するのをあきらめた。力で彼にかなうはずもない。「あなたなんて大嫌い！」アドーナは泣きながら言った。「あなたにわかってもらおうとは思っていないわ」

「しいっ！　もう泣かないで。わたしはきみが思っているよりもはるかにきみのことを理解している」

サー・ニコラスはなにも言わなくてもいいと言うようにアドーナの唇に口づけた。彼のキスは、アドーナにヘスターのこともピーターのことも忘れさせた。アドーナの体からしだいに力が抜け、彼女は静かに横たわって、彼に涙をぬぐわれるままになっていた。サー・ニコラスはアドーナに手を貸して立ち上がらせると、ハンカチで顔をぬぐった。そのあいだ、アドーナは彼の胸の筋肉の動きに見とれていた。

「きみたちはほんとうにここに体を洗いに来たのか？」彼はきびしい口調でたずねた。

サー・ニコラスは、アドーナがヘスターや卑怯《ひきょう》なピーターとはあまり顔を合わせたくないだろうと思って、星空の下で眠ろうと言った。さわやかな夜で、食料も優に二食分はあった。パン、チーズ、果物、そしてエール。さらに、パーキンがウォーリングフォードの町に買い出しに行って仕入れてきた、焼きたてのパイとローストチキンとワインもあった。それを、干し草が積み上げられた納屋の温かい隅でみんなで分けて食べた。

召使いはもともと、その身分の高い低いにかかわらず、ひとつの部屋に押し込められるようにして寝ていた。それで、サー・ニコラスの家臣は野宿するのをなんとも思わなかったし、必要最小限のもので心地よく過ごす術《すべ》を心得ていた。アドーナとメイベルは冒険だと思って楽しむことにした。それにしては、アドーナは元気がないように見えた。

ふたりは川岸に座って、遠くに見えるウォーリングフォードの橋を見つめながら、かすかに聞こえる音に耳を澄ました。アドーナの頭のなかは過去と未来が入り乱れ、消えてほしいと思っていた不安はいっこうに姿を消す気配がなかった。

「彼はわかっていないのよ」アドーナはメイベルにささやいた。「そもそも男性といっしょにいるのがいやなのに、どんな顔をしろと言うの？　にっこりほほえんで、さも楽しそうにしていろとでも言うの？」

メイベルは川に木の枝を投げ入れ、それがくるくるまわりながら流されていくのを見つめた。「問題は」彼女は言った。「お嬢さまにはいつも大勢の求婚者が群がっていて、彼らから逃げる場所が必要だったということですよ。ミストレス・ヘスターなら、大喜びされたはずです。ミストレス・ヘスターがマスター・ファウラーを受け入れたのは、彼がリッチモンドで最初に紹介された男性だからにちがいありません。覚えておられるでしょう？」

「ええ、覚えているわ」アドーナは言った。「忘れるはずがないもの。晩餐《ばんさん》会の席だった。ふたりは――」

「ミストレス・ヘスターのお父さまのサー・ウィリアムのお話をされたんです」

「そうよ。それがきっかけだったのかしら？」

「そう思って間違いありませんね。でも、ミストレス・ヘスターには隠れる場所を探す必要はありませんでした。ミストレス・ヘスターはその前からなかば隠遁《いんとん》していたようなものですし、彼女を捜しに行く人もいなかった。莫大《ばくだい》な遺産を相続されたので、女王陛下の視察旅行を抜け出して人にどう思われるか気にする必要もありません。せいぜい、父親に似て変わり者だと言われるくらいです。ミストレス・ヘスターのお父さまはそういう方だったのでしょう？」

「楽しい方だったけれど、かなり変わっていらしたわ。でも、どうしてサー・ニコラスは将来のことをなにも話してくれないのかしら？」

「サー・ニコラスにもプライドがおありになるからでしょう。あの方も待っておられるのかもしれませんよ」メイベルは再び川に木の枝を投げ入れた。「あとはお嬢さまの決断しだいです」

「あなたもそうじゃないの、ベル？　パーキンとはどうなっているの？」

「まあ……」メイベルは笑って、かすかに頬を赤らめた。「わたしたちは自分たちのことはきちんとわかっているつもりです。彼はわたしを愛しているし、わたしも彼を愛している。それだけでじゅうぶんです。わたしたちはいっしょに赤ちゃんを作ろうと思っています」

「赤ちゃん？」

「そうです。か細い声で泣く、染めに失敗した革製品みたいにくしゃくしゃな顔をして生まれてくるものことです。みんなが赤ん坊と呼ぶ、あれですよ」

　アドーナはメイベルの妙な表現に思わずほほえんだが、同時に母親に注意されたことを思い出さずにはいられなかった。しかしもう手遅れだ。アドーナ自身も、失敗した革製品のようなものを生み出す可能性があった。


　夜も更けると、アドーナはサー・ニコラスの腕に抱かれて、納屋の隅の干し草を積み上げて作ったベッドに外套《がいとう》を敷いて横になり、メイベルと交わした会話と、彼女の助言を思い出した。メイベルの助言がいつも正しかったというわけではないが。

「考えたことはあるの？」アドーナは曖昧《あいまい》にたずねた。「もしわたしたちのあいだに――」

「もちろんだとも。最近よく考える」サー・ニコラスはつぶやくように言った。

　アドーナはため息をついて、サー・ニコラスの胸に置いた手を引っ込めようとしたが、彼はその手をつかんでぎゅっと握り締めた。「レディ・アドーナ・レインにそっくりな子供が欲しいと思っている」彼は言った。「男の子でない限りは」

　アドーナはぱっと跳び起きて、暗がりのなかでサー・ニコラスを見下ろした。「どうしてわかったの？」

　だが、サー・ニコラスはアドーナを再び胸に抱き寄せた。「眠りなさい」彼はささやいた。「わたしはきみが思っているよりもはるかにきみのことを理解していると言ったじゃないか」つぎの瞬間には彼はもう眠っていた。アドーナが周到に考えた質問は、短いひと言で片づけられてしまった。なんて癪《しゃく》に障る人かしら！　にもかかわらず、アドーナはほほえみながら眠りに落ちた。これで三夜連続だ。

夜中にアドーナは慣れない環境を意識してぼんやりと目を覚ました。ふくろうがほうほう鳴く声、川のせせらぎ、愛しながらもいまだに信じることのできない男性の体のぬくもり。アドーナはうとうとしたまま、サー・ニコラスの胸にもたれた。そして彼のあごに唇を寄せ、指で頬やあごや額の形を記憶しようとするかのように丹念に撫《な》で、最後に髪に指を埋《うず》めた。

サー・ニコラスは目を覚ましたが、黙ってアドーナにされるがままになっていた。ところが、突然彼女の背中に腕をまわしてくるりと体の位置を入れ替え、上に体を重ねてきた。アドーナの体は火がついたようにいっきに燃え上がり、彼の腰に両脚を巻きつけてなかに導いた。サー・ニコラスは暗闇《くらやみ》のなかで運命の女性にめぐり合ったかのように狂おしくアドーナを求め、満足させ、再び眠りに落ちた。そして、夜明けまで彼女の腕のなかで眠った。

アドーナが目を覚ましたとき、サー・ニコラスの姿はすでになかった。彼女はしばらく横になったまま、あれは夢だったのだろうかと思った。今日はどんな一日が待ち受けているのだろう？　そのとき、メイベルがエールを持ってやってきた。「サー・ニコラスは鹿毛《かげ》の馬を運動させておられます。外に出て、ごらんになったらいかがですか？」彼女は言った。

毛並みの美しい鹿毛の去勢馬とその騎手は、ケニルワースで女王陛下に披露した曲乗りの技を練習していた。今回は四人の観客が、人馬一体となって繰り出される見事な技術に見とれていた。サー・ニコラスは鞍《くら》にじっと座ったまま、鹿毛の馬を横に歩かせたり、脚を交差させたり、回転させたり、優雅に踊らせたりした。人と馬の息の合った演技は、アドーナに彼とダンスを踊ったときのことを思い出させた。サー・ニコラスは馬から降りると、ほほえみながらアドーナに近づいてきた。「今度はきみの番だ」彼は言った。「さあ。最初に基本的な動きを教えてあげよう」彼の目に浮かんだ表情にアドーナは思わず頬を赤らめたが、教えられたとおりにやっているうちに、簡単な動きをいくつか習得することができた。「いいぞ」サー・ニコラスはそう言って、アドーナを鞍から降ろした。「きみは覚えが早い。屋敷に帰ったら、パロミノにも技を仕込んでみよう」

アドーナはそれについてはなにも言わなかった。彼女は最近、サー・ニコラスの指示に従うことに喜びを感じるようになっていた。有能で決断力のある男性に手綱を渡すのは心地よいものだった。彼の指示に従うのは必ずしも彼に服従することではないとようやく気づいたのだ。

一行は夕方までにパングボーンに到着し、パングボーン川で白鳥の群れに囲まれて水浴びをした。白鳥のひなはふたりに興味を示したが、親鳥は警戒し、いつまでも水につかっているふたりを見て、いったいなにをしているのだろうといぶかっているように見えた。そのあと、ふたりは手に手を取って芥子《けし》の花が咲き乱れる野原を通り抜けた。干し草を集めている農夫に出会うと、いっしょに干し草をかき集めて荷車に積む作業を手伝い、お礼にエールを分けてもらった。そして、夜は〈白鳥〉の看板が掲げられた宿に泊まり、夜通し愛し合った。

夜が明けると、一行はついに西に向かって旅立った。

レディングは美しく活気にあふれた町だった。一行はそこで食料を調達したものの、滞在はしなかった。一、二キロ行った先に、もっと美しい町があるとサー・ニコラスは言った。彼の言うとおりソニング・オン・テムズは美しく、なにからなにまでそろっていた。一行が村に到着したとき、ちょうど結婚式が行われている最中で、宴《うたげ》は夜更けまで延々とつづいた。アドーナたちも祝宴の席に招かれ、村人といっしょに幸福な男女を祝福した。そして、再び澄んだ夜空の下で大勢の人とともに一夜を明かした。

一行がソニングの橋を渡ったときには昼近くになっていた。彼らはそのままオックスフォードシャーに沿ってヘンリー・オン・テムズまで向かい、そこから川を渡って再びバークシャーに入った。「ビシャムまでは行けるな」馬のために休憩をとったあと、サー・ニコラスが言った。「日があるうちというなら ば」

「あなたのお好きなように」アドーナはそう答えて、胴着《ボディス》の胸元に息を吹きかけた。

「手伝おうか?」サー・ニコラスは言った。

「あなたがそうしたいのなら」

サー・ニコラスはアドーナの胸元に息を吹きかけ、彼女の目をじっと見つめた。「ようやくここまできた。ところで、レディは少しはわたしに従う気になったのかな?」

「わたしがこの先、一年のあいだにおとなしく従うかどうか知りたいの?」

「いや。その前に答えは出るだろう」

一行は川の湾曲部を渡って、夕闇に包まれたビシャム・アベイに到着し、サー・エドワードとレディ・ホビー夫妻の屋敷に滞在した。ケニルワースでの女王陛下の様子を話して聞かせると、ホビー夫妻は数々の美しい部屋に案内してくれた。そこには、数年前女王陛下が屋敷に滞在されたときに特別に作らせたという大きな張り出し窓があった。夫妻はふたりが結婚していると思い込んでいて、ふたりの幸運と子宝に恵まれることをお祈りすると言った。それに応《こた》えて、サー・ニコラスはアドーナの手をぎゅっと握り締めた。

夕方も遅くなってから、アドーナがかつて修道士の楽園だったという庭園に出てみると、不思議なことにび再びサー・ニコラスが姿を現した。アドーナはふたりの魂の強い結びつきを感じずにはいられなかった。ほほえみを浮かべたサー・ニコラスの顔から、彼もまたアドーナと同じことを考えているのがわかった。

一行はビシャムから川を渡ってコックハムの小さな村に入り、鍛冶屋《かじや》で馬の蹄鉄《ていてつ》を打ち直してから、メイデンヘッドで再び橋を渡った。数キロ先に、水平線に浮かぶ氷山のようなウィンザー城の白い塔が見えてきた。

ここまでサー・ニコラスとアドーナは便宜上、夫妻と偽って旅をしてきた。ホビー夫妻を始めとして、だれもそれを疑う者はいなかった。だが、ウィンザーではそうはいかない。サー・ニコラスは顔も名前も知られている。同じように、アドーナがサー・トマス・ピカリングの美しい令嬢だと知らない人もいないのだ。サー・ニコラスは決断の時が来たと言った。

「どんな決断?」アドーナは鳴いている鵞鳥《がちよう》の群れにパンくずを投げながらきいた。ふたりは城を遠くに見ながら、イートンの川岸に座っていた。うしろの野原では、メイベルとパーキンとリットンが、どこかから豚の膀胱《ぼうこう》を見つけてきて、声をあげながらサッカーをしていた。静かな夕べというわけではなかった。

「決断さ」サー・ニコラスはそう言って、アドーナの左手を取った。「これについて」彼はアドーナの指にはめられた借り物の指輪をひねった。「一時的にはこれでよかったかもしれないが、城が近づいてきたら結論を出さないままでいるわけにもいかないのではないかな？　今から二日後にリッチモンドに着いたとき、発《た》ったときと同じように、表面上は純潔のままでいたいというなら話は別だが」

アドーナはサー・ニコラスがいまだに信じられず、最悪の事態が起きたのではないかと息をのんだ。彼の手から手を引き、指輪をはずして差し出した。サー・ニコラスがなにを言おうとしているのかわからなかったが、それをたずねるだけの勇気もなかった。

「そうね」彼女は言った。「あなたの言うとおりだわ。母に結婚がいかに神聖なものであるかさんざん聞かされたあとに、この指輪を見られたくないもの。それはあなたが持っていて。なにかと役に立つわ」

サー・ニコラスはアドーナの冷ややかな表情をじっと見つめて、彼女の手に指輪を握らせた。「アドーナ」彼は言った。「いったいなにを言っているんだ？　きみはわたしがなにを言ったと思っているんだ？」彼の声は苦しげにさえ聞こえ、アドーナは胸を引き裂かれる思いがした。

「わからないわ」アドーナは小さい声でささやき、急に泣きだしたくなって、言葉をつまらせた。「あなたがなにを言っているのかわからないわ、ニコラス。で、でも……わたしが恐れていたことが起きようとしているなら……もうなにも言わないで。とても耐えられそうにないわ」

「そんなにわたしが信じられないのか？」

「信じていないんじゃないわ。ただ……」

「不安なんだな？　もっと早く話しておくべきだった」

「もうなにも言わないで」

「きみを愛していると言ってはいけないのか？　わたしはずっと前からきみを愛していた。きみを恋するあまり、この胸が張り裂けてしまうのではないかとさえ思った。わたしと結婚してほしい。きみが聞くのを恐れていたのはこの言葉なのか？　さあ、おいで」サー・ニコラスはアドーナを抱き寄せると、草の上にそっと倒し、息がかかるほど顔を近づけた。

「きみはこの二、三日のことをどう考えていたんだ？　リッチモンドまで毎晩のように愛し合いながら、着いたとたん、わたしが別れを切り出すとでも思ったのか？　きみのお母上に知らせもせずに。わたしがそんなことをする男だとほんとうに思っていたのか？」

　アドーナの目は涙で濡れていた。「わからない……どう考えたらいいのかわからなかったの」彼女はそう言って、サー・ニコラスの頬にできた傷跡を指でなぞった。「心のなかでは願っていたわ。あなたがそう言ってくれるのを……でも、あなたは言ってくれなかった。なにも言ってくれなければ、わかるはずがないじゃないの」

「そうだったのか」サー・ニコラスはため息をついた。「男はときとして、好機を取り逃がしたくなくて、慎重になりすぎることがあると言ったら、信じてもらえるだろうか？　わたしが最初に、きみがどれほど美しいか言ったときのことを覚えているかい？」

「ええ」アドーナははなをすすりながらほほえんだ。

「きみがわたしの間の悪さにひどく腹を立てたことも？」

「ええ」

「男に美しいと言われるのにはうんざりしていたのか？　いったい何人の男に愛していると言われたんだ？　何十人か？」

「少年と老人だけよ」アドーナは言った。「愛せるような人はだれもいなかったわ」

「だから、しばらくはきみをどう思っているか言わないでおこうと決めたんだ。きみはそんなことは聞きたがらないだろうし、知りたければ、きみのほうからきいてくるだろうと思っていたから。あるいは、きみがわたしをどう思っているか話してくれると。それに――」

「しいっ」アドーナはサー・ニコラスの唇に指を押し当てた。「それなら、わたしがあなたをどう思っているか言わせて。どれだけあなたにあこがれていたか。初めて会ったときから、どれだけあなたを愛していたか」

「ほんとうに？」

「もちろんよ。最初は愛ではなくて憎しみだと思っていたわ。だって、混乱して、とても胸が苦しかったんですもの。わたしの言いたいことはわかるでしよう？」

サー・ニコラスはキスでアドーナの唇をふさいだ。たがいに誤解していただけなのだ。その誤解が混乱を招き、不安がどんどん大きくなっていったことにアドーナはようやく気づいた。

「ひどく混乱していたのはわかる」彼は言った。

「今は？」

「あなたがわたしにどんなことをするか不安だわ」アドーナはサー・ニコラスの顔にささやきかけた。「今まで一度も男性を愛したことがないから、どうなってしまうのか怖くてたまらないの。わたしは、自分がこんなに嫉妬《しっと》深いとは思ってもみなかったわ。存在しているかどうかもわからない女性に嫉妬しているのよ」

「もう一度言ってくれ。日に二十回でも聞きたいくらいだ」

「愛しているわ、ニコラス。たとえ、あなたに嫌われていたとしても、愛していたでしょうね」

「きみは爪を立てて向かってくる猫みたいだ」彼はそう言ってにやりとした。

「ごめんなさい」

「いいんだ。わたしはきみのそういうところが好きなんだ。わたしに立ち向かってもこられないような女性と結婚するつもりはない」

「でも、ヘスターのことは？」

「ヘスターがどうしたっていうんだ？　彼女のことを結婚相手として考えたことは一度もない。それは彼女も知っている」

「わたしはてっきり……」アドーナは唇をかんだ。「彼女とはあまり話したことがないんじゃないのか？　ヘスターを見かけで判断するのは危険だ。彼女は、自分がなにをしたいのかはっきりわかっていないかもしれないが、したくないことはきちんとわかっている。彼女には間違いなくピカリング家の血が流れているんだ」

「どういうこと？」

「彼女は学ぶのが早い」

ふたりはくすくす笑った。ふくらませた豚の膀胱がニコラスの頭に当たり、彼はうっと声をあげた。ふたりの家臣は、このときばかりは主人やその未来の奥方さまに敬意を払うのも忘れ、大声でわめきながら豚の膀胱を奪い合った。

ニコラスは笑って、アドーナを立ち上がらせた。「きみはわたしの結婚の申し込みに答えていない。レディ・アドーナ・レインになるのにまだためらいがあるのか？」

アドーナはサッカーに興じる三人を目で追った。メイベルはスカートの裾《すそ》をたくし上げて野原を駆けまわっていた。こうして牧歌的な生活を楽しんでいられるのもあと二日だ。「リッチモンドに帰ってから返事をするわ」アドーナは言った。「それまで待ってくださる？」

「もちろんだとも。例の場所で待っている」

「しいっ」アドーナはほほえんで言った。「それはともかく、この指輪はマスター・バービッジに返して。目的はじゅうぶんに果たしたから。これから自分自身を見つめ直さないといけないわ。そうでないと、つぎつぎに疑問がわいてきそうだもの」

「きみのお母上は驚かれるだろうか？」

「わたしがあれだけ抵抗していたことを知っているから、多少驚くかもしれないわね」


イートンのこぢんまりとした宿で、ニコラスの温かい腕に包まれてベッドに横になりながら、アドーナの胸に再び不安がよぎった。「ニコラス、わたしがシートンの代わりに舞台に立ったことはだれにも話していないでしょう？」

サー・ニコラスはアドーナのほうを向くと、笑いながら彼女の髪を撫でた。「当たり前じゃないか。だれに話すと言うんだ？　伯爵か？　だが、伯爵はむしろきみに感謝するんじゃないかな。マスター・バービッジやマスター・シートンがそうだったように。それはほかの一座の者たちも同じだ。彼らはきみのおかげで解散の憂き目を見ないですんだんだからな。家族が深くかかわっていることを知れば、サー・トマスだって騒ぎ立てたりはしないだろう。伯爵と伯爵が後援する役者が醜聞に見舞われれば、家臣のわたしも無傷ではいられない。自分から秘密をもらして、伯爵を窮地に立たせたりはしない。だいいち、わたしは伯爵に忠誠を誓っているんだ」

「それでも、あなたがそそのかしたようなものよ」アドーナは怒ったように言った。

「確かに」ニコラスはほほえんだ。「マスター・シートンが度胸がなくて、声変わりの時期を迎えていたおかげで、きみのすばらしい演技を見ることができた。マスター・シートンの勇気ある姉にこそ感謝すべきだな。マスター・シートンもわたしと同じように、きみを誇りに思っているだろう」

「わたしはああするしかなかったのよ」アドーナは言った。サー・ニコラスはわたしの気持ちをだれよりもよくわかっているはずだ。

ウィンザーの市で長居したり、ハンプトン・コート・パレスでテニスを楽しんだり、友人に会ったり、キングストン・アポン・テムズにサー・ニコラスの弟を訪ねたりしなければ、もっと早くリッチモンドに着いていただろう。一行がシーンハウスに向かってパラダイスロードを行くころには、午後もなかばを過ぎていた。リッチモンドを発ったときとは比べれることができないくらい、アドーナとサー・ニコラスのあいだの距離は縮まっていた。ふたりの到着は、サー・トマス・ピカリングと衣装局とレスター伯の家臣たちの到着からそれほど遅れてはいなかった。サー・トマスの一行は、衣装のほか、数えきれないほど多くの荷物を運んでいたので遅れを余儀なくされ、アドーナたちよりもわずか一時間ほど前に着いたばかりだった。

中庭は人や馬や荷物であふれ、サー・ニコラスの小人数の一行はほとんど目立たなかった。しかし、それも、アドーナの金色に輝く髪が祝宴局長官の目に留まるまでだった。「こ、これはいったい！」サー・トマスは叫んだ。「おまえはいったいどこから来たのだ？」

説明するのには時間がかかった。シートンもやってきて、日に焼け、レディらしからぬ服装をしたアドーナを見て目を疑った。だが、姉は幸せそうで、輝くばかりに美しかった。レディ・マリオンは娘がどんな道程をたどってシーンハウスに戻ってきたかにはまったく関心がなかったが、男性陣は興味がありそうだった。アドーナから一週間以上もなんの音《おと》沙汰《さた》もなかったのだから当然だろう。レディ・マリオンは目に涙を浮かべて、アドーナを抱き締めた。娘が幸せならば、なにもきく必要はない。

「ヘスターは昨日着いたのよ」レディ・マリオンは

そう言って涙をぬぐった。「どこかそのへんにいるわ」

「ヘスターがここに戻ってきたの？」

レディ・マリオンは首を振った。「わたしにはなにもきかないで」彼女もアドーナと同じように困惑していた。「なにがどうなっているのか、わたしにはさっぱりわからないの。出ていったときと同じ状態で戻ってきたのはお父さまだけよ。シートンでさえも、声変わりして戻ってきた。あの子の声を聞いてごらんなさい」

「ヘスターからなにがあったのかきいたの？」

レディ・マリオンは目を丸くした。「ヘスターがどんなふうかあなたもわかっているでしょう。彼女がなにを企《たくら》んでいるのか気づくのに、少なくとも一カ月はかかるでしょうね」

あれから一カ月もたったようには思えなかった。ヘスターは自分のことを人に説明するのに慣れていなかったが、アドーナはどうしても彼女にききたいことがあった。ふたりは姉妹のように抱き合った。それぞれの恋愛の結果に大いに満足していたので、おたがいを責めたりはしなかった。

それでも、ヘスターはアドーナの容貌《ようぼう》を見て驚かずにはいられなかった。「わたしたちの……いえ、わたしのあとを追ってきたのね？」彼女は言って、体を離した。

「もちろんよ。あなたがいなくなったのに気づいて、すぐにあとを追ったわ。突然姿を消してしまったから、もう心配で心配でいても立ってもいられなかったの。わたしたちがいっしょにいるところを見て、衝撃を受けたにちがいないと思ったのよ」

「あなたの部屋でのことね？　そうじゃないのよ。わたしは自分が決めたことをあなたに伝えに行ったの。サー・ニコラスがいるとは思わなかったから、あなたたちがその……親密そうにしているのを見てそのまま引き返して……い、いいえ、旅の準備をしに行ったの。驚いたわけではないわ」ヘスターは長い茶色の髪を少女のようにお下げにして、二十一歳という実年齢より五歳は若く見えた。アドーナと同じように彼女も日に焼け、健康的で、どこか妖精《ようせい》のような雰囲気を漂わせていた。「ああ、そういうことだったの」ヘスターはようやくアドーナの言わんとしていることに気づいた。「わたしがサー・ニコラスに失恋して衝撃を受けたと思ったのね？　あなたがそう考えるのも無理はないけれど。おたがいに誤解があったようね」

「ヘスター」アドーナは遠回しな言い方をするのにうんざりしていた。「わたしはあなたがピーターといっしょだったことを知っているのよ。そのことはなんとも思っていないわ。ほんとうよ。わたしが気にしていると思ったの？」

ヘスターはアドーナをまじまじと見つめた。「知っていたの？　レディ・マリオンには宮廷でお友だちになった人と旅をしてきたと言ったのに」

「あなたのあとを追ったと言ったでしょう」

「そんなに近くまで追ってきていたなんて知らなかったわ。わたしたちを見たの？」ヘスターはぞっとしたような顔をした。

こういうときこそ、遠回しに言うべきだ。「遠くからあなたたちを見たの。ど、どこだったか、場所は覚えていないわ。でも、ケニルワースを発つ前にサー・ニコラスがあちこちきいてまわって、あなたには連れがいるから、なにも心配することはないと教えてくれたの」アドーナは言った。

「彼はとても親切にしてくれたわ」

「彼って、ピーターのこと？」

「ピーターもそうだけれど、わたしはサー・ニコラスのことを言っているの。彼はわたしがここにいるあいだは自分が気づかって見ているから心配しないようにと、サミュエルおじさまに約束してくださったそうよ。あなたは知っていた？　わたしはおばからの手紙で初めて知ったの。彼にだけでも行き先を知らせておくべきだったわ。でも、あなたと彼がようやく打ち解けたのを見て、これでもう自分の気持ちを偽ることはないと思って、すっかり忘れてしまったの」

「自分の気持ちを偽るって、いったいどういうことなの、ヘスター？」アドーナはヘスターにまったく悪びれた様子がないのに気づいた。

「サー・ニコラスに関心があるようなふりをすることよ。あなたとレディ・マリオンは、わたしたちの仲を取り持とうとしていたでしょう？　わたしはなんとかあなたたちの期待に応えなければいけないと思ったの。われながら上手にふるまっていると思っていたのよ。あなたはわたしがサー・ニコラスに夢中だとすっかり信じ込んでいたみたいだから。でも、わたしは時間のむだだとわかっていたの。サー・ニコラスがわたしを結婚相手として考えたことがないのは知っていたから」

サー・ニコラスはわたしたちに義理立てしていただけだ。ヘスターの言っていたことはほんとうだったのだ。「あなたとピーターは気が合うのね」

「それだけじゃないわ」ヘスターは急にはにかんだような笑みを浮かべた。「初めて会ったときから、おたがいにぴんとくるものがあったの。でもそのときは、彼はあなたの友だちだったから。彼って、とても面白い人ね。それに頼もしいわ。わたしは最初からリッチモンドに来るように運命づけられていたのかもしれない。そう思わない？」

「狩りに行った日、あなたが落馬したのも運命だと言うの？」アドーナが思わずからかうと、ヘスターは笑った。

「ああ、あのことね」ヘスターは気まずそうにお下げをもてあそんだ。「嘘《うそ》だとわかっていたんでしょう？」

アドーナは今の今まで気づかなかった。「あの騒ぎはいったいなんだったの？」

「あれはピーターの考えなの。わたしが屋敷に戻る口実ができれば、あなたのお父さまは彼がわたしを屋敷に送り届けるのを許してくださると思ったのよ。でも、サー・トマスの許しはいただけなくて、わたしたちはつぎの機会を待たなければならなかった。だけど、ぐずぐずしていたら、ピーターは警備の確認のためにスタッフォードシャーに向かわなければならなくなる。あなたに打ち明けようとしたのだけれど、わたしがピーターといっしょに行くと知ったら、あなたが怒るだろうと思ったの。だから、ピーターとも相談して、なにも言わずに行くことにしたのよ。ピーターとは城門を出たところで落ち合って。あんなに胸が高鳴ったのは生まれて初めてだわ。わたしたちは、特にわたしは、社交界にうんざりしていたから。楽しいだろうと思っていたけれど、あんなに大変なことだとは思ってもみなかったわ。旅に出てからは、それはもう毎日が天国のようで……」

「手紙は？」

「ああ、あの手紙のことね。わたしたちは手紙でしか意思の疎通を図れなかったの。人目があったし、部屋に閉じこもっていたときは特に」

「でも、ピーターの仕事はどうなるの？　彼は今回のことで職を失うことになるかもしれないのよ」

「そのことは気にしていないわ。わたしたちには働かなくても一生暮らしていけるだけの財産があるんですもの。すぐにでもイタリアに発つつもりよ」

よくやったわね、ピーター。アドーナはひそかに思った。彼は働かなくても優雅に暮らせる身分になったのだ。こうなることをいったいだれが予想しただろう？　ヘスターは他人のすることにまったく関心がないのだ、とようやく気づいた。わたしとサー・ニコラスがなにをしようと、自分になんらかのかかわりがない限り、いっこうにかまわないのだ。

イタリアとは、ずいぶん遠いところに行くものだ。

レディ・マリオンは客人の多さに圧倒され、これだけ大勢の人々にどんなふうにして食事をさせたらいいのだろうと最初こそ頭を悩ませていたものの、今では女主人として陽気にふるまっていた。アドーナとシートンも、こんなに楽しそうにしている母親を見たことがなかった。下の弟のエイドリアンは、兄のシートンが声変わりしたのを祝福したのもそこそこに、女王陛下の前で演じた芝居のことをなにやかやとききたがった。エイドリアンが神のようにあがめているマスター・バービッジが父親のサー・トマスを説得して、一座の主演女優の座をシートンから引き継ぐことが許されると、エイドリアンは一瞬言葉を失った。家族は、おしゃべりなエイドリアンが言葉を失うのを見たのは初めてだった。

シートンは泣いて喜んでもよかったのだが、なぜかそうするのをためらった。代わりに、彼はアドーナを抱き締めた。ほっとしたのか、彼の体は震えていた。「ありがとう、姉さん」彼はアドーナにだけ聞こえるように言った。「ありがとう。ぼくはこの世でいちばん幸せな男だ」

サー・ニコラスは人目につかないようにサー・トマスをそっと部屋の隅に連れ出して、正式にアドーナとの結婚の許しを願い出た。サー・トマスはもはや、娘が自分と妻のどちらの家系に似たのだろうと頭を悩ませる必要もなかった。サー・ニコラスによると、娘に手を出しておきながら、あとで許しを得るとはなにごとだ、とサー・トマスはかなりおかんむりの様子だったらしい。だがそのあと、すでに娘のおなかに宿っているかもしれない孫の名前を考えなければならない、とうれしそうに言ったそうだ。

サー・トマスがケニルワースで、サー・ニコラスにある程度まで行動の自由を認めていたことを知ると、アドーナの兄弟はびっくり仰天した。サー・トマスは、娘が結婚前にだれかとベッドをともにすることはないだろうし、まして、あれほど反感を抱いていたサー・ニコラスとそうなることはありえないと思っていたと話した。確かに娘に求婚することを許したが、あまり早く妊娠させないように釘《くぎ》を刺しておいたのだと。その夜、シーンハウスの庭に夜のとばりが下りるころ、主馬頭代理がことのほか上機嫌だったのは言うまでもない。

人々が東屋《あずまや》と東屋のあいだを静かに散歩したり、テラスに出たり、宴用の建物の周囲の木陰でおしゃべりを楽しんだりしているころ、サー・ニコラスはアドーナの手を取った。そして彼女の顔に笑みが浮かんでいるのに気づいた。「なにがおかしいんだ?」彼はたずねた。

「わたしが結婚するなんて思ってもみなかったわ」アドーナは言った。「しかもあなたと」

「いや、わたしはきみの心をかち得ることができると信じていた。きみはわたしを憎んでいるわけではない、わたしへの思いを隠しているだけだとわかっていたからね」

アドーナは反論の余地がなかった。ふたりは庭を出て、丸石が敷きつめられた小道を行き、階段を下りてパラダイスロードに出た。壁を伝って草の生えた道を進むと、かつての修道院跡の庭園パラダイスに通じる扉があった。その庭の横には宮殿の庭があった。節だらけの果物の木や、薔薇《ばら》の花と競い合うように咲き乱れているすいかずらの花や、せいたかあわだち草や、いい香りのするラベンダーの横を通り過ぎて、アドーナはサー・ニコラスがかつて女性を待っていた場所に彼を立たせた。あの光景を見て、どれだけ胸を痛めたことか。

「ここよ」アドーナはささやくように言った。「ここに間違いないわね？」サー・ニコラスから離れて立ち、彼が意図をわかってくれるのを待った。

サー・ニコラスは両手を差し出してアドーナに近づくと、彼女をそのたくましい腕で抱き締めた。アドーナは薄い麻のボディスを通して、彼のぬくもりが伝わってくるのを感じた。「わかっていたよ」サー・ニコラスはそうささやいて、アドーナのまぶたに口づけた。「ゴッドストーの女子修道院、キングズサットンの修道院、ビシャムの修道院でもそうだった。きみにもう一度愛を打ち明けるのは、このリッチモンドの修道院跡の庭園以外にないと思っていた。どうか、わたしの妻になってくれ。子供の母親に、友人に、恋人に。愛するアドーナ。きみを生涯愛し、どんなことがあっても守り抜くと誓う。どうかわたしのものになってほしい」

アドーナはベアトリスの美しいせりふを引用した。

「〝あなたの愛を受け入れ、もうよそよそしくしないと誓います。わたしはすべてあなたのもの〟心から誓うわ、わたしの愛する人。わたしはあなたのものよ。ここに立っているあなたを見たときから、あなたを愛していたのかもしれないわ。あなたが欲しくてたまらなかった。どうかわたしのもとへ来てと心のなかで願っていたのよ」

サー・ニコラスはアドーナの顔にキスを浴びせた。「あの別れのキスはきみにだけは見られたくなかった。こんな気持ちにさせられたのは初めてだ。いっしょに子供を作ろう。大きくなったら、だれかに恋の甘い苦しみを与えるような子供を」

「父親似の、怖いもの知らずで頑固な男の子が欲しいの？」

「母親似の強情な水の精がいい。嵐《あらし》のように激しく、情熱的で、男の決意を試すような女性が。わたしは美しい妻と、美しい娘たちに囲まれて暮らしたいんだ」

さまざまな草花が生い茂った修道院跡の庭には、人目につかない薄暗い場所が無数にあった。日差しで温まったカミツレやクローバーの上で性急に愛を交わすことができた。そこでは向こうの宮殿の庭にある、時を告げる時計の音がぼんやりと聞こえた。サー・トマスの庭で騒ぐ客人の声や、女王陛下の庭で恋人たちがくすくす笑う声が聞こえる。だがふたりの耳には、喜びにうめくたがいの声がなによりも心地よく響いた。ここに至るまで、なんと長い時間がかかったことだろう。アドーナはようやくニコラスの愛を確信し、ただひとり愛した彼の手に身をゆだねる決心をした。

サー・ニコラスとアドーナは最初の出会いを思い出してくすくす笑った。「あなたはとても不作法だったわ」アドーナはそう言って、長い髪の毛先で彼の胸を撫でた。「高飛車で、なんて癪に障る人だろうと思ったのを覚えているわ」

「きみはわたしが怖かったんだ。サー・トマスのところにすぐに逃げていったじゃないか」

「あなたはわたしが水の精の大胆な衣装に着替えているところに押しかけてきて、じろじろ見たわ」

サー・ニコラスの手が胸のふくらみを包み込んだ。

「あのときは、めったに見られないものを見せてもらった。期待以上だった。でも、きみはわたしの網にかかるのを拒んだ。覚えていないとは言わせないぞ」彼は静かに笑って、アドーナの胸を愛撫《あいぶ》した。

「女性にあんなに抵抗されたのは初めてだった」

アドーナはサー・ニコラスの首筋に顔を埋めた。

「いやなことを思い出させないで。思い出しただけで顔から火が出そうだわ」

「なにも恥ずかしがることはない。わたしはあのときほど誇らしかったことはない」サー・ニコラスはアドーナの胸を愛撫する手を止め、体を起こして、暗がりでかろうじて輝いて見える目をのぞき込んだ。「あの日、大広間にいた男はみな、ミストレス・アドーナ・ピカリングを腕に抱いたわたしを見て、うらやましいと思っていた。わたしは幸運な男だ。こうして、きみをつかまえることができた」
「わたしはこうしてあなたの腕に抱かれているときがいちばん幸せよ。わたしにとって、ここが楽園《パラダイス》なの」アドーナはそう言って、ほほえんだ。

アドーナとニコラスは一五七五年八月五日、女王陛下とレスター伯が見守るなか、リッチモンドのシーンハウスで結婚した。第一子の長男は翌年の五月に誕生し、つづいて二男一女に恵まれた。

とっておきの、ときめきを。
ハーレクイン

仮面をはずした花嫁

2005年7月5日発行

著　者　ジュリエット・ランドン
訳　者　石川園枝（いしかわ　そのえ）

発行人　スティーブン・マイルズ
発行所　株式会社ハーレクイン
東京都千代田区内神田 1-14-6
電話 03-3292-8091（営業）
03-3292-8457（読者サービス係）

印刷・製本　凸版印刷株式会社
東京都板橋区志村 1-11-1

編集協力　有限会社イルマ出版企画

ISBN4-596-32221-X C0297

[redacted]